Helga Bürster

Luzies Erbe

Roman

Insel Verlag

Erste Auflage 2019

Satz: Satz-Offizin Hümmer GmbH, Waldbüttelbrunn
Druck: GGP Media GmbH, Pößneck
Printed in Germany
ISBN 978-3-458-17814-9

Luzies Erbe

Über den Tisch nimmst du mich mit
Stockend
Alte Wunden befühlend
Wir lachen über Wirrnisse
Weinen auch
Bei viel zu süßem Wein

Du legst mir dein Leben
Auf die rote Plastikdecke
Du sagst: Zweiundsiebzig Jahre in Deutschland
Und immer noch Polack
Das P auf der Jacke
Bis ins dritte und vierte Glied

Fremdheit geblieben
Keinen Helden gefunden
Nur einen Menschen

Wolfsstunde

Luzie war tot. Bis die Familie kam, blieb noch Zeit, denn die Großmutter war zur Wolfsstunde gestorben. Wer brach jetzt schon auf, um Richtung Bremen zu fahren? Luzies jüngere Tochter Helene und Norbert sicher nicht vor dem Frühstück, denn die A1 war die Hölle. Helene sang bei jedem Besuch ein Lied davon, obwohl ihr Mann fuhr. Sie nicht. Es war immer dieselbe Litanei. Der Anruf konnte also noch warten.

Johanne flüchtete in den Keller, um sich für die Familie zu wappnen. Hier gab es einen Raum, der nur ihr gehörte. Niemand folgte ihr in die Katakomben. Keiner sollte ihr beim Trauern zusehen. Das Sterben der Großmutter war zu frisch. Gerade erst war Luzie über die Grenze gegangen und *doot bleeven.* Einer dieser seltsamen plattdeutschen Ausdrücke. *Tot bleiben*. Als könnte man sich das aussuchen. Die Großmutter hatte vorgeführt, wie das ging. Einen Schritt vor, zwei zurück. Jetzt lag sie friedlich in ihrem Bett, zurechtgemacht für die Familie, um einen allerletzten guten Eindruck zu hinterlassen.

Während Johanne im Keller die Hände vors Gesicht schlug, zog sich Thea oben schon mal eine saubere Kittelschürze an. Damit sie ordentlich aussah für den Besuch ihrer feinen Schwester samt Schwager, der kaum Worte rausbrachte außer »aber Lenchen!«. Die Kittelschürze war Johannes Mutter nicht auszureden, sie legte sie nur ab, wenn sie aus dem Haus ging. Sie würde, dem Anlass entsprechend, die mit dem gedeckten Muster wählen und sich dann am Tisch an ihre Kaffeetasse klammern. Der Kaffee darin war längst kalt, aber sie waren heute beide zu erschöpft gewesen, frischen aufzusetzen. Es lag eine schwere Zeit hinter ihnen. Thea und Johanne hatten die Mazur'sche Matriarchin gepflegt, als die gebrechlich wurde, und sich manches Mal gewünscht, dass es nicht mehr lange mit ihr dauerte. Jetzt war es vorbei und es tat sich ein Loch auf. Johanne sehnte sich im Keller das Warteschleifengedudel des Windellieferanten herbei, das sich in ihr Trommelfell gebrannt hatte. Oder die Ersatzpflegerin, die von Tuten und Blasen keine Ahnung hatte. Was Thea sich in diesem Moment wünschte, wusste Johanne nicht. Ihre Mutter sprach nicht über solche Dinge. Sie sprach überhaupt wenig. Johanne jedenfalls wollte, dass Luzie nicht tot blieb, denn es gab noch zu viele offene Fragen.

Luzie

Die Ersatzpflegerin wiederholte die Frage, die sie schon an der Haustür gestellt hatte: Was bei der Kundin zu machen sei?

»Waschen und Wickeln.« Was denn sonst? Wenn das so weiterging, wurde Hinternabputzen bald an der Börse gehandelt. Johanne wollte sie schon mit Luzie allein lassen, denn nebenan wartete Thea mit dem Morgenkaffee, aber die Ersatzpflegerin war noch nicht mit ihr fertig.

Wie es mit dem Schlucken gehe?

»Immer schlechter.«

Warum die Kundin dann keine Magensonde habe? Darüber müsse man schleunigst nachdenken.

Es gab eine Menge, worüber Johanne nachzudenken hatte, gerade jetzt, wo Luzies Leben unwiderruflich zu Ende ging. Eine Magensonde gehörte nicht dazu, denn Sterben, so vermutete Johanne, konnte man schlecht mit vollem Bauch. Sie behielt das für sich, ließ die Ersatzpflegerin stehen und ging zu Thea in die Küche. Die Frau folgte ihr. So schnell ließ die nicht locker. Bezüglich der Sonde verlange sie eine Entscheidung, denn man könne den Tod nicht fahrlässig in Kauf nehmen, in keinem Alter!

Die Pflegerin, die Luzie üblicherweise versorgte, war anders. Sie nannte die *Kundin* beim Namen und wünschte Johanne und Thea, dass Luzie bald erlöst werde. Sie hatte den Tod nicht zum Feind erklärt und kannte sich mit dem

Sterben aus. Sie wusste, dass es eine mühsame Arbeit war, selbst wenn man auf die hundert zuging wie die Mazur'-sche Großmutter.

Seit Luzies letztem Schlaganfall schaute auch Dr. Petermann regelmäßig herein. Er billigte gelassen, dass bei den Mazurs zu Hause gestorben wurde. Auch Luzies Hüh und Hott nahm er stoisch hin und diagnostizierte, dass sie machen könne, was sie wolle, sie stehe schon mit dem Spielbein im Jenseits. Oft hatte es so ausgesehen, als habe sie ihren letzten Atemzug getan, nur um sich anschließend einen Nachschlag vom Büfett zu holen. Und noch einen, und einen weiteren und so weiter. Vor drei Tagen hatte das begonnen und Thea pfiff aus dem letzten Loch. Mit weit über siebzig war sie schließlich nicht mehr die Jüngste. Ebenso Johanne, ihre Tochter, die gerade ihren Fünfundfünfzigsten hinter sich gebracht hatte. Sie ging zum Trauern in den Keller.

Jetzt sei es wohl bald so weit, stellte der Doktor fest, als er an diesem letzten Tag auf Hausbesuch kam, drei Stunden nachdem die Ersatzpflegerin der *Kundin* eine Sonde empfohlen hatte. Er fand Thea mit hochrotem Gesicht über das Pflegebett gebeugt. Sie hielt die Luft an, weil Luzie das auch schon lange tat. Als sie den Arzt bemerkte, hörte sie damit auf und kam hoch.

»So lange kann man nicht ohne Luft. Sie ist jetzt tot, oder?«

Der Arzt betrachtete seine Patientin misstrauisch. Luzie hatte sie alle schon mehrfach zum Narren gehalten. Schon zuckte es in ihrem Gesicht. Sie sog rasselnd Sauerstoff in ihre Lungen und Thea griff sich an die Brust. Dr. Petermann schickte sie mit Johanne in die Küche.

»Ich mach das hier, Thea. Und Johanne soll einen schönen starken Kaffee kochen.«

»Brauch keinen.«

»Ich aber.«

Da fügte Thea sich und ging zu Johanne in die Küche. Der Doktor kannte seine Pappenheimer. Allerdings ließ Thea es sich nicht nehmen, den Kaffee lieber selbst zu kochen, und schickte Johanne mit dem frischen Gebräu, schwarz und stark, zum Doktor zurück. Der musste ja auch zu seinem Recht kommen.

In der Tür blieb Johanne stehen, die Tasse in der Hand, denn Dr. Petermann war im Begriff, zu drastischen Mitteln zu greifen. Er hatte ein Räuchergefäß auf den Tisch gestellt, in dem er getrocknete Kräuter entzündete. Gerade pustete er in die Glut und verteilte den aufsteigenden Rauch mit einer Gänsefeder. Es roch schwer und krautig, um nicht zu sagen: es stank.

»Stell den Kaffee man hier ab.«

Johanne tat es und ließ dabei den Dorfarzt nicht aus den Augen. Der schritt wie ein Schamane durchs Zimmer und wedelte mit der Gänsefeder. Schließlich fand er, dass es genug war, packte zusammen und trank in aller Seelenruhe den Kaffee, als habe er Luzie nur schnell den Puls gemessen. Johanne stand immer noch da und Dr. Petermann las ihr die Frage von der Stirn ab.

»Das war Engelwurz, mien Deern.«

»Wofür ist der gut?«

»Fürs Sterben. Deine Großmutter hat bannig Last damit. Muss wohl noch was mit sich ausmachen.«

Ja, das musste sie. Es war das *Mazur'sche Schweigen*, das ihrer Großmutter das Sterben madig machte. Nur konnte man das nicht einfach abschütteln. Es saß ihnen allen fest im Nacken.

In der Nacht war es dann doch so weit. Luzie starb ein letztes Mal und blieb tot. Als sie es auch nach einer halben Stunde noch war, schlug Thea die Arme fröstelnd um ihre Schultern und lief in die Küche, um Kaffee aufzubrühen, obwohl sie das gerade erst getan hatte. Es war ein Reflex. Johanne blieb bei der Toten und sah dabei zu, wie die Zeit in Luzies Zimmer aufriss und die große Lüge preisgab. Es existierte gar kein Unterschied zwischen Vergangenheit, Gegenwart und Zukunft. Luzie war nicht mehr, aber nichts war vorbei.

Während nebenan die Kaffeemaschine gurgelte, versuchte Johanne, mit der aus den Fugen geratenen Zeit zurechtzukommen. Das Erste-Hilfe-Programm für frisch Verstorbene rettete sie. Die freundliche Pflegerin hatte es ihr erklärt. Johanne fuhr das Kopfteil des Bettes herunter und schloss Luzies Augen, zumindest versuchte sie das. Ein winziger Spalt blieb offen und Johanne erinnerte sich, dass sie die Lider mit Münzen beschweren sollte. Ihr Portemonnaie lag jedoch oben in ihrer Dachwohnung und Thea wollte sie jetzt nicht um zwei Eineurostücke bitten. Luzie sträubte sich auch beim Händefalten. Besonders religiös war die Großmutter ohnehin nie gewesen. Also gab Johanne nach und legte die Hände schlicht übereinander. Das sah auch friedlich aus. Zuletzt zündete sie eine Kerze an und öffnete das Fenster, damit die Seele entweichen konnte und mit ihr der Geruch von Engelwurz, der noch schwer im Raum hing. Er erinnerte sie daran, dass sie später Dr. Petermann wegen des Totenscheins anrufen musste. Er hatte darum gebeten, ihn nicht in der Nacht zu wecken, wenn es so weit war. Luzie wäre auch nach dem Frühstück noch tot. Das leuchtete ein.

Als alles getan war, ging sie in die Küche. Ihre Mutter schob ihr eine volle Tasse hin. So saßen sie eine Weile, bis Thea den Finger in die Wunde legte.

»Und die Familie?«

Ach ja. Die Familie.

Johanne zählte in Gedanken ab, wen außer Helene und Norbert sie noch über Luzies Totbleiben informieren musste. Zuallererst fiel ihr Silje ein. Ihre Tochter studierte in Berlin. Sie liebte ihre Urgroßmutter sehr, es würde sie hart treffen. Bei Helene lag die Sache anders. Johanne graute vor dem Treffen mit ihrer Tante. Bei ihrem letzten Kurzbesuch auf der Durchreise in den Schwedenurlaub hatte sie bereits über die bevorstehenden Beerdigungskosten geklagt. Sie würde nahtlos daran anknüpfen.

Dann war da noch Leo, Helenes Sohn aus erster Ehe. Johannes Cousin war zehn Jahre jünger als sie und stand gut im Futter. Seine Hände waren schwielig und wund von harter Arbeit. Johanne und Thea hatten wenig Kontakt zu ihm. Obwohl er im selben Dorf wohnte, quasi einen Steinschlag entfernt, sahen sie Leo nur selten. Sein Leben fand anderswo statt, nämlich zwischen Schützenverein, Berme und Friedhof. Er war amtierender Schützenkönig, arbeitete beim Bauhof der Gemeinde und half dem Küster beim Auskuhlen, wenn Not am Mann war, denn im Dorf wurde schon mal im Akkord gestorben.

Das war es dann auch schon mit Familie. Johanne sah auf die Uhr. Es war noch zu früh, sich auf ihr Kommen vorzubereiten. Sie trank den Kaffee und verabschiedete sich das erste Mal für heute in den Keller.

Ohne Luzie

Man ahnte schon die Morgendämmerung hinter dem Fenster. Es war die erste ohne Luzie und die Vögel sangen draußen fremde Lieder. Kalt war es hier unten. Das ging aber in Ordnung. Fröstelnd spürte Johanne sich selbst deutlich, was selten vorkam, denn ihr Körper war ein vernachlässigter Posten, aus dem Leim gegangen und mit schlechter Haltung. Wenn man von den nicht zu übersehenden Makeln absah, funktionierte er jedoch noch recht gut und nur darum ging es. So ein Mazur'scher Körper musste verdammt nochmal robust sein, wie der eines Arbeitspferdes.

Wenn kiene Arbeit hest, denn söök di wecke!

Müßiggang war was für Die-da-oben, geradezu lächerlich, und was das andere betraf, das mit der Liebe, das fiel unter das Mazur'sche Schweigen. Das war nur ein Phantomschmerz und Johanne wusste schlichtweg nicht, wie das ging. Kein Mazur wusste das. Helene war das zweite Mal unglücklich verheiratet und Leo war Junggeselle. Thea hatte ihr Lebtag von einem Ufa-Glück geträumt. Sie las Liebesschmonzetten. Solche, wie Johanne sie schrieb. Heimlich und unter Pseudonym. In Johannes Leben hatte es einen einzigen Mann gegeben, wenn man von zwei jugendlichen Schwärmereien absah. Siljes Vater. Der wollte tatsächlich mit ihr leben, doch sie hatte ihn zurückgewiesen. Manches Mal bedauerte sie diese Entscheidung, nur wem konnte sie sich denn schon zutrauen? Alle sagten, sie sei schwierig.

Verschlossen und misstrauisch. Hin und wieder telefonierte sie mit Siljes Vater. Zum Geburtstag und zu Weihnachten schickten sie sich gegenseitig Karten. Er war glücklich verheiratet, sie freute sich für ihn. Sie hätte ihm das nicht bieten können. Glück war etwas, für das sie absolut kein Talent besaß.

Familientreffen

Helene und Norbert kamen aus Kassel. Sie mussten sofort aufgebrochen sein, denn sie standen pünktlich um acht vor der Tür, Helene blass und ohne das übliche Make-up, Norbert besorgt. Er flatterte um sie herum, wie es seine Art war.

»Aber Lenchen, ist dir kalt?«

Thea fühlte sich sofort verantwortlich. Sie verschwand in ihre Schlafkammer und kam mit der alten Strickjacke zurück, die sie über der Schürze trug, wenn sie Unkraut jätete oder im Dorfladen einkaufen ging. Die war schon abgewetzt und an den Ellenbogen ausgebeult, weil Thea alle ihre Kleidungsstücke trug, bis sie in Fetzen hingen. Helene kannte die Jacke, kniff die Lippen zusammen und zog sie trotzdem über. Thea schenkte ihr Kaffee ein. Dann saßen sie am Tisch, rührten in den Tassen und wussten sich nichts zu sagen, bis Helene auffiel, dass jemand fehlte. Sie wandte sich an Johanne, wie immer klang es vorwurfsvoll.

»Hast du Leo nicht Bescheid gesagt?«

»Der kommt nach Feierabend.«

»Und Silje?«

»Die steigt gerade in den Zug. Willst du Luzie sehen?«

»Nein.«

Das darauffolgende Schweigen wurde zäh, bis Norbert die gängigen Floskeln ins Spiel brachte, mit denen man sich über die Unsagbarkeit des Todes hinweghalf. Das brachte Erleichterung und ihnen fiel wieder etwas zum Sagen ein.

Wo sie jetzt ist, geht es ihr besser, sie hat es hinter sich, ein gesegnetes Alter, da müssen wir erst mal hinkommen, sie hatte nichts mehr vom Leben, jaja, ist ja auch …

Helene, die schon ab Paderborn mit Frühstück gerechnet hatte, wurde langsam unruhig. Sie ließ Thea wissen, dass sie hungrig war, und die Schwester, üblicherweise großzügig, was die Bewirtung der Familie betraf, schämte sich für ihr Versäumnis. Sie wollte schon aufspringen. Brötchen holen, Butter und Marmelade auf den Tisch stellen, sich für ihre Nachlässigkeit entschuldigen, da drückte Johanne ihren Arm.

»Lass man. Ich mach das.«

Johanne holte die angebrochene Tüte Waffelröllchen, die noch übrig geblieben war vom letzten gemeinsamen Nachmittagskaffee mit Luzie. Die Röllchen hielten sich. Da war nichts dran auszusetzen. Thea genügte das nicht.

»Ich geh zum Bäcker.«

»Mama! Nebenan liegt Luzie, noch nicht einmal kalt, wer hat da Hunger?«

»Wir haben eine lange Fahrt hinter uns«, warf Helene ein.

»Und wir ein langes Sterben!«, entgegnete Johanne.

»Nun vertragt euch. Wollte sowieso mal an die frische Luft.«

Es hatte keinen Sinn, dagegen anzugehen. Johanne folgte Thea in den Flur. Sie wollte sich nicht Helenes und Norberts aktuelle Urlaubspläne anhören, während Thea zum Bäcker ging. Die wären jetzt dran. Sie ließ sie in der Küche und ging zu Luzie.

Den Stuhl, auf dem sie und Thea die letzten Tage abwechselnd gewacht hatten, zog sie neben das Bett. Es war ein bequemer Lehnstuhl, in dem man gut eine Nacht verbringen konnte. Sie setzte sich und atmete durch. Kurz hoffte sie, dass Luzie es ihr nachmachte und dass sie Helene und Norbert in die Kasseler Berge zurückschicken konnten. Doch Luzie blieb tot. Ihr Gesicht hatte schon die Farbe von altem Schnee. Oder von Hostien. Johanne legte ihren Kopf auf die Bettdecke neben Luzie, die mehr und mehr verblasste. Es war so still hier. Sie nickte ein, bis nebenan die Haustür ins Schloss fiel und jemand durch den Flur ging. Thea mit den Brötchen. Es folgte das übliche Geschirrgeklapper. Sie blieb, wo sie war. Nach einer Weile klopfte jemand an die Tür und öffnete sie einen Spalt breit.

»Gibt Frühstück.«

»Keinen Hunger. Danke.«

Thea kehrte in die Küche zurück und ließ die Tür offen. Johanne hörte Helene etwas sagen, Norbert auch, dann wieder Helene. Es ging um skandinavische Städte. Oslo, Stockholm, Helsinki. Thea, die nie aus dem Dorf herausgekommen war, hörte zu. Jedenfalls sagte sie nichts. Johanne stand auf und nahm den Kamm, der auf dem Nachttisch lag. Sie begann, die Großmutter zu kämmen. Während sie das tat, fiel ihr der alte Kosename ein. Sie sprach ihn aus.

»Lula.«

Als sie sich noch im Küchenschrank verstecken konnte, hatte Johanne den Namen für die Großmutter erfunden, weil das harte Z nicht über ihre Zunge wollte. Oma konnte sie zwar sagen, aber so hieß schon die Urgroßmutter, die damals noch lebte.

Lula.

Überlebtes Kleinkindgebrabbel war das, ein halbes Jahrhundert alt. Damals hatte sie zwischen Töpfen und dem alten Marmeladeneimer gehockt, in dem die Holzwäscheklammern lagen, die so schön sauber rochen. Von hier aus konnte sie überblicken, ob ein Gespenst zu Besuch kam. Sie musste die Schranktür nur einen Spalt weit offen lassen. Vor den Gespenstern musste sie sich hüten. Vor dem Schornsteinfeger mit der eingedrückten Stirn. Oder dem Onkel von oben. Er hatte ein volles und ein leeres Hosenbein und schlug mit seiner Krücke. Oder dem Nachbarn, der sie beim Hoppe-Reiter-Spielen durchschüttelte wie einen leeren Mehlsack. Sie hatte sich dabei schon ein paar Mal auf die Zunge gebissen. Oma und Opa, die Urgroßeltern, die waren auch Gespenster. Beide krumm wie Haken. Sie spukten gemeinsam am Küchentisch, tranken vom selbstgemachten Brombeerwein, der Opa schnupfte Tabak und die Männer aus der Nachbarschaft rauchten. Sie raunten sich dabei die allerschrecklichsten Geschichten zu, von zerfetzten Leibern mit heraushängendem Gedärm, bis Lula kam und sie verscheuchte, weil sie den Tisch brauchte, um darauf ein Huhn zu rupfen oder Wäsche zu bügeln.

Lula war immer müde von der schweren Arbeit. Nebenbei musste sie sich um ihre Gespenstereltern kümmern. Wenn sie das Kind auf ihren Schoß holte, dann nur, um mit der Haarnadel Ohrenschmalz aus Johannes Gehörgängen zu pulen und den Kopf nach Läusen abzusuchen. Sie harkte unbarmherzig mit dem Nissenkamm durch Johannes dichtes schwarzes Haar. Das hatte sie von der Großmutter geerbt. Es tat weh, war aber andererseits auch schön, weil es Lulas Art von Zärtlichkeit war.

Zweimal am Tag ruhte Lula. Man durfte sie dann nicht stören. Ruhezeit war nach dem Mittagessen, wenn sie den Kopf zum Dösen auf den Tisch legte, und am Morgen, wenn sie sich kämmte. Morgens war Lula noch nicht müde und es kam vor, dass sie lieb war. Dann traute sich Johanne aus ihrem Versteck, setzte sich auf die Küchenbank und fragte:

»Lula schick maken?«

»Kaam her, mien Schietbüdel, ick geev di ok een Kamm.«

Lulas Haar fiel ihr bis zur Hüfte. Es fühlte sich an wie Maulwurfsfell und sah auch so aus. Sie hatte trotz ihres Alters nur wenige graue Strähnen. Wenn Johanne den Kamm hineinforkte, wie sie es von der Großmutter kannte, hielt Lula still, bis sie sagte:

»Bün fardig, Lula.«

»Dank di, mien Schietbüdel.«

Den Rest machte Lula selbst und Johanne sah ihr dabei zu. Es faszinierte sie, wie ihre Großmutter mit sicheren und im Nacken blind geführten Handgriffen aus den frisch gekämmten Haaren einen Dutt knotete, der so fest saß, dass sie damit einen Kartoffelacker abernten und anschließend ein Schwein schlachten konnte, ohne dass sich ein einziges Haar löste.

»Johanne?«

Sie ließ den Kamm auf das Kopfkissen fallen. Helene hatte sie aus ihren Gedanken gerissen. Sie stand in der Tür und traute sich nicht herein. Sie hatte ein großes Talent für den unpassenden Augenblick, aber es war ihr gutes Recht, die Mutter jederzeit zu sehen. Thea hatte sie wohl überredet.

»Komm ruhig rein, Helene.«

»Also, eigentlich wollte ich nur …«

»Wovor hast du Angst?«

»Ich hab keine Angst! Ich möchte sie nur so in Erinnerung behalten, wie ich sie kannte.«

»Kanntest du sie denn?«

Johanne fragte das ohne Hintergedanken, aber Helene nahm die Frage persönlich. Sie traf einen wunden Punkt.

»Wirfst du mir jetzt vor, dass ich damals weggegangen bin?«

»Quatsch!«

»Ich bin gekommen, um dich zu holen. Wir müssen über die Beerdigung reden.«

Johanne folgte ihr nur widerwillig. Sie fürchtete sich vor dem Gespräch, denn so was endete bei den Mazurs selten gut. Kaum saßen sie zusammen am Küchentisch, legte die Tante auch schon los.

»Wir müssen jetzt mal Tacheles reden. Mutter hatte sicherlich keine Rücklagen für die Beerdigung?«

Thea schüttelte beschämt den Kopf, als sei es ihre Schuld, dass Luzie arm gewesen war.

»Dann also Feuerbestattung und im engsten Familienkreis. Also wir hier. Mit Leo und Silje, ist ja klar. Da sind wir uns sicher einig.«

Johanne widersprach.

»Was ist mit Jurek? Wir müssen es ihm wenigstens sagen. Die beiden waren schließlich bis zuletzt verheiratet und er ist jetzt Witwer.«

Johanne hatte *ihn* beim Namen genannt. Thea klammerte sich an ihre Tasse, Helene zog blank, denn *er* kam in der Familie bestenfalls als Pronomen vor, seit das Mazur'sche Schweigen über ihn verhängt worden war. Ausgerechnet *er* sollte jetzt auch noch wissen dürfen, dass Luzie gestorben war?

»Wer ist denn damals abgehauen und hat uns alle sitzen lassen?«

»Darum sollte er wissen, dass es jetzt zu spät ist.«

»Wozu?«

»Zur Versöhnung.«

Zu viele Gräben

Jurek Mazur war neunzehn, als der Krieg begann. Die Deutschen überfielen Okręg Warcki, das jetzt offiziell Warthegau hieß. Er meldete sich zur Armee und man schickte ihn nach Warschau, wo er das Funken lernte, denn er sprach deutsch und war darum bestens geeignet, den Feind abzuhören. Zu diesem Zweck bekam er einen eigenen Wagen, auf den er stolz war, und wurde nach Łódź versetzt, das jetzt auch anders hieß. Litzmannstadt. Das klang wie ein Pistolenschuss. Wer hierher verschleppt wurde, war schon so gut wie tot, denn von hier aus führten alle Wege nach Auschwitz.

Jureks Laufbahn als Funker in der Armee dauerte nur wenige Wochen. Kurz vor dem ersten Kriegsweihnachtsfest geriet er in Gefangenschaft. Jurek sollte später behaupten, die Deutschen hätten es auf seinen Funkwagen abgesehen, aber es war wohl eher der junge Pole gewesen. Im Reich wurden Männer gebraucht. Die eigenen waren in den Krieg gezogen. Höfe mussten versorgt und Waffen geschmiedet werden.

Es hatte geschneit, als er mit anderen Gefangenen auf ein Fußballfeld getrieben wurde, wo sie die Nacht zubringen sollten. Der Himmel drohte mit Frost, also machten die Männer Kleinholz aus den Toren. Einer hatte ein Messer, ein anderer ein Feuerzeug an den Wachen vorbeigeschmuggelt, und um die Tore war es nicht schade. Wer spielte schon Fußball mitten im Krieg. Die Deutschen ließen sie gewähren, schließlich wurden die Gefangenen gebraucht. Der Führer wollte das.

Am Morgen hatten die neuen Herren es eilig. Die Gefangenen wurden vom Feld auf die Straße getrieben und dann weiter. Immer vorwärts. Marsch, Marsch! Wer jetzt nicht mithalten konnte, musste sich neben einen Graben knien. Genickschuss für den Ausschuss. Jurek war zuvor nie aufgefallen, wie viele Gräben es in Polen gab.

Jurek wollte nicht sterben, also strengte er sich an. Er marschierte und zwang dabei den Blick auf seine Füße. Nur nicht weiter sehen als bis zum nächsten Schritt. Hundert Mann, hundert Kilometer. Nach zwei Tagen hatte sich die Spreu vom Weizen getrennt, die eine Hälfte lag im Graben, die andere marschierte ihrer jeweiligen Verwertung entgegen.

Sie kamen in eine Stadt und Jurek wagte einen Blick über seine Fußspitzen hinaus. Was er sah, erstaunte ihn sehr. Die Straßen und Häuser waren ihm vertraut. Sie waren nach Kalisz marschiert. Hier wohnte die Babka in einer kleinen Souterrainwohnung. Er hatte sofort den Duft von süßen Piroggen in der Nase, die sie backte, wenn er zu Besuch kam.

Jemand brüllte einen Befehl und ihm fiel wieder ein, dass er gar kein Enkel mehr war, sondern ein Gefangener. Er schluckte die Worte, die ihm in den Sinn kamen. Letzte Worte für die Babka. Ein Mitgefangener hatte erzählt, dass sie deportiert würden, um in deutschen Munitionsfabriken feindliche Waffen zu produzieren, mit denen die eigenen Landsleute erschossen wurden. Wenn das stimmte, konnte er sich hier nie wieder blicken lassen. Ihm wurde schlagartig klar, dass er zwar noch in Polen, aber längst ein Heimatloser war, auch wenn er die gewohnte Straße entlangmarschierte. In diesem Moment beneidete er die Toten in den Gräben. Sie hatten keine Chance gehabt, zu Verrätern zu werden. Sie waren ohne Schuld gestorben. Bei ihm stand die Entscheidung noch aus, nur was half ihm das reine Gewissen, wenn er sein Leben noch nicht einmal zur Hälfte gelebt hatte? Er war kein Held. Er würde nie einer sein.

Sie befanden sich jetzt direkt auf Höhe des Hauses, in dem die Babka wohnte. Er ging schneller. Die Großmutter sollte ihn besser nicht sehen. Am Ende kam sie gelaufen, um ihn zu holen. Auch in Kalisz gab es tiefe Gräben.

Sibirische Kälte

Über die Toten redete man nicht, denn es wurde allgemein zu viel gestorben. Die Gefallenenmeldungen kamen jetzt Schlag auf Schlag. Den Sohn des Schmieds hatte es im Warthegau erwischt, den des Schuhmachers in der Normandie.

Luzies älterer Bruder Hinnerk war gleich zu Beginn des Krieges eingezogen worden. Vorerst lebte er noch und schrieb Briefe.

Zu Felde, 22.6.41

Liebe Eltern!
Zunächst, wenn auch verspätet, meinen besten Dank für das liebe Paket mit Schinken und Wurst und für die Karte. Es hat mir prima geschmeckt. Wie ich sehe, geht es Euch noch recht gut, was ich auch von mir schreiben kann. Heute morgen gab es ja eine ziemliche Überraschung, daß der Krieg mit Rußland ausgebrochen ist, ja, lieber Vater, dann werde ich vielleicht auch noch mal dahin kommen, wo Du einst warst, so reist man eben in Europa herum. Wir haben gerade mal wieder eine anständige Tour marschiert, so 1 Woche, und bei dieser Hitze, 35 Grad, ist das gerade kein Vergnügen. Die Hoffnung, daß der Krieg bald zu Ende gehen sollte, können wir wohl aufgeben und uns noch für einige Jahre einrichten. Wie ist es denn bei Euch, auch

sehr warm? Sonst ist ja wohl noch alles beim alten, was macht die Feuerwehr?

Nun seid vielmals gegrüßt
von Eurem Sohn Hinnerk.

Der Brief kam Anfang Juli, und der Vater, Postbote, nicht mehr Schneider, weil ihm ein Iwan anno 1916 am Styr-Stochod den linken Arm durchschossen hatte, stellte ihn eigenhändig zu. Luzie las ihn ihren Eltern vor, weil sie das am besten konnte. Dem Vater kroch dabei die sibirische Kälte aus den Knochen, die hatte er aus dem Lager mitgebracht. Das war im letzten großen Krieg gewesen. Er war aus der Gefangenschaft geflohen. Sein Heimweg hatte ihn quer durch den russischen Winter und eine Revolution geführt, mit der er nichts zu tun hatte. Er war bei Bauern untergekommen, die nur interessierte, was er konnte. Er konnte nähen, also flickte er ihnen die Kleider. Hütete auch schon mal das Vieh oder mistete aus. Als er im Sommer 1918 endlich in seinem kleinen Geestdorf stand und verwundert feststellte, dass sich nichts verändert hatte, war er um eine Sprache reicher und um das Wort *Feind* ärmer geworden. Die sibirische Kälte aber hatte sich in seinen Knochen eingenistet und kroch an manchen Tagen hervor. Er sprach nicht darüber. Seinem ältesten Sohn Hinnerk, den es schon wieder zu den Fahnen drängte, hatte er jedoch davon erzählt, nur wollte Hinnerk das nicht hören. Der Vater verstand ihn und hielt fortan den Mund, denn es nützte ja alles nichts. Er sah sich selbst als jungen Kerl, damals, 1914, als er mit Tschingderassabum ausgezogen war, das Vaterland zu verteidigen, bis der russische Winter ihn lehrte, dass es nichts zu verteidigen gab als das eigene kleine Leben. Jetzt stand sein Ältester im Feld und der Vater träumte in den Nächten wieder von aufplatzenden Körpern und abgefrorenen Gliedern. Hinnerk raubte ihm den Schlaf, obwohl seine Briefe klangen, als sei der Krieg ein spannendes Abenteuer.

Die Wahrheit stand immer zwischen den Zeilen. Hinnerk klagte über die Sommerhitze. Bald würde er sie herbeisehnen. Er schrieb auch von Hoffnung, die aufgegeben werden musste, und von der Sorge, ob daheim noch alles beim Alten war.

War es das? Zu essen gab es genug, sicher. Nur bestellten jetzt Fremde die Äcker, weil die eigenen Söhne an der Front lagen. Nur kaute man das Brot besser vorsichtig und hütete seine Zunge. Schnell genug wurden Nachbarn zu Verrätern. Dem alten Dehmel war es so passiert. Zwei *Lütt-un-Lütt* hatten ihm nach der Chorprobe des Männergesangsvereins die Zunge gelockert, und beim gemütlichen Beisammensein sang er den Herren vor, was er vom Führer und seinem Krieg hielt. Zwei Tage später schaffte man ihn fort und die Möbel vor das Haus, das nicht mehr ihm gehörte. Jeder konnte sich bedienen. Das Sofa, die Stühle, der Schrank, alles ging weg wie warme Semmeln. Nur den Tisch wollte keiner haben, denn der Teller, aus dem Dehmel zuletzt gegessen hatte, stand noch darauf und der Regen machte die Erbsensuppe dünn.

Hinnerk fragte in seinem Brief auch nach der Feuerwehr, die der Vater kommandierte. Möglicherweise wollte er wissen, ob schon erste Bomber Kurs auf Bremen nahmen, in dessen Einflugschneise das Dorf lag. Ob der Vater die Kameraden auf Einschläge vorbereitete. Ob man schon ausgerückt war, um brennende Reetdächer zu löschen. Ob der Gauleiter sich schon die Haare raufte, weil der Tommy sein schönes Musterdorf zerstörte, das nur ein armseliges Heidenest war. So stellte der sich Heimat vor. Während in Berlin die verwöhnten Hausfrauen Waschmaschinen hatten, schlug man die Laken hier noch recht altdeutsch in der Pütte aus. Das gefiel. Bei seinem letzten Besuch hatte es jedoch geregnet und die Wege waren aufgeweicht. Beim Aussteigen aus seiner Limousine trat der Gauleiter in eine altdeutsche Schlammpfütze. Da fluchte er laut.

»Reichsmusterdorf? Scheißmusterdorf!«

Immerhin taugte das Scheißmusterdorf noch als Kulisse für Propagandafilme, die den *Reichsnährstand* priesen. Die Einheimischen spielten als stramme Komparsen mit. Sie zogen, Lieder schmetternd, hinter Heuwagen her und schwangen die Forken, als sei der Bauernstand ein Folkloreverein. Zur Vorführung im Dorfgasthof kamen sie alle, denn es gab Freibier satt. Hinnerk ging auch hin, der Vater und die Mutter nicht. Sie waren nicht so fürs Grobe. Überhaupt mieden sie seit der Sache mit Dehmel die Öffentlichkeit. Es hatte sich gezeigt, dass es gute Gründe gab, auf der Hut zu sein, wenn man die Hand nicht zum deutschen Gruße heben wollte. Der Vater verzog sich immer öfter an die Hunte, um Aale zu fangen, und die Mutter räucherte Kriegswürste für ihren Sohn. Luzie hingegen wäre zur Filmvorführung gegangen. Sie lachte gern und es hätte sicher viel zum Lachen gegeben. Nur hatte August just an diesem Tag seine Einberufung bekommen. Die Zeit, die ihnen noch blieb, war zu kostbar.

Kellerzeit

Helene und Norbert gingen frische Luft schnappen. Als die Haustür hinter den beiden ins Schloss fiel, atmeten Johanne und Thea auf. Endlich war Zeit für die wichtigen Dinge. Thea räumte den Tisch ab und Johanne rief Dr. Petermann und den Bestatter an. Dem Pflegedienst hatte sie schon abgesagt. Der Arzt versprach, im Laufe des Vormittags zu kommen. Der Bestatter, zugleich Tischler und zuständig für neue Fenster und Türen im Dorf, arbeitete gerade auf einer Baustelle. Das war aber in Ordnung, schließlich kannte man sich. Nach den Telefonaten ging Johanne bügeln.

Sie stieg in den Keller hinunter und schaltete das Bügeleisen ein. Dann nahm sie sich ein Wäschestück nach dem anderen vor, bügelte auch Luzies wattierte Unterhosen, die *Schinkenbüdel* mit dem Bein. Die brauchte die Großmutter zwar nicht mehr, aber darum ging es hier nicht. Als der Korb halb geleert war, legte sich der Aufruhr, der seit Luzies Sterben in Johanne gewütet hatte. Die Nachthemden, die am Rücken aufgeschnitten waren, damit man leichter die Windeln wechseln konnte, bügelte sie schon gelassener. Die Nähte waren ein wenig grob geraten, Johanne hatte die Nachthemden selbst umgenäht. Ihre Nähmaschine stand ebenfalls hier unten, damit sie schnell etwas flicken konnte, eine offene Naht oder einen abgerissenen Handtuchhenkel. Die Arbeitsabläufe im Haus waren pragmatisch organisiert. Die Flickwäsche stapelte sich jedoch und auf der Nähmaschinenhülle lag Staub, denn Johanne hatte in den letzten Wochen anderes zu tun gehabt.

Ich könnte mir ein neues Kleid nähen.

Der Gedanke wehte sie an wie ein Versprechen auf Zukunft. Die Vorstellung prickelte unter der Kopfhaut. Es war ein schöner Gedanke und auch wieder nicht, er bedeutete, dass es nach Luzie weiterging, und zugleich, dass ihr Leben auf die Herstellung eines Kleidungsstückes geschrumpft war. Dabei hatte sie große Pläne gehabt. Weder selbstgenähte Kleider noch aufgeschnittene Nachthemden kamen darin vor, sondern Geschichten. Wahre und erfundene, die sie, Johanne Mazur, aufschrieb und veröffentlichte. Warum nicht nach den Sternen greifen? Sie hatte sogar etwas studiert, das mit schönen Worten zu tun hatte. Nur musste sie feststellen, dass ihr das Mazur'sche Schweigen in die Quere kam, immer und überall. Es folgte ihr und flüsterte ihr ein, sie solle besser die Klappe halten, denn sie habe der Welt doch nichts zu sagen. Da hatte sie den Plan aufgegeben und war in das Dorf zurückgekehrt. Im Grunde saß sie immer noch im Schrank und brauchte sich nichts einzubilden. Wer mit einem großen Schweigen aufgewachsen war, dem verschlug es die Sprache. Was blieb, war die Familienfestung, das Dorf und die bitteren Glaubenssätze. Ihre Zukunft war nicht erst jetzt auf das Maß eines selbstgenähten Kleides geschrumpft, sie war immer schon unbedeutend klein gewesen.

Der heilige Koffer

Luzie besaß eine goldene Blechdose. Rost kam unter dem Geflecht von Kratzern und Beulen zum Vorschein, obwohl sie sie im heiligen Koffer all die Jahre gehütet hatte wie einen Gral. Mit dem Koffer war es auch so eine Sache. Er stand, solange Johanne zurückdenken konnte, griffbereit auf jedwedem Schlafzimmerschrank, den wohlmeinende Nachbarn der Großmutter schenkten. Man konnte meinen, dass alle ausrangierten Schränke der ganzen Nachbarschaft bei Luzie landeten, weil alle wussten: *De hett nix.* Dies wiederum stimmte nur bedingt. Luzie hatte *immer* einen Kleiderschrank, weil nämlich der heilige Koffer auf einem stehen musste, damit die goldene Dose einen sicheren Platz hatte. Und so sagte sie niemals nein, wenn ein Nachbar sich ein neues Schlafzimmer zulegte und bei ihr anfragte, ob sie den alten gebrauchen könne, der käme sonst auf den Sperrmüll. Sie nahm jeden, selbst, wenn es ein schlechter Tausch war. Sie hatte gelernt, dankbar sein zu müssen und niemals einen Nachbarn zu kränken. Es konnte ja sein, dass der nächste Tausch wieder Vorteile mit sich brachte. Wenn sich erst einmal herumsprach, dass Luzie Mazur etwas Geschenktes abwies, würde es bald keinen Schrank mehr geben, auf den sie den Koffer mitsamt der Dose stellen konnte, und einen Koffer ohne Schrank konnte Luzie sich gar nicht vorstellen. Einen ohne Kleider schon. Sie brauchte nie viel zum

Anziehen. Ein Kleid, eine Kittelschürze. Den Koffer jedoch umgab eine heilige Aura. Eine der Unantastbarkeit. Wenn er dennoch vom Schrank geholt werden musste, weil ein neuer alter Schrank ins Haus kam, dann durfte niemand außer Luzie den Koffer anfassen, geschweige denn öffnen. Alle Mazurs hielten sich daran, sogar Helene. Es handelte sich dabei um ein weiteres ungeschriebenes Gesetz, wie das Mazur'sche Schweigen, und es war genauso wirksam.

An einem ganz besonders mutigen Tag – da wohnte Luzie noch in ihrer Wohnung –, hatte Johanne die Frage gewagt, was denn so Geheimnisvolles in dem Koffer sei und ob sie einen Blick hineinwerfen dürfe. Luzie hatte immerhin geantwortet, wenn auch widerwillig.

»Blots oole Papiere.«

»Ich könnte sie für dich ordnen und abheften. Dann brauchst du den schäbigen, alten Koffer nicht mehr.«

»Ick bruuk em.«

»Wozu?«

»Wenn ick afhaun mutt.«

Da Luzie zum Zeitpunkt dieses Gesprächs schon ein wenig dement war, widersprach Johanne nicht. Nur konnte sie sich auch keinen Reim darauf machen, warum Luzie *abhauen* müsste.

Kurz darauf fand Johanne sie in ihrer Wohnung. Luzie hatte in der Nacht ihren ersten Schlaganfall gehabt. Da sie nur mit dem Nachthemd bekleidet auf den kalten Fliesen gelegen hatte, war sie stark unterkühlt. Weder sie noch Thea rechneten damit, dass sie sich erholte, und die Familie wurde das erste Mal bemüht. Silje war gerade auf dem Sprung nach Berlin. Sie entschloss sich, vorerst zu bleiben, und besuchte Luzie fast täglich im Krankenhaus. Helene blieb in Kassel. Sie meinte, sie könne sowieso nicht helfen.

Und Leo musste arbeiten.

Als Helene schließlich doch vorbeischaute, auf der Durchreise nach Norwegen, da hatte Luzie sich wider Erwarten gut erholt und war fast die Alte, bis auf den Umstand, dass sie seltsam wurde. So fiel sie Helene um den Hals und weinte.

»Mudder! Ick hebb dacht, du büst lang doot.«

Helene war das außerordentlich peinlich. Sie machte sich los und rechnete Luzie vor, wie alt ihre Mutter jetzt sein müsste, sollte sie noch leben, nämlich weit über hundert, und das sei ja wohl totaler Blödsinn. Dann wandte sie sich von der bestürzten Luzie ab, um Thea zu fragen, ob solche Aussetzer öfter vorkämen und ob Luzie damit in Behandlung sei. Thea schüttelte den Kopf. Da hielt Helene ihr einen Vortrag über Demenz und wie man damit umging. Sie hatte sich schlau gemacht. Sie war schon immer die Intelligentere gewesen, verstand allerdings herzlich wenig. Thea sagte:

»Kaffee ist fertig.«

Als sie alle am Tisch saßen, kommentierte Helene:

»Mutter hier bei euch, im Kreise der Familie. Ist das nicht schön? So hab ich das sehen wollen. Vier Generationen an einem Tisch. Wo hat man das noch? Zusammen schafft ihr das.«

Da wollte Johanne dann aber doch etwas klarstellen und wandte sich an Silje.

»Familie hin oder her. Dass du nicht auf den Gedanken kommst, in diesem Dorf kleben zu bleiben! Geh weit weg von alldem hier. Und mach dir keine Gedanken, ob das richtig oder falsch ist. Mach es einfach.«

»Was du immer hast, Mama!«

»Was willst du denn eigentlich machen? Eine Ausbildung? In *Berlin*?«

Helene sprach den Namen der Stadt aus, als bereite er ihr Schmerzen. Silje antwortete verlegen.

»Ich will Regie studieren.«

»Ach du meine Güte! Na ja, Jobs finden sich ja immer. Guck dir deine Mutter an.«

Die Kränkung war gewollt. Johannes Kaffee schwappte über.

»Lass Silje in Ruhe!«

Helene lachte.

»Was hab ich denn Schlimmes gesagt?«

Die Luft knisterte. Da hatte Luzie einen lichten Moment.

»Lass die Deern man laufen, Helene. De passt inne Welt.«

Silje, die neben Luzie saß, legte ihrer Urgroßmutter den Arm um die Schultern, sie lächelten sich zu. Ein verschmitztes Einverständnis. Helene gab sich geschlagen.

Bevor sie aufbrach, nahm Helene das Zimmer ab, in dem Luzie nach ihrem Schlaganfall wohnte, und befand es für gut. Es war Theas ehemaliges Näh- und Bügelzimmer. Johanne und Silje hatten es eingerichtet. Dieses Mal gab es keinen ausrangierten Schrank, sondern einen nagelneuen. Johanne fand, Luzies letzter sollte kein gebrauchter sein, außerdem passte der alte nicht in das Zimmer. Er war viel zu wuchtig. Zwar wurde es dann doch nur ein billiges Teil aus dem Möbeldiscounter, einer aus Pressspan, bei dem die Schubladen klemmten, aber Luzie freute sich so sehr darüber, dass sie den Koffer gleich selbst hinaufhieven wollte, wofür ihr allerdings die Kraft fehlte. Also bat sie Johanne darum und die tat ihr den Gefallen. Sie stellte den heiligen Koffer auf den Schrank und den Sessel direkt gegenüber. So konnte Luzie den Koffer sowohl sitzend als auch von ihrem Bett aus gut sehen. Wenn nicht gerade der Pflegedienst bei ihr war, sie in der Küche saß oder jemand sie im Rollstuhl spazieren fuhr, verbrachte sie fortan ihre Zeit mit Kofferstudien. Sämtliche Zerstreuungen lehnte sie ab. Weder einen Fernseher noch ein Radio wollte sie in ihrem Zimmer haben. Dabei hatte sie das politische Geschehen immer mit Interesse verfolgt. Jetzt interessierte sie nur noch der Koffer, und manchmal murmelte sie vor sich hin. Wer wusste schon, woran sie dabei dachte. Johanne dachte dabei vor allem an eines, nämlich an schwere Sommergewitter.

Denn als sie noch regelmäßig im Schrank saß, da hatten sie alle zusammen in drei Zimmern gelebt: Luzie, ihre greisen Eltern, die damals noch lebten, Thea, Helene und sie. Es gab zwei Schlafkammern, die gute Stube und die Küche mit dem Stangenherd, auf dem ununterbrochen der Kessel summte. Dann gab es noch den Keller mit der kleinen Räucherkammer, in den eine steile Treppe ohne Geländer hinabführte, und die Waschküche mit der eisernen Wasserpumpe. Die fror im Winter regelmäßig ein. Zuletzt erinnerte sich Johanne an den Schuppen mit dem Stall für das Hausschwein und dem Gemeinschaftsplumpsklo, das die Mieter von oben mitbenutzten. Johanne fürchtete sich vor dem Plumpsklo. Im Winter bekam sie Blasenentzündung. Im Sommer fraßen sie die Fliegen auf, und es entluden sich Gewitter über dem Dorf, meistens mitten in der Nacht. Dann mussten alle im Haus aufstehen und sich anziehen. Luzie holte dann den heiligen Koffer vom Schrank und stellte ihn auf den Küchentisch. Alle setzten sich darum herum und beschworen ihn im Schattenspiel, das eine einzelne Kerze warf, weil man die Glühbirne bei Gewitter nicht einschalten konnte. Licht, so hieß es, ziehe den Blitz an. Auch Wasser, Eisen und Elektrizität. Deshalb wurden sämtliche Sicherungen herausgedreht. So verharrten sie schweigend in der düsteren Küche, bis das Gewitter sich verzogen hatte. Hin und wieder humpelte der Urgroßvater auf seinen Haselnussstock gestützt nach draußen. Wenn er zurückkam, erstattete er Bericht, und meistens stellte er mit ernster Miene fest:

»Dat kummt nich över de Hunte.«

Der unscheinbare Fluss hatte bei Gewitter magische Kräfte. Wenn sich so ein Gewitter erstmal an der Hunte festsetzte, konnte es die ganze Nacht dauern.

In solchen Koffernächten durfte man bei all dem Geblitze und Gedonnere keinen Mucks machen, weil sonst etwas unfassbar Schreckliches geschehen konnte. Johanne sah die Furcht in den Augen der Erwachsenen. Viel später erst begriff sie, dass jedes Gewitter ein Fliegerangriff gewesen war und jeder laute Ton sie an einen SS-Sturmtrupp verraten konnte.

Wenige Tage bevor Luzie sich entschloss, mit dem Sterben zu beginnen, hatte sie Johanne gebeten, den heiligen Koffer vom Schrank zu holen. Johanne konnte es zuerst nicht glauben, aber Luzie meinte es ernst. Sie rückte den Tisch neben den Sessel, hob den Koffer sehr vorsichtig herunter, als könne er nach der langen Schrankzeit zerbrechen, und stellte ihn darauf ab. Der Koffer war ganz aus Aluminium, sehr leicht und gleichzeitig fest, überdies hitzebeständig, also bestens geeignet, wichtige Dokumente über einen Krieg zu retten. Die Beanspruchung war dem Koffer deutlich anzusehen. Er hatte Dellen und tiefe Kratzer, war aber sonst in Ordnung.

»Maak em op.«

»Soll ich wirklich?«

»Man to!«

Johanne konnte es kaum glauben, dass Luzie sie einen Blick in ihr Heiligstes werfen ließ, und öffnete vorsichtig den Deckel. Sie konnte nicht sagen, was sie erwartet hatte, aber der Inhalt löste Enttäuschung aus. Da war nur ein wildes Durcheinander von alten Fotografien.

»Bilder? Ist das alles?«

»Ne.«

Johanne rührte die Fotos um. Weiter unten fand sie abgelaufene Papiere, die ihr auch nichts sagten. Uralte Rentenbescheide, Lohnabrechnungen, Quittungen und Todesanzeigen längst verstorbener Verwandter, an die sie sich vage erinnerte oder auch nicht. Viele hatten vor ihrer Zeit gelebt. Sie hatte sich Antworten erhofft, fand aber nur Belangloses, mit dem sie nichts anfangen konnte.

Sie hob die Fotos aus dem Koffer und breitete sie auf dem Tisch aus, damit Luzie sie sehen konnte. Das war offenbar der Plan gewesen. Die Großmutter nahm einzelne Fotos in die Hand, um sie zu betrachten und wieder fortzulegen. Johanne interessierte das wenig. Sie wühlte sich durch den Koffer. Der Haufen aus der Zeit gekommener Fotografien konnte nicht der Grund sein, warum dieser Koffer gehütet worden war wie ein Schatz. Am Boden stieß sie auf eine zerkratzte Dose und hob sie heraus, um sie zu öffnen. Da protestierte Luzie.

»De nich!«

»Warum?«

»Dar kanns rinkieken, wenn ick nich mehr bün.«

Johanne stellte die Dose in den Koffer zurück, wie Luzie es wünschte.

»Und jetzt?«

»Zeigst du mir die Bilder.«

Johanne reichte Luzie eine Fotografie nach der anderen und die Großmutter verlor sich in der Betrachtung der alten Aufnahmen, von denen einige älter sein mussten als sie selbst. Johanne sah sich mit ihr zusammen die sepiabraunen Bilder an und verfolgte die Aufzählung von Namen entfernter und längst verstorbener Verwandter, was ein ermüdendes Unterfangen war. Das Foto einer Familie vor einer Windmühle hielt Luzie lange schweigend in den Händen. Johanne fragte, wer darauf zu sehen sei.

»Mien Grootvadder. Vun Mudders Siet. Mit Familie. Kiek, dat weer miene Mudder as lüttjet Kind.«

Luzie zeigte auf eines der Mädchen, das in weißgestärkter Schürze neben den anderen Geschwistern im Dreck stand, was einen seltsamen Kontrast darstellte. Sie hatten sich wohl extra für den Fotografen umgezogen.

Johanne hakte nach.

»Kanntest du deine Großeltern gut?«

»Miene Grootmudder hebb ick nich kennt. Mien Grootvadder … tja.«

»Was war mit ihm?«

»He weer een rechten Schlawiner. Mudder un Vadder hebbt em eendaags mitsamt sien Sofa vör de Döör sett.«

Luzie erzählte.

Ihr Großvater hatte sie einmal bis zum Umfallen neben dem Sofa strammstehen lassen. Mit dem Möbel sei es nämlich so eine Sache gewesen. Das habe er mitgebracht, als er zu den Eltern zog. Wenn sich jemand daraufgesetzt habe, sei er fuchsteufelswild geworden. Sie habe es dennoch gewagt und ihren Ungehorsam mit Strammstehen bezahlt. Da sei es den Eltern zu bunt geworden und sie hätten ihn mitsamt seinem Möbel vor die Tür getragen und des Hauses verwiesen.

Johanne fragte, was mit der Mühle passiert war. Luzie antwortete nicht sofort. Sie reichte Johanne das Foto. Luzies Großvater posierte samt Frau und fünf Kindern, sie standen in Reih und Glied wie die Orgelpfeifen und blickten feierlich in die Kamera.

Luzie zeigte auf den wuchtigen Galerieholländer im Hintergrund, der dem Großvater einmal gehört hatte.

»De Möhl is afbrennt.«

»Wie schade.«

»Veel schlimmer is, dat he siene Fro dootmaakt hett.«

Luzies Großmutter war vom Kornboden gefallen und hatte sich das Bein gebrochen. Damit konnte sie nicht gehen und den Haushalt nicht mehr versorgen. Fünf Kinder blieben sich mehr oder weniger selbst überlassen. Die Älteste, Luzies Mutter, war damals neun Jahre alt. Der Vater zwang sie, die Stelle der Mutter einzunehmen, was damals nicht unüblich war, aber sie schaffte es nicht. Der Vater war unzufrieden. Er prügelte das Kind halb tot. Die Mutter, die das alles vom Bett aus mit ansehen musste, konnte nichts tun, als eine Nachbarin zu bitten, die Kinder zu Verwandten zu bringen. Nur die Älteste, die kam zu einem Bauern, weil der Vater es so wollte. Sie war alt genug für die Arbeit und er bekam Geld für sie. Damit betrank er sich drei Tage lang, während sich seine Frau die Lunge aus dem

Leib schrie, weil sie es vor Schmerzen nicht aushielt. Als er wieder nüchtern war, wurde sie ruhiger. Er behandelte den Bruch mit Kuhdung, denn für den Doktor war kein Groschen mehr übrig. Eine Woche lang lag sie noch im Mist, dann war sie tot. Also blieben die Kinder, wo sie waren, der Vater versoff die Mühle und legte, so wurde später vermutet, selbst das Feuer, aus dem er knapp mitsamt seinem Sofa entkam.

Fortan hauste er in einer Holzhütte und reiste mit selbstangerührten Wundsalben über die Dörfer. Dass er Kinder hatte, daran erinnerte er sich erst wieder, als er schließlich zu alt fürs Hausieren wurde. Da zogen er und das Sofa zu seiner Ältesten. Sein übles Temperament hatte er auch im Alter noch und ein Säufer war er bis zuletzt.

»Knapp hunnert is he wurrn. De Welt is mennig maal ungerecht.«

Nach dieser Erzählung war Luzie eingeschlafen und Johanne hatte mit größerem Interesse als vordem die fremden Urgroßonkel und Urgroßtanten, Cousins und Kusinen in den Koffer zurückgelegt. Sie gingen hinter Pflügen, die von schweren Kaltblütern gezogen wurden, saßen im Schatten hoch aufgetürmter Heuwagen, armdicke Brotscheiben vespernd, wendeten Stroh oder molken das Vieh, die Frauen in langen Röcken mit Schürzen und Kopftuch, die Männer in weiten Hosen, mit Hut und Weste bekleidet. Allesamt standen sie gutbäuerlich im Saft und blickten geradeaus in die Kamera. Bis auf die Sache mit Luzies Großvater und seiner Quacksalberei schien alles in Ordnung. Die Mazur'schen Verwicklungen hatten sich noch nicht ereignet.

Warme Kartoffeln

Sie hatten sie in die alte Schule gesperrt. Nach drei Nächten unter freiem Himmel bei eisigen Temperaturen war es nicht nur für Jurek eine Wohltat, dem scharfen Ostwind zu entkommen. Er hatte in der Nacht sogar geschlafen und langsam kehrte Leben in seine erstarrten Glieder zurück. Zu allem Überfluss bekamen sie gekochte Kartoffeln zu essen, jeder zwei Stück. Die erste warme Mahlzeit seit Tagen. Die erste richtige Mahlzeit seit Beginn seiner Gefangenschaft. Er aß mit Bedacht, kaute lange und schmeckte noch den letzten Krümeln auf seiner Zunge nach, denn er hatte nie bessere Kartoffeln gegessen, nicht einmal bei der Babka. Zuletzt leckte er seine klebrigen Finger ab, bis sie sich wund anfühlten. Jemand rief seinen Namen. Er stand sofort stramm. Ein deutscher Soldat, kaum älter als er selbst, kam auf ihn zu, packte ihn und zog ihn aus der Menge. Mit vorgehaltenem Gewehr stieß er ihn vor sich her und aus dem Gebäude heraus. Jurek rechnete fest damit, dass sie ihn an die Wand stellten. Warum? Sie brauchten dafür keinen Grund. Die besten Kartoffeln der Welt sollten also seine Henkersmahlzeit gewesen sein. Er hatte den Geschmack noch auf der Zunge und dachte sich, dass es schlimmere Arten gab, abzutreten. Bedauerlich war nur, dass er die Mutter und die Babka nicht noch einmal gesehen hatte. Als er draußen war, sah er, dass es wieder geschneit hatte. Der Soldat brüllte ihn an und untermalte seine Worte mit großen Gesten, als ob er zu einem Idioten sprach. Oder zu einem, der seine Sprache nicht beherrschte.

»Du kommen mit! Draußen Besuch!«

»Besuch? Für mich? Doch nicht etwa die Babka?«

Dass der Polack, den er laut Befehl des Kommandanten nach draußen bringen sollte, Deutsch sprach, irritierte den Soldaten derart, dass Jurek fürchtete, er werde ihn deswegen nun doch erschießen, aber der Soldat ließ ihn noch einmal davonkommen. Er schubste ihn vorwärts.

»Weiter! Na los!«

Zwei Frauen standen am Tor. Jurek erkannte sie sofort. Die kleinere der beiden war die Babka, so wie er vermutet hatte, die andere seine Mutter. Wie war die so schnell hierhergekommen? Sie musste mit dem Nachtzug aus Posen angereist sein. Dem Vater war das sicher nicht recht gewesen. Bestimmt hatten sie deswegen gestritten. Der Vater wollte ihn schon immer loswerden. Er wäre erleichtert, wenn der Bastard aus seinem Leben verschwand, denn Jurek war ein Stachel in seinem Fleisch. Er war überzeugt, dass seine Frau ihm den Jungen untergeschoben hatte und dass ihr deutscher Dienstherr der wahre Vater war. Es musste so sein, so wie der sie ansah! Jetzt reiste sie diesem Kuckuckskind auch noch nach. Möglicherweise hatte der Vater die Mutter sogar geschlagen. Wenn er in Zorn geriet, rutschte ihm leicht die Hand aus. Sie stritten oft und eigentlich immer nur wegen ihm. Manchmal zweifelte Jurek schon selbst, der Sohn seines Vaters zu sein und es gab Momente, da wünschte er sich, einen anderen Vater zu haben.

Er spürte einen harten Schlag im Rücken und stolperte weiter, bis er direkt am Tor stand, ganz dicht bei den Frauen. Der warme Atem seiner Mutter strich ihm über die Wangen und er musste sich beherrschen, nicht loszuheulen wie ein kleines Kind. Sie streckte die Hände aus, um sein Gesicht zu berühren. Sie verkniff sich ebenfalls die Tränen, das machte die Sache leichter. Er ahnte, dass es ein Abschied für immer war, und die beiden Frauen auch, er sah es in ihren Augen. Eine Weile standen sie nur da und schwiegen, denn sie wussten keine Worte für einen solchen Moment. Jurek suchte nach den Sätzen, die ihm vor Babkas Haus in den Sinn gekommen waren, aber sie fielen ihm nicht mehr ein. Seine Mutter fragte:

»Geben sie euch zu essen?«

Er war ihr dankbar für die schlichte Frage, schluckte und nickte.

»Geht es dir gut?«

Wieder nickte er und fragte nun selbst:

»Was geschieht jetzt mit uns, Mutter?«

»Sie bringen euch nach Deutschland.«

Dann stimmte es also. Er lächelte tapfer, seine Mutter ebenfalls.

»Dir kann nichts passieren. Ich habe dir ihre Sprache beigebracht. Du wirst dich zurechtfinden. Streng dich an.«

»Ja, das werde ich, Mutter.«

Die Babka sagte nun auch noch etwas und schaffte es mit Mühe, zuversichtlich zu klingen. Jurek hörte das Zittern in ihrer Stimme.

»Sei getrost. Der Stadthauptmann hat gesagt, dass man euch gute Arbeit gibt.«

Sie schloss mit Worten, die ihr selbst Mut zusprachen.

»Sei fleißig, Junge. Dann sehen wir uns bald wieder. Der Krieg ist schon bald vorbei, wirst sehen.«

Die Lüge tat gut und es war in Ordnung, so zu tun, als

glaubte man daran. Jurek lächelte und der Soldat wurde ungeduldig.

»Schluss jetzt! Es reicht! Zurück!«

Jurek drückte den beiden Frauen die kalten Hände, dann drehte er sich um und ging mit dem Soldaten zurück in das Gebäude.

»Zieh immer schön den Kopf ein, Junge, dann bleibt er dran!«

»Und tu, was man dir sagt!«

Das waren die letzten Ratschläge, die sie ihm nachriefen. Jurek nahm sich vor, sie zu beherzigen.

Die goldene Dose

Als Johanne die goldene Blechdose aus dem heiligen Koffer barg, kam es ihr wie Verrat vor, auch wenn Luzie es ihr für die Zeit nach ihrem Tod ausdrücklich erlaubt hatte. Nur fühlte es sich nicht so an, als hätte sie aufgehört, zu existieren. Da war eine Präsenz. Sie wandte sich mehrmals zu Luzie um, als sie den Koffer öffnete. Sie hörte ihre Stimme, wie sie lachte und Geschichten erzählte, die belanglos waren und tiefsinnig, weil sie quer durchs Leben wurzelten.

Im Frühherbst 1923, zur Zeit der großen Inflation, trugen die Leute ihr Geld kofferweise zum Kaufmann, um ein Pfund Mehl oder einen Liter Milch zu kaufen. Auch der Vater stopfte eines Morgens seinen Monatslohn in die große Posttasche und fuhr mit dem Rad gegen die große Inflation an. Immer Richtung Bremen, an den Bahnschienen entlang. Er hoffte, noch einen Ballen Stoff zu ergattern. Schließlich mussten die Kinder und die Frau wat övern Mors hebben, denn der nächste Winter stand vor der Tür. Als er gegen Mittag in die Stadt kam und zu seinem Stoffhändler, reichte es noch für eine Handvoll Nähgarn.

Johanne hatte die goldene Blechdose auf den Tisch gestellt. Wie kam es, dass ihr beim Anblick des zerkratzten Blechs ausgerechnet diese kleine Episode eingefallen war, die Luzie ein ums andere Mal erzählt hatte? War die Dose darin vorgekommen? Hatte sie möglicherweise erwähnt, dass der Vater die billionenschweren Garnrollen in eben diesem Schatzkistchen transportiert hatte? Vielleicht brachte sie Dose und Garn auch nur in Verbindung, weil es eine gute Geschichte war. Oder weil sie hoffte, hier eine Spur zu finden, die zum Grund des Mazur'schen Schweigens führte. Sie öffnete den Deckel und schüttete den Inhalt auf den Tisch. Ihr war nicht wohl dabei, denn sie fürchtete sich vor den Antworten, die gefunden werden mussten. Es konnte gut sein, dass sie hässlich waren.

Johanne wusste nicht, womit sie rechnete. Mit einem Brief vielleicht oder mit Papieren, die alles erklärten. Doch da waren wieder nur Fotos, zu allem Überfluss solche, die sie bereits kannte. Manche hatte sie selbst als Teenager mit der Pocket aufgenommen. Die kleinen Kameras waren vollkommen aus der Mode gekommen, wie so vieles. Wie Kassettenrekorder und Plattenspieler. Es war ein Konfirmationsgeschenk gewesen. Von wem eigentlich? Sie dachte darüber nach, als sie in ihren eigenen Fotografien blätterte. Dilettantische Aufnahmen. Die Siebziger, ein gelbstichiges Jahrzehnt. Die meisten zeigten Luzie, am Herd stehend und in einem Topf rührend, mit Hacke auf dem Feld, in grüner Schürze im Gemüseladen, wo sie zuletzt gearbeitet hatte, und auf diversen Gemeindefesten. In gestärkter Schürze teilte sie dort ihren selbstgemachten Kartoffelsalat aus, von dem sie eine Wanne voll stiftete, seit Johanne sich in der Kirche engagierte. Das war vor dem Abi gewesen. Da kam ein neuer Pastor ins Dorf, der frischen Wind in die Gemeinde brachte. Der den Mazurs die Hand gab, als seien sie ganz normale Leute. Die Kartoffeln für den Salat kriegte Luzie billig, daran sollte es nicht liegen. Als ihr jedoch zu Ohren kam, dass einigen der Mazur'sche Salat sauer aufgestoßen war, hörte Luzie mit der Stifterei und den Gemeindefesten auf. Johanne ging studieren und vergaß die Geschichte mit dem Kartoffelsalat.

Sie wühlte sich weiter durch die Fotografien. Sie fand Aufnahmen von sich und Leo als Konfirmanden und von Luzies runden Geburtstagen, doch nur wenige von Thea, die sich immer vor der Kamera drückte. Zuletzt stieß sie auf einen Stapel Ansichtskarten, die Johanne ihrer Großmutter von diversen Reisen geschickt hatte. Es rührte sie, die alten Karten in Luzies Schatzkiste wiederzufinden. Venedig, Portugal, Südfrankreich. Überall war sie als Studentin gewesen. Nur beantwortete das alles keine einzige Frage. Es war im Gegenteil eine Fortsetzung der halbseidenen Legenden, die Luzie ihr Leben lang verbreitet hatte, um vom Wesentlichen abzulenken. Nun ging das sogar nach ihrem Tod so weiter.

Als Johanne mit den Fotos durch war, drehte sie die Schatzkiste auf den Kopf und schüttelte sie. Nichts fiel heraus. Was hatte sie denn auch erwartet? Einen doppelten Boden vielleicht? Sie schaute wohl zum zigsten Mal ins Innere der Kiste hinein. Nur zur Sicherheit.

Am Boden klemmte nur die vergilbte Pappe einer *Maizena*-Schachtel mit dem berühmten Rotweincreme-Rezept. Luzie hatte die Pappe sicher wegen des Rezepts aufbewahrt.

Rotweincreme hatte es zu hohen Familienfesten gegeben. Das Dessert war der unbestreitbare Höhepunkt eines jeden Mazur'schen Festessens gewesen. Rotweincreme gehörte zu Taufen, Konfirmationen und Geburtstagsjubiläen dazu wie Schwarzwälderkirsch und Korn. Luzie hatte es immer zu gut gemeint mit dem Wein, so dass die Creme bitter wurde, aber so schmeckte Rotweincreme eben. Es war Luzies Vorstellung von gehobener Küche.

Johanne konnte sich nicht zwischen Wehmut und Enttäuschung entscheiden. Sie würde die Creme bei Gelegenheit und in Erinnerung an Luzie nachkochen und zu viel Wein hinzugeben, wie es sich gehörte, schön und gut, aber wenn das alles gewesen war, hatte Luzie sie gründlich an der Nase herumgeführt. Johanne fummelte die Pappe aus der Dose und wurde überrascht. *Siehste wohl*, hörte sie Luzie sagen. Es war nämlich doch nicht alles gewesen. Verborgen unter dem Rotweincremerezept fand sie vergilbte Papiere und dies und das. Johanne breitete ihren Fund auf dem Tisch aus. Was ihr sofort ins Auge stach, waren Feldpostbriefe. Sie stammten von Luzies Bruder Hinnerk, der im Krieg geblieben war. Die Briefe hatte Hinnerk an die Eltern adressiert. Johanne zog einen nach dem anderen aus dem Kuvert und entfaltete sie vorsichtig, um das mürbe Papier nicht zu beschädigen. Die frühen Briefe hatte er auf Bütten geschrieben, in Schönschrift und mit Tinte, die späteren auf ausgerissene Heftfetzen, mit Bleistift hastig hingekritzelt. Johanne versuchte, einen der Briefe zu entziffern, was nicht sofort gelang, denn Hinnerk hatte sie in altdeutscher Schrift verfasst. Johanne legte die Briefe fürs Erste zurück und nahm sich ein anderes Schriftstück vor. Es brach beim Entfalten in vier Teile. Johanne sortierte sie wieder zusammen und stellte fest, dass es sich um die Geburtsbescheinigung ihrer Mutter handelte, ausgestellt im September 1943. Die Urkunde war versehen mit zahlreichen amtlichen Randvermerken, in akkurater Handschrift eingestanzt, jeder einzelne Buchstabe ein Stechschritt.

Sie las die Notizen, begriff jedoch kaum den Sinn, denn eine alte Angst überfiel sie. Das war schon lange nicht mehr vorgekommen, deshalb bemerkte Johanne es nicht gleich.

Das Zucken des Augenlids, das Zittern des Zwerchfells. Sie hatte nicht aufgepasst, und da war die alte Angst hervorgekrochen. Sie nahm ihr den Atem. Johanne schlug mit der Faust gegen das rasende Herz, in dem sie die Angst sonst gefangen hielt, und es dauerte hundert Schläge, bis es vorbei war. Bis die Angst zurückgekrochen war in den Herzkäfig und sie den Riegel wieder vorlegen konnte.

Foto ohne Gesicht

Als sei das eine Art Lebensversicherung, wurde sich verlobt, was das Zeug hielt. August und Luzie hatten es auch getan, einen Tag, bevor sie sich am Bahnhof wieder trennten, weil August in den Krieg fuhr. Er schenkte ihr schwer verlegen eine Fotografie. Sie zeigte ihn, was Luzie auf den ersten Blick aber nicht erkannte. Es hätte irgendjemand sein können. Man sah dem Bild an, dass es in großer Eile gemacht worden war. Geradezu hingepfuscht. Der Fotograf musste ein Stümper gewesen sein. Dabei konnte Luzie sich noch freuen. Viele hatten nicht einmal mehr einen Termin im Atelier in der nächsten Stadt bekommen, denn hier gaben sich die jungen Leute jetzt die Klinke in die Hand. August hatte das nicht beeindruckt. Er war einfach hingegangen, ohne Termin, und er hatte Glück gehabt. Ein anderer Kunde war nicht gekommen und der Fotograf nahm ihn stattdessen dran. August musste sich auf einen Stuhl setzen und stillhalten. Just in dem Moment, als der Fotograf auslöste, hatte jedoch die Ladenglocke gebimmelt, weil der verspätete Kunde eintraf, woraufhin August den Kopf drehte, und das Bild verwackelte. Zeit für einen weiteren Versuch gab es nicht und August musste sich mit dem Wackelbild zufriedengeben. Er bekam Rabatt. Jetzt hielt Luzie das Bild in Händen und musste sich das Lächeln ihres Liebsten selbst denken, denn dort, wo der Kopf hätte sein sollen, sah man nur einen verwischten Schatten. Sie hängte es trotzdem an die Innenseite ihrer Alkoventür in der Mädchenkammer. Hier schlief sie, seit sie Dienst auf dem Bauernhof tat. Sie fand sich damit ab. Sie wusste ja, wie August aussah.

Bei ihren Eltern hingen jetzt auch zwei Fotografien mehr in der guten Stube. Eines zeigte ihre Schwester, das andere den Bruder. Die Schwester war erst kürzlich bei der Geburt ihres zweiten Kindes gestorben, während der Bruder zur nächsten Schlacht marschierte. Zwischendurch schrieb er Briefe, in denen er sich für die Pakete bedankte, die die Eltern ihm schickten. Auf die Post war immerhin noch Verlass.

Für Luzie kam kein Brief. Dabei hatte August hoch und heilig versprochen, ihr jede Woche zu schreiben. Vier Wochen waren es nun schon, seit er in den Zug gestiegen war. Alle, die mit ihm gefahren waren, hatten schon geschrieben. Er nicht. Sein Schweigen machte ihr zu schaffen. Wenn sie sein Bild betrachtete, fiel es ihr immer schwerer, sich sein Lächeln vorzustellen, und ihr Kopf war voll mit schlimmen Gedanken. Wenn die Mäuse im Stroh tanzten, schrumpften die Siegesmeldungen aus dem Radio zu Affengebrüll. Wie es wirklich zuging im Feld, das posaunte keine Wochenschau und kein Volksempfänger in die Welt. Das war nur ein Geflüster zwischen Tür und Angel. Wenn das alles stimmte, wurde an der Front gestorben, frag nicht nach Sonnenschein. Nebenbei vernichteten *unsere heldenhaften Soldaten* den Jud und anderes Kroppzeugs, Maus und Mann, Frau und Kind, alles, was nicht stramm deutsch war. Zwischendurch gab es zur Belohnung Wein, Weib und Gesang. So war es Luzie zu Ohren gekommen.

Sie konnte das nicht glauben. Ihr Verlobter war kein solcher Schlawiner. Überhaupt waren es doch anständige Männer, die jetzt als Soldaten im Feld standen. Nachbarn, Schulkameraden, Ehemänner. Und Verlobte. Gut, der eine oder andere. Aber alle? Und August schon gar nicht. Der machte so was nicht. Schreiben tat er jedoch auch nicht. Er musste tot sein.

Als sie das nächste Mal die Eltern im Dorf besuchte, sagte sie das ihrem Vater. Der hatte ein Ohr für solche Sachen. Er war ja selbst in einem Krieg gewesen und wusste, wie es zuging und was man von den Gerüchten glauben konnte und was nicht. Er druckste herum. Möglich war es schon. Allerdings gab es Hoffnung und er konnte seine Tochter damit beruhigen, dass er Augusts Eltern bisher keine Gefallenenmeldung hatte zustellen müssen.

Ein weiterer Friseur

Der Zug hielt und ein Mitgefangener wagte es, die Waggontür einen Spalt weit aufzudrücken. Jurek wachte von dem knirschenden Geräusch auf. Ihm taten alle Knochen weh, er hatte auf dem nackten Boden gelegen. Seinen linken Arm spürte er nicht. Er rappelte sich hoch, schüttelte den tauben Arm und ging ein paar Schritte hin zur offenen Waggontür, durch die ein eisiger Wind wehte, der ihm guttat, denn die Luft im Waggon war zum Schneiden. Jurek las.

Anhalter Bahnhof Berlin

Sie waren in Deutschland. War das schon das Ziel?

Jemand riss von außen an der Tür, bis der Spalt breit genug war, dass ein Wassereimer hindurchpasste. Ein Wehrmachtssoldat schob ihnen den Eimer hin, als seien sie durstige Zirkustiere. Obenauf schwamm eine dünne Eisschicht. Die schwappte heraus, als der Zug ruckte, es ging weiter.

Sie fuhren viele Stunden. Irgendwann wurden die Türen wieder aufgerissen und Befehle gebrüllt. Uniformierte trieben sie aus den Waggons auf freies Gelände. Jurek blinzelte in das grelle Licht der Scheinwerfer, das kreisrunde Ausschnitte einer trostlosen Landschaft aus Wasser und Matsch beleuchtete. Als er sich an das Licht gewöhnt hatte, erkannte er Wachtürme, Stacheldraht und Holzbaracken, umgeben von Schlamm, verbunden durch notdürftig angelegte Bretterstege, über die man sie jetzt trieb. Die Stege waren glitschig, Gefangene rutschten aus und landeten im Dreck. Die Soldaten trieben sie zu den Baracken und überließen sie dort sich selbst. Sie wollten in die warme Stube.

Für die Gefangenen gab es auch hier weder Decken noch etwas zu essen, auch keine Pritschen, auf die sie sich legen konnten. Als Schlafplatz diente der nackte Boden, das waren sie schon aus den Zügen gewohnt. Durch die Ritzen der Barackenwände sickerte zäher Nebel herein, er gefror ihnen in den Haaren und legte sich als weißer Reif auf die Kleidung. Nicht einmal ein Fußballtor gab es hier, das sie hätten verheizen können, also kauerten sie sich eng zusammen, um sich gegenseitig zu wärmen. An Schlaf war nicht zu denken. Erst gegen Morgen, als die Dämmerung kam, nickte Jurek ein, um kurz darauf wieder hochzuschrecken.

Ab zur Rasur und zum Entlausen, *no, dawaj!*

Danach musste ein Sumpf trockengelegt werden. So viel verstand er.

Wieder wurden sie getrieben, dieses Mal in eine größere Baracke, in der sie sich zur Rasur anstellen mussten. Zwei Mitgefangene schoren den Neuankömmlingen die Köpfe und bestreuten sie anschließend mit Entlausungspulver.

Jurek hoffte, dass es nach dieser Prozedur endlich etwas zu essen gab, denn er fühlte sich zu schwach, um Gräben auszuheben. Die letzte Pirogge hatte er im Zug mit einem Mann aus Łódź geteilt.

Es dauerte lange, bis er endlich an der Reihe war. Der Friseur zeigte auf den freigewordenen Stuhl, aber Jurek blieb erstaunt stehen, denn er kannte den Mann.

»Kasimir Nowak?«

Der Friseur musterte ihn.

»Du kennst meinen Namen?«

»Was ist! Nicht einschlafen da vorne!«

Ein Wachsoldat kam und stieß Jurek auf den leeren Stuhl. Der Friseur begann mit der Schur. Als der Wachsoldat sich abwandte, wagte Jurek eine Frage.

»Kennen Sie mich denn nicht wieder? Jurek Mazur aus Poznan. Ich bin schon als Kind immer zu Ihnen zum Haareschneiden gekommen.«

Der Friseur tat, als hätte er Jureks geflüsterte Frage nicht gehört, und vielleicht hatte er das wirklich nicht, denn es war laut in der Baracke. Er verrichtete seine Arbeit schweigend. Die Schneidemaschine war stumpf und Jurek hatte das Gefühl, die Haare würden ihm einzeln ausgerissen.

»Jetzt schleppen sie mir meine Kunden schon ins Lager. Jurek Mazur. Wer hätte gedacht, dass wir uns hier wiedersehen.«

Der Friseur war also doch nicht taub. Er fuhr leise auf Polnisch fort.

»Mich haben sie gleich zu Anfang erwischt und in dieses Schlammloch gebracht.«

»Wo sind wir hier, Herr Nowak?«

»Nun lass mal das ›Herr‹ weg, Junge. Ich bin Kasimir, du bist Jurek und wir beide sind im Emsland.«

»Emsland? Wo liegt das?«

»Im größten Moorloch der Welt. Bete, dass du schnell wegkommst. Hier holt man sich die Schwindsucht.«

»Weg? Wohin? Und wie?«

»Wenn du Glück hast, schicken sie dich zu einem Bauern, der dich nicht verhungern lässt. Wenn du Pech hast, in eine Munitionsfabrik. Die ärmsten Schweine bleiben.«

»Ist es denn so schlimm hier?«

»Schlimmer. Letzens mussten wir einen der Unsrigen eingraben. Einen Priester aus Warschau.«

»Jesus Maria! Warum?«

»Der hat zu viel gebetet. Wie er den Himmel angeschrien hat, dass er ihn erretten möge!«

»Ist er gerettet worden?«

»Wie naiv bist du, Junge? Sein Gott hat ihn verrecken lassen.«

»Was quatscht ihr da die ganze Zeit!«

Der Wachsoldat war wieder auf sie aufmerksam geworden und kam näher. Jureks Haare lagen am Boden und er strich sich über den kahlen Kopf. Der Friseur klopfte ihm die Schultern sauber und Jurek wollte aufstehen, damit Nowak das Läusepulver über ihn streuen konnte. Der Friseur drückte ihn jedoch auf den Stuhl zurück und starrte ihn an, dass es Jurek peinlich war.

»Sag mal, ich kenne dich doch! Du bist Friseur, oder?!«

Nowak sagte das sehr laut und auf Deutsch. Vielleicht wurde man mit der Zeit verrückt in diesem Nebelland. Jurek wollte protestieren, da gab Nowak ihm zu verstehen, dass er den Mund halten solle, und schrie weiter, so dass es in der ganzen Baracke zu hören war.

»Ja, ja, du bist es tatsächlich! Jurek, der Friseur!«

Der Wachmann pflanzte sich neben ihnen auf.

»Was soll das? Was schreist du hier rum, Polack?«

»Verzeihung, ich habe Anweisung, jeden Friseur zu melden. Dieser Mann hier, ich kenne ihn aus Poznan, er ist Friseur.«

Der Wachmann packte Jurek und zog ihn hoch.

»Na schön. Mitkommen!«

Jurek ging mit ihm, auch wenn ihm die Sache nicht geheuer war. Er machte sich die allerschlimmsten Gedanken. Vielleicht war Nowak tatsächlich verrückt. Was, wenn das eine Falle war? Wenn er zum Lagerkommandanten oder irgendeinem hohen Tier gebracht wurde, um ihm die Haare zu schneiden? Er hatte vom Friseurhandwerk so viel Ahnung wie vom Piroggenbacken. Wie sich herausstellte, spielte das keine Rolle. Kurze Zeit später gab es eine dritte Schlange in der Friseurbaracke und Jurek hatte einen neuen Beruf.

Schiet Mull!

Als Friseur konnte man überleben. Es gab doppelte Rationen. Das war nicht gerecht, aber nicht seine Schuld. Oder doch? Wenn er seine Kameraden morgens ins Moor marschieren sah, frierend, hungrig und zerlumpt, dann überkam Jurek das schlechte Gewissen, nur hatte er sich nicht darum gerissen. Er hatte schlichtweg Glück gehabt. Allerdings fragte er sich ein ums andere Mal, ob ihm dieses Glück zustand. Er hätte sich weigern können, die Schneidemaschine in die Hand zu nehmen, um mit seinen Landsleuten ins Moor zu gehen. Hätten sie ihn dann zur Strafe auch eingegraben wie den Priester, der nicht aufhören wollte zu predigen? Die Sache ließ ihm keine Ruhe und er sprach mit Kasimir darüber. Der war ein väterlicher Freund geworden. Kasimir stand sich gut mit dem Lagerkommandanten und er tröstete Jurek. Bald werde er sowieso aus dem Lager entlassen, er werde schon sehen.

Kurz darauf wurde er zum Kommandanten gerufen. Der war ein Hagestolz, einer mit geölten Haaren, der mit erhobenem Kinn durch seine Stube schritt, die Hände auf dem Rücken verschränkt, als spiele er in einem Theaterstück den König. Er sprach auch so. Seine Stimme klang wie gepudert.

»Ich habe gehört, dass er gut Deutsch spricht? Ist er am Ende Deutscher?«

Der Mann drückte sich seltsam aus. Als Jurek nicht sofort antwortete, versetzte ihm der Soldat, der Jurek hergeführt hatte, einen Stoß in den Rücken. Er wäre fast vornübergefallen, fing sich aber und antwortete aufs Geratewohl.

»Ich bin Pole, Herr. Die Mutter hat mir die deutsche Sprache beigebracht.«

»Aha. Warum hat sie das getan?«

»Weil sie die Sprache der Romantiker liebt, Herr.«

»So, so. Nun denn, wie auch immer. Es gibt da einen Großbauern in der Geest, UK gestellt. Kriegswichtige Landwirtschaft. Der braucht jemanden, der bei ihm dolmetscht. Das kann er doch?«

»Wer?«

»Er! Und arbeiten kann er auch?«

Jurek nickte, denn er begriff immer noch nicht, was der Kommandant von ihm wollte.

»Dann soll er seine Sachen packen. Es geht – subito! – in die Geest!«

Jurek dämmerte, dass es um ihn ging. Er konnte sich unter *Geest* allerdings nichts vorstellen, hakte aber nicht nach, denn so was mochten die Fatzkes nicht. Also ging er packen, nur mal so zur Vorsicht. Das war in Nullkommanichts getan. Etwas aufgesparter Proviant und das Tuch der Babka, in das sie die Piroggen geknotet hatte. Es duftete immer noch schwach. Er band es sich um den Hals. Dann kam auch schon der Soldat und brachte ihn zu einem Transporter, auf dessen Ladefläche schon ein paar andere Gefangene saßen. Kasimir war auch dabei. Es würde schon weitergehen. Er würde den Kopf einziehen und sich bemühen, das hatte er versprochen.

Jurek schätzte, dass sie drei Stunden gefahren waren. Sie kamen nur langsam voran, denn die Wege glichen Buckelpisten und die Straßen bestanden aus holprigem Kopfsteinpflaster. Man wurde ordentlich durchgeschüttelt. Kalt war es auch.

Sie fuhren auf einem Pritschenwagen Richtung Osten durch Orte mit Namen wie Lastrup und Molbergen. Die Ladefläche saß voll. Männer, Frauen, halbe Kinder. Sie starrten schweigend auf die Landschaft, die sich verändert hatte. Statt Moor wuchs hier Wald, zwischendrin lag Ackerland, noch brach, denn es war immer noch Winter. Der Boden, dessen Oberfläche sich wellte wie ein gigantisches Meer, schien hier vor allem aus Sand zu bestehen. Da es hier lange weder geschneit noch geregnet hatte, war alles trocken und der Wind wirbelte den feinen Sand auf, der in Strudeln über das Land fegte.

Schiet Mull!

Das waren nach *Moin!* die nächsten plattdeutschen Worte, die Jurek lernte. Den Gruß, der nach *Guten Morgen* klang, aber *Schönen Tag* bedeutete, hatte er sich schon im Lager gemerkt. Der Fahrer fluchte mehrmals und ausführlich in dieser seltsamen Sprache, während er den Wagen schlingernd über die Feldwege steuerte, immer Gefahr laufend, stecken zu bleiben oder in den Graben zu rutschen. Der feine Sand war schlimmer als Schnee.

Gespenster

Es klingelte an der Haustür und Johanne packte hastig die Fundstücke in die goldene Kiste zurück. Sie vermutete, dass es Dr. Petermann war, es konnte aber auch jemand anderes sein. Sie suchte ein Versteck für die Schatzkiste, denn sie fühlte sich seltsam ertappt. Es sollte keiner sehen, dass sie in Luzies Sachen wühlte. Ein Foto war unter den Tisch gefallen, es lag mit der Rückseite nach oben. Jemand hatte etwas daraufgeschrieben. Sie hob es auf und las.

Liebe Luzie. Wenn ich wiederkomme, tanzen wir. Vergiss mich nicht. Dein August.

Von einem August hatte Luzie nie gesprochen. Noch so ein Geheimnis. Neugierig drehte sie das Foto um. Es zeigte einen jungen Mann in Wehrmachtsuniform. Sein Gesicht war nicht zu erkennen. Es sah aus, als habe jemand versucht, es auszuradieren.

Es klingelte ein zweites Mal. Sie wollte schon zur Tür, um den Besuch hereinzulassen, da hörte sie, dass Thea ihr zuvorkam.

Johanne strich noch einmal die Bettdecke glatt, unter der Luzie jetzt so still lag. Wenn Dr. Petermann erst einmal den Totenschein ausgestellt hatte, dann war Luzies Totbleiben amtlich. Die Endgültigkeit sank wie Blei in ihr Herz. Nur war es nicht der Dorfarzt, sondern Leo. Luzie durfte also noch ein Weilchen zwischen Sein und Nichtsein verweilen.

Mit Erleichterung lauschte Johanne, wie Thea ihren Neffen an der Tür begrüßte.

»Doch schon Feierabend?«

»Hmm.«

»Denn komm man rein.«

»Mudder auch schon da?«

»Gibt gleich Kaffee.«

Leo polterte hinter Thea her durch den Flur. Man konnte es seinem Schritt anhören, dass er nicht gern auf eigenen Füßen stand. Viel lieber saß er, am liebsten hinter dem Steuer seines Treckers oder in seinem altersschwachen Benz, Letzteren fuhr er mit Leidenschaft, denn er kam damit überall hin, zum Bäcker, zum Edeka, in die Kneipe und auch mal quer über den Acker. Welche Farbe die Lackierung ursprünglich gehabt hatte, konnte man unter der Patina von Schlamm und Staub nur noch erahnen. Für Leo spielten solche Kleinigkeiten keine Rolle. Er war in dieser Beziehung vollkommen uneitel, Hauptsache, die Kiste fuhr.

»Moin!«, schnauzte er laut durch die Küchentür. Leo war im Sprechen genauso grobschlächtig wie im Gehen, deshalb klang bei ihm jedes Wort wie eine Drohung. Dabei gab es im ganzen Dorf keinen friedfertigeren Menschen als ihn. In diesem Fall war der harsche Tonfall jedoch gewollt, denn der Gruß galt seiner Mutter und Norbert. Er konnte nicht so gut mit den beiden, mit Helene am allerwenigsten, weil sie Leos Vater verlassen hatte, um mit Norbert in eine andere Stadt zu ziehen. Kassel. Das war für Leo ungefähr so weit weg wie der Mond. Die Geschichte war zwar schon dreißig Jahre her, aber bei Leo verjährte nichts.

Norbert versuchte es mit Leutseligkeit.

»Mensch, Leo! Wie schön, dich mal wieder zu sehen, altes Haus. Alles frisch?«

Ob er seinem Stiefsohn damit eine Reaktion entlockte, konnte Johanne nicht sehen. Sie hörte aber, wie ein Stuhl laut über das Laminat schabte. Geschirr klapperte. Bestimmt hatte Leo sich gerade gesetzt und Thea schenkte ihrem Neffen Kaffee ein.

»Johanne? Leo ist da! Kommst du?!«

Das war keine Frage, sondern ein Befehl.

»Gleich!«

Johanne musste sich erst für die Familie wappnen. Wenn nur Silje schon da wäre. Mit ihr als Verbündeten fiele es leichter, zur zweiten Runde in den Familienring zu steigen. Es gab zwar nichts zu vererben, um das man sich trefflich streiten konnte, aber es musste eine Beerdigung organisiert werden, das genügte. Helene hatte während ihres Spaziergangs sicher weiter an ihren Plänen gebastelt. Wahrscheinlich hatte sie schon alles bis ins Detail fertig geplant und die Aufgaben verteilt. Leo würde das Grab auskuhlen, das sparte den Küster. Und Thea würde backen, das sparte den Bäcker. Und Norbert würde irgendetwas transportieren. Die Blumen und Kränze, Helene und Norbert oder so.

Johanne fiel das letzte Telefongespräch mit ihrer Tante ein. Es war dabei wie immer um Luzie gegangen, die aus dem Krankenhaus in ein Heim zur Kurzzeitpflege entlassen werden sollte, weil sie in ihrer Wohnung nicht mehr allein zurechtkam. Helene hörte das nicht gern.

»Mutter hat sich doch gut erholt. Ich hab mit ihr telefoniert. Wir haben ganz wunderbar geplaudert.«

»Sie ist ein Pflegefall!«

»Und was soll ich da machen? Ich bin weit weg!«

»Es geht um die Entscheidung, ob wir uns um einen dauerhaften Heimplatz kümmern sollen. Und es geht um die Kosten.«

Das saß. Helene kam sofort aus ihren Kasseler Bergen angereist. Beim obligatorischen Kaffeetrinken in Theas Küche ging es dann aber nur darum, dass *sie* ganz sicher nicht diejenige sei, die der Mutter erkläre, sie könne nicht mehr nach Hause. Die Mazurs hätten noch nie jemanden ins Heim abgeschoben!

Thea war sofort eingeknickt. Natürlich werde sie Luzie pflegen. Die Mutter könne ihr Bügelzimmer haben. Und Johanne sei ja auch noch da. Damit war Helene zufrieden.

»Das wollte ich hören, ihr Lieben. Ihr kriegt das hin. Es gibt ja heutzutage auch noch den Pflegedienst.«

Johanne gab nicht so schnell auf wie ihre Mutter.

»Und wer fragt mich?«

»Wieso? Was ist mit dir?«

»Nun ja: Was ist mit meiner Arbeit? Soll ich die jetzt ganz aufgeben?«

Helene verdrehte die Augen.

»Deine Arbeit! Du bist den ganzen Tag zu Hause, Johanne. Da kannst du deiner Mutter doch mal zur Hand gehen. Und das Pflegegeld kommt euch auch zupass, ist es nicht so?«

»Das Pflegegeld kriegt der Pflegedienst, wenn wir einen holen!«

»Mutter ist doch noch ganz fidel.«

Darauf wusste Johanne nichts mehr zu sagen. Sie floh in den Keller, denn nüchtern betrachtet hatte Helene Recht. Was Johanne als ihre Arbeit bezeichnete, war nicht der Rede wert. Man könnte meinen, es sei nur so zum Spaß, nichts

Richtiges. Helene dagegen hatte eine richtige Anstellung gehabt und am Ende eine schöne Rente. Sie hatte sich hochgearbeitet, was sie nicht müde wurde zu betonen. Von der kleinen Verkäuferin zur Chefeinkäuferin eines großen Kaufhauses. Als sie in Rente ging, glichen ihre Ellenbogen Rammböcken. Der Chef persönlich hielt eine Laudatio auf sie und schenkte ihr eine Kreuzfahrt. Man musste es ihr hoch anrechnen, was sie aus ihrem Leben gemacht hatte. Ihr war nichts in den Schoß gelegt worden.

Johanne dagegen hatte gute Voraussetzungen für eine Karriere gehabt. Abitur und Studium. Ein Nestflüchtling mit Rückreiseversicherung. Mit dem Magister in der Tasche versuchte sie sich eine Zeitlang als Journalistin, schrieb sogar ein Buch, eine Auftragsarbeit über regionale Bräuche, das sich gar nicht mal schlecht verkaufte, aber das war es dann auch schon. Als Thea mit Krebs ins Krankenhaus musste, war Johanne fast froh, dieses verfluchte eigene Leben hinter sich zu lassen, um wieder eine gute Tochter zu sein. Das schlechte Gewissen trieb sie zurück ins Dorf und zu Thea, an deren Unglück sie schuld war, einfach nur, weil sie existierte. Eigentlich hatte ihr Leben überhaupt nur einen Zweck, nämlich alles wiedergutzumachen. Johanne hoffte für Silje, dass sie schon weit genug entfernt war von den Mazur'schen Altlasten, um ihr eigenes Leben leben zu können.

Sie dachte über all das nach, während sie die Waschmaschine mit Luzies Wäsche füllte, die sie beim letzten Besuch aus dem Pflegeheim mitgenommen hatte, schließlich kostete dort jede Waschmaschinenladung sattes Geld.

Nachdem sie das Waschpulver zugegeben hatte, schaltete sie in den Vollwaschgang, sah zu, wie sich die Trommel zu drehen begann, und schämte sich. Luzie und auch Thea waren in ihrem Alter schon Großmütter gewesen, sie dagegen fühlte sich in Helenes Gegenwart immer noch wie das Kind im Schrank. Sie schämte sich für das, was sie war, nämlich eine Gescheiterte, und für ihre Arbeit, obwohl außer Silje niemand so genau darüber Bescheid wusste. Nicht einmal Thea oder Luzie waren in Gänze eingeweiht, denn sie fürchtete die abschätzigen Blicke und abfälligen Bemerkungen.

Offiziell schrieb Johanne Artikel für Gartenmagazine, Heimatjournale und lokale Blätter. *Bärlauch und was er kann, Alte Obstsorten neu entdeckt, Die schönsten Ausflugsziele im Oldenburger Land.* Ab und an landete sie einen Plattdeutschen Döntjes in der Heimatbeilage. Das stimmte auch alles, nur reichte das nicht zum Leben. Die Liebes- und Heimatromane, die sie schrieb, von denen erwähnte sie lieber nichts. Man bekam sie in Heftchenform an Kiosken und in Zeitungsläden. Ihr Pseudonym lautete Ella Albers. Johanne konnte Ella nicht sonderlich leiden, es war eine Art Hassliebe zwischen ihnen. Einer studierten Literaturhistorikerin ging Kitsch einfach gegen die Ehre, nur machte Hochmut sie nicht satt.

Thea und Luzie hingegen waren große Fans von Ella Albers, ohne dass sie wussten, wer dahintersteckte. Das machte die Sache noch pikanter. Thea verschlang die Liebesschmonzetten, Luzie bevorzugte die Heimatvariante, weil in der Heftchenwelt Heimat immer mit Bergen zu tun hatte, nach denen Luzie sich zeit ihres Lebens sehnte. Heimatromane zu lesen war ihre Version von Urlaub. All das zusammengenommen versöhnte Johanne so weit mit Ella, dass sie miteinander klarkamen, denn ohne einander ging es auch nicht. Wegen des Geldes. Kürzlich hatte der Verlag jedoch Einschnitte angekündigt, denn die Heftchenleserschaft starb weg. Luzie war das beste Beispiel dafür. Johanne hoffte inständig, dass Ella nicht gekündigt wurde. Sonst konnte sie bald im Getränkemarkt nebenan Pfandflaschen sortieren.

Ein Bild kam ihr in den Sinn. Luzie am Tisch, eingeschlafen über den *Heimatglocken*, deren Autorin damals noch nicht Ella Albers hieß, denn Johanne war gerade erst eingeschult worden. Sie konnte sich gut an die gereizte Stimmung erinnern, weil die Gespensteroma bettlägerig geworden war und Luzie mit Waschen, Wickeln und Füttern zwischen Acker, Wirtshausküche und Tabakturm nicht hinterherkam. Da passte kein Blatt Papier mehr zwischen die Minuten ihrer gedrängten Tage.

Der Wäschetrockner piepte und Johanne räumte die Waschladung aus, die sie während der vorangegangenen Kellerzeit hineingetan hatte. Sie legte die Handtücher zusammen und stapelte sie auf dem Bügelbrett. Wie hatte Luzie das eigentlich mit dem Waschen gemacht? Eine Waschmaschine gab es nicht, stattdessen eine Waschküche, in der am Wochenende der Waschkessel angeheizt wurde. Die Wäsche, die über der Woche angefallen war, wurde gekocht und mit dem Wäschestampfer bearbeitet. Nach dem Spülen kamen die Teile in eine Schleuder, die man, war sie erst mal in Gang, festhalten musste, weil sie sonst durch die Waschküche hüpfte.

Seltsamerweise fehlte Thea in Johannes frühen Erinnerungen. Sie kam schlichtweg nicht vor. Es gab da nur die eine vage Szene.

Thea war früher von der Arbeit gekommen und Johanne

noch wach. Ihre Mutter konnte sie nicht anfassen, weil sie zerstochene Finger hatte. Sie baute nämlich winzige spitze Teile in Nordmende-Radioapparate. Widerstände hießen die bunten Dinger. Thea hatte ihr welche gezeigt. Die hatten an jeder Seite einen spitzen Draht, der fürchterlich pikte. Die sahen schön aus, aber Johanne mochte sie nicht.

Johanne hatte auch Tante Helene schon damals nicht gemocht. Das beruhte auf Gegenseitigkeit.

Als die Gespensteroma noch laufen konnte, da passte sie tagsüber auf Johanne auf, denn es war sonst keiner da. Alle anderen mussten arbeiten. Die Oma brauchte zum Gehen damals schon zwei Stöcke wegen ihrer wehen Hüfte und um Johanne herumzuscheuchen. Hol mir dies, bring mir das! Die Stöcke hatte der Gespensteropa noch selbst aus Haselnussstecken gemacht, nachdem seine Frau vom Rad gefallen war. Da war Johanne noch gar nicht auf der Welt gewesen. Sie kannte die Oma nur mit den Stöcken. Drei Stunden hatte die nach dem Sturz mit ausgekugelter Hüfte auf dem Feldweg gelegen, bis jemand mit einem Pferdefuhrwerk vorbeikam. Das hatte die Gespensteroma dem Nachbarn mit dem leeren Hosenbein erzählt, als der mal wieder auf einen Brombeerwein vorbeigekommen war und Johanne im Schrank lauschte. So bekam sie auch die Klage über den Krankenhausarzt mit, der das ausgekugelte Bein schief aufgehängt habe, um danach mit der Oberschwester Geburtstag zu feiern. Die Hüfte war am nächsten Morgen vollkommen im Eimer, nur in Wetterfragen war fortan Verlass auf das kaputte Ding. Es schmerzte bei jedem Wetterumschwung.

Als der Gespensteropa starb, wurde die Gespensteroma wunderlich. Sie fürchtete, auseinanderzufallen. Alles, was sie am Leib trug, steckte sie fortan mit Sicherheitsnadeln fest. Das Unterhemd an den Unterrock, die Strümpfe an den *Schinkenbüdel*, die Schürze ans Kleid. Zur Vorsicht trug sie einen Bund Sicherheitsnadeln am Schürzenband, falls ihr eine verloren ging, und im Dorfladen hatte der Kaufmann immer ein, zwei Schachteln für sie in Reserve. Sie trug nur noch Schwarz und schimpfte auf Gott und die Welt, vor allem auf Johanne, dieses unnütze Balg, das entweder verschwunden war oder im Weg stand und träumte.

Eines Tages rief die Gespensteroma nach ihr. Es klang anders als sonst. Johanne beeilte sich, denn wenn sie nicht unverzüglich gehorchte, gab es fürchterlichen Ärger, nur fand Johanne sie nicht. Sie ahnte aber schon, dass etwas passiert war. Schließlich entdeckte sie die Gespensteroma am Fuße der Kellertreppe. Im Funzellicht der Glühbirne sah sie aus wie ein riesiger Maikäfer, der auf dem Rücken gelandet war. Johanne bekam es mit der Angst zu tun, sie wusste sich nicht zu helfen. Sie lief in den Garten zu Helene, die aus irgendeinem Grund zu Hause war und Wäsche aufhängte. Vielleicht hatte sie einen freien Tag. Johanne stammelte etwas vom Keller und von einem Maikäfer. Helene scheuchte sie fort. Da versteckte Johanne sich hinter den Holzstapeln, dachte sich eine Geschichte aus und vergaß den Keller. So kam es, dass Luzie ihre Mutter erst am späten Nachmittag im Keller fand. Da war die Aufregung groß. Die Gespensteroma wurde von einem Krankenwagen abgeholt. Es hieß, sie werde sterben.

Und das war nur Johannes Schuld. Von diesem Tag an träumte sie jede Nacht, dass sie mit einer fadendünnen Frau im Keller gefangen saß. Die Frau schwoll an und drückte Johanne schließlich an die Wand. Kurz bevor die Frau sie zerquetschte, schrumpfte sie zusammen, nur um im nächsten Moment wieder anzuschwellen. So ging das viele Nächte lang. Wenn Johanne von dem Traum aufwachte, traute sie sich nicht, wieder einzuschlafen, aber schlafen musste sie doch. Sie begann, einzunässen, und wieder schimpften alle, denn wer sollte nun auch noch die vielen Laken waschen?

Die Gespensteroma starb nicht. Johanne war maßlos erleichtert, als sie erfuhr, dass sie aus dem Krankenhaus entlassen werden sollte. Die anderen freute das weniger. Es gab viel Geflüster und auch Streit am Küchentisch. Schließlich hieß es, dass die Gespensteroma in ein Heim kommen würde, wo man sich um die Bettlägerigen kümmerte. Johanne konnte sich unter einem Heim für Bettlägerige nichts vorstellen, bis Luzie sie kurze Zeit darauf mitnahm.

Sie fuhren mit dem Rad bis zu einem Schloss und Johanne staunte. Die Gespensteroma musste reich sein. Das hatte sie gar nicht gewusst. Drinnen sah es allerdings weniger prächtig aus. Hier reihte sich ein grauer Saal an den nächsten und in jedem standen viele Betten eng nebeneinander. Hier wohnten also die Bettlägerigen.

In der hintersten Ecke entdeckte Johanne die Gespensteroma. Sie sah ganz klein aus und winkte sie mit knöchriger Hand zu sich. Schlagartig fiel Johanne ein, dass sie schuld war. Bestimmt wollte die Gespensteroma sie dafür schlagen. Das hatte sie schon öfter getan, wenn Johanne nicht spurte. Sie würde außerdem Lula verraten, dass Johanne sich versteckt hatte, statt ihr zu helfen. Sie würde auch in ein Heim kommen. In eines für schlimme Kinder. Sie hatte schon davon gehört. Es gab kein Entkommen. Lula schob sie vor sich her.

Zu ihrer Überraschung fing die Gespensteroma jedoch

an zu weinen, als Johanne neben ihrem Bett stand, den Kopf gesenkt, in Erwartung ihrer Strafe, die nicht kam. Stattdessen streichelte sie Johannes Wange. Das war fast noch schlimmer. Johanne hatte noch nie einen Erwachsenen weinen sehen und dass jemand sie streichelte, war sie nicht gewohnt. Die Gespensteroma konnte aber gar nicht mehr damit aufhören. Nicht mit dem Streicheln und nicht mit dem Weinen. Da machte Lula dem ein Ende.

»Kummst woller na huus, Mudder.«

Sie fuhren schweigend heim. Luzie hatte es eilig und Johanne gingen tausend Fragen im Kopf herum, die sie selbstverständlich nicht stellte, weil Lula ihr Gesicht verschlossen hatte. Sie gab sich Mühe, der Großmutter auf ihrem kleinen Rad zu folgen und strampelte sich ordentlich ab. Sie biss auch die Zähne zusammen, als sie einen heftigen Schmerz an der Innenseite ihres Schenkels spürte. Eine Wespe krabbelte auf ihrem Bein, sie wischte sie fort. Es brannte und ihr wurde schwindlig. Bestimmt schimpfte Lula sie, wenn sie nun auch noch wegen Johanne vom Rad steigen musste. Vielleicht war das ihre Strafe. Möglicherweise musste sie jetzt anstelle der Gespensteroma sterben. Das wäre nur gerecht, denn sie hatte sich hinter dem Holzstapel versteckt.

Zu Hause angekommen, war Johannes Bein gewaltig angeschwollen und sie schämte sich. Zu ihrer großen Überraschung wurde Lula nicht böse. Sie trug Johanne in die gute Stube und legte sie auf die Chaiselongue. Dann holte sie die große Flasche Franzbranntwein. Mit dem scharfkrautigen Zauberwasser rieb sonst immer nur die Gespensteroma ihre Hüfte ein. Jetzt rieb Lula Johannes Bein damit ein. Für eine kurze Weile war alles gut.

Zwei Suppen

Die Söhne des Bauern standen im Krieg, die meisten Knechte ebenso. Nur der Alte durfte bleiben. Jemand musste für Futter sorgen, damit das Volk nicht auf falsche Gedanken kam, nur gingen den Bauern die Leute aus.

Man konnte Anträge auf Fremdarbeiter stellen und bekam einen zugewiesen oder gleich mehrere, so wie der Bauer.

Die Fremden kamen von überall her, die meisten aus dem Osten, viele aus Polen. Ohne sie konnte die Saat nicht aus- und später die Ernte nicht eingebracht werden. Ohne die Polacken, die Iwans, und was da sonst noch kreuchte, war die Erzeugerschlacht im Reich schon verloren. Sie waren willig, das musste man ihnen lassen, nur mit der Verständigung klappte es nicht so recht. Darum hatte der Bauer beim Ortsgruppenleiter vorgesprochen. Es musste doch einen Polen geben, der arbeiten und außerdem noch deutsch konnte. Der Ortsgruppenleiter hatte viel Verständnis gezeigt. Sein Antrag wurde sofort bewilligt. Heute sollte die bestellte Ware eintreffen.

Luzie stand auf dem Hof, als der Wagen kam und drei Neue brachte. Zwei Männer und eine Frau. Wie üblich standen sie herum und wussten nicht, wohin, die Köpfe gesenkt, sich an das wenige Gepäck klammernd, das sie dabeihatten. Einer jedoch sah sich neugierig um und rief ihr ein herzhaftes *Moin!* zu. Das war eigentlich verboten, denn die Fremden durften nicht mit den Deutschen reden, aber das musste man dem Bauern lassen, der sah das nicht so eng. Der Neue fiel ihr nicht nur wegen der frechen Begrüßung auf, es lag vielmehr an seinem Gang. Luzie kannte niemanden, der sich in klobigen Holtschen so leichtfüßig fortzubewegen vermochte wie dieser Pole. Es sah fast aus, als schwebe er einen Daumenbreit über dem Boden. Ein bisschen erinnerte er sie an August, wenn er tanzte, nur dass der Pole blond war wie reifer Weizen, August dagegen dunkel wie Torf. Luzie schätzte, dass sie im gleichen Alter waren, beide Anfang zwanzig.

Er kam aus dem Warthegau und hieß Jurek. Sie wechselten hin und wieder ein Wort, keiner hatte etwas dagegen einzuwenden. Bei der Arbeit ließ es sich ohnehin nicht vermeiden. Alles musste Hand in Hand gehen, Anweisungen mussten erteilt werden. Den Bauern scherte es nicht, wer mit wem redete, solange alle taten, was sie sollten. Die Bäuerin setzte durch, dass alle gemeinsam in der Gesindestube aßen, so wie der Holländer auch, der gleich zu Anfang des Krieges gekommen war. Er gehörte fast schon zur Familie. Die Bäuerin hielt viel von Völkerverständigung. Es erleichterte vieles. Sie kochte jeden Tag einen großen Topf Suppe, der wurde in die Mitte des Küchentischs gestellt und alle bedienten sich. Es stellte sich jedoch heraus, dass der Eintopf nicht allen schmeckte, denn es dauerte nur wenige Tage, da kam Dietrich Frers auf den Hof gefahren, ausgerechnet zur Mittagszeit. Er kam nicht allein und nahm sich gleich mal den Bauern zur Brust.

»Du weest, dat de Fremden nich mit an'n Disch sitten drööft?«

»Passeert doch nix!«

Die Bäuerin stellte sich neben ihren Mann.

»Ick hebb kien Tied, tweemaal to kaaken. Een Pott for Uuse, de annere for de Fremden. Wat denkt ji jo dar baaben?«

Frers Kollege, ein Kerl so rund wie ein Kürbis, baute sich vor der opsternaatschen Bäuerin auf. Den Makel, dass er ihr kaum bis zur Stirn reichte, machte er mit Pose wett. Er klemmte seine Daumen in den Hosenbund und deklamierte.

»Laut Polenerlass vom achtendrittenneunzehnhundertvierzig sind die Mahlzeiten getrennt einzunehmen!«

»Wo er Recht hat, hat er Recht.«

Frers zuckte bedauernd mit den Schultern.

»Wir haben Meldung gekriegt. Morgen gucken wir nochmal vorbei. Denn is' das hier so, wie das im Erlass steht, verstanden?«

Nach diesem Besuch war Schluss mit lustig und die Bäuerin kochte fortan zwei Suppen, eine gute und eine schlechte, wie das Gesetz es verlangte und wie es auf den anderen Höfen gang und gäbe war. Die schlechte Suppe musste jemand in den Schweinestall schleppen, wo den Fremden *laut Erlass* ein Huck zugeteilt worden war, gleich neben den Futtertrögen. Die Aufgabe war unbeliebt, denn der Topf wog schwer und die Suppe war heiß. Die Wahl fiel auf Kupers Else. Die Bäuerin erklärte ihr knapp, dass nur jemand mit nationalsozialistischem Bewusstsein den Fremden entschlossen entgegentreten konnte, wenn die sich über den Fraß beschwerten. Dagegen konnte Else nichts einwenden. Ihre Gesinnung war bekannt. Sie scharwenzelte um den Ortsgruppenleiter herum und trug ihm dieses und jenes zu. Da konnte sie auch die heiße Suppe tragen.

Es gab jetzt auch einen Posten, der die Polen bei der Arbeit überwachte, damit die nicht übermütig wurden, nämlich Puttfarken-Fietje. Er hatte für diese Aufgabe eine nigelnagelneue Uniform bekommen. Fietje holte *seine* Polen am Morgen aus der Lagerbaracke und brachte sie am Abend dorthin zurück. Zwischendrin patrouillierte er am Feldrand herum und hatte ein scharfes Auge auf die Fremden. Sollte jemand Fisimatenten machen, war er berechtigt, seine Waffe zu gebrauchen. So war es ihm aufgetragen worden. Dabei wusste Puttfarken-Fietje kaum, wie man den Karabiner hielt, den der Ortsgruppenleiter ihm in die Hand gedrückt hatte. Fietje wusste eigentlich nur zweierlei: Wie man ein Akkordeon hielt und wie man darauf des Lied spielte, wes Brot man gerade aß. In diesen Zeiten war das *Die Wacht am Rhein* oder *Es zittern die morschen Knochen.* Auf jeder Dorffeier gab er das nun zum Besten und der Ortsgruppenleiter bekam feuchte Augen. Danach spielte er zum Tanz auf, dass es nur so krachte, alles für Schnaps, eine warme Mahlzeit und ein paar Groschen. Des Weiteren schlug er sich mit Gelegenheitsarbeiten durch und war sonst zu nichts zu gebrauchen. Solche wie Fietje wurden jetzt was. Machten Karriere als Nationalsozialisten. Auch Fietje gefiel sich in seiner neuen Uniform, in der er herumstolzierte wie ein Kakadu. Ein Denunziant wie Kupers Else war er allerdings nicht. Luzie wusste das, denn er hätte sie längst gemeldet, wo sie doch vor aller Augen mit dem leichtfüßigen Polen schnackte. Sie fand den Polen nett und es war doch nichts dabei, wenn ein junger Mann und eine junge Frau ein bisschen schäkerten. Es gab ja sonst nicht viel zum Lachen. Wenn Fietje sie dabei erwischte, hob er drohend seinen Finger und ließ es dabei bewenden, denn

Jurek war ja gar kein richtiger Polack. Der sprach deutsch und schleppte ihm den Karabiner hinterher, wenn er sich bei seinen Ackerpatrouillen mal wieder einen hinter die Binde gekippt hatte.

So ging das, bis die Ernte eingefahren war. Da bestimmte der Bauer, dass Jurek sich um die Pferde kümmern sollte. Er hatte gesehen, dass der Pole gut mit ihnen konnte. Die Pferde hielten still, wenn Jurek ihnen etwas ins Ohr flüsterte. Weil er jetzt oft im Pferdestall blieb, war es mit dem Schnacken und Schäkern auch vorbei. Der Bauer hatte wohl bemerkt, dass die beiden poussierten, dabei war Luzie doch verlobt! Aber was sollte man machen. Das kam alles nur vom Krieg.

Luzie bedauerte sehr, dass sie Jurek kaum noch zu sehen bekam, weil sie gern in seiner Nähe war und weil sie beschlossen hatte, ihn zu fragen, wie es in Polen zuging. August hatte immer noch nichts von sich hören lassen. Nicht einmal seine Eltern wussten, was mit ihm war, und im Dorf vermutete man schon, dass er wohl unter die Räder gekommen sei. Luzie befürchtete das mittlerweile auch. Ein Jahr war es her, dass August sie auf dem Ernteball zum Tanz geholt hatte, als nämlich Puttfarken-Fietje auf dem Akkordeon eine Polka spielte. *Rosamunde, schenk mir dein Herz und sag ja.* Das alles geschah unter den strengen Blicken der Alten, die dem Jungvolk beim Jungsein zusahen, solange noch welches da war.

Sie vermisste August. Sie hatten gemeinsam Pläne geschmiedet. Wenn sie erst verheiratet wären und Luzie Bäuerin, dann sollte es richtig rundgehen auf dem Hof. Luzie hatte Lust dazu. Melken, heuen, ernten, Blutwurst einkochen. Das alles schaffte sie doch mit links, manches auch mit rechts oder mit beiden Händen gleichzeitig, denn sie war eine fleißige Deern. Es hatten schon andere ein Auge auf sie geworfen, aber sie liebte nun einmal August, der unter die Räder gekommen war. Oder sie vergessen hatte.

Post

Am Morgen quälte sich eine müde Sonne durch den Nebel. Der Frost hatte die kahlen Bäume angehaucht. Perfektes Wetter für die stillen Sonntage, die kurz bevorstanden. Der Vater trat ordentlich in die Pedale, er fror ja so leicht. Außerdem wärmte seine dünngewetzte Lodenjacke kaum noch. Dort, wo der Riemen der Posttasche in die Schulter schnitt, saßen auch schon mehrere Flicken übereinander. Es wurde Zeit, dass er sich eine bessere nähte.

Die schwere Tasche hüpfte bei jedem Schlagloch auf und ab. Er musste sie das eine oder andere Mal auf seinen Rücken zurückschieben. Trotz der permanenten Hopserei fiel kein einziger Brief heraus. Er wusste eben, wie man ordentlich packte. Das war er den Bengels aus dem Dorf schuldig. Die waren im Krieg und fielen jetzt haufenweise. Da mussten die Briefe der Wehrmachtsauskunftsstelle nicht auch noch im Schiet verschüttgehen. Ganze drei musste er heute zustellen. Deshalb beeilte er sich. Er wollte die Sache fix hinter sich bringen, denn diese Aufgabe setzte ihm zu. Es fiele ihm leichter, wenn die Briefe der Tragik des Inhalts Rechnung trügen. Davon waren sie weit ab. Er musste im Gegenteil höllisch aufpassen, dass er die Wehrmachtspost nicht mit den Einladungen zur Jahreshauptversammlung der Feuerwehr verwechselte, die er heute ebenfalls zuzustellen hatte. Ein weiteres Mal wünschte er sich, der Pastor käme mit, wenn er die Meldungen übergab. Der kannte die richtigen Worte für die Angehörigen, wenn sie erfuhren, dass der Sohn oder Mann *fürs Vaterland* … und so weiter. Ihm selbst fiel wenig dazu ein und wenn doch, waren es Worte, die man in diesen Zeiten nicht sagen durfte.

Luzie hatte den Vater schon von weitem gehört. Das Schutzblech des alten Melkerrades klapperte laut. Sie stellte die volle Milchkanne ab, sie kam gerade vom Melken und ging ihm entgegen, obwohl sie keine Hoffnung mehr hatte, dass August ihr schrieb, aber vielleicht wusste der Vater ja Neuigkeiten aus dem Dorf. Der Hof, auf dem sie dienstverpflichtet war, lag abgelegen und man bekam so gut wie nichts davon mit, was in der Welt vor sich ging. Der Vater aber fuhr knapp grüßend und mit ernster Miene an ihr vorbei. Er bremste erst vor dem Haus, stieg ab und lehnte das Rad sorgfältig gegen die Wand, als sei es wichtig, wie es dort stand. Während er in der Posttasche wühlte, kehrte er ihr den Rücken zu. Etwas war passiert. Es war die Art, wie er die Post aus der Tasche zog, innehielt und schließlich Haltung annahm. Er klopfte und trat feierlich durch die Dielentür ins Haus.

Luzie wartete. Als er kurz darauf wieder herauskam, brach in der Stube die Bäuerin in lautes Klagen aus. Es riss einem das Herz aus dem Leib.

»Een vun de Buurnjungs?«

»Fritz.«

Ausgerechnet. Der Älteste hatte schon als Kind die Erde, die er einmal erben sollte, handvollweise in sich hineingefressen, weil sie ihm schmeckte. Er kannte sie in- und auswendig und es hätte keinen besseren Erben gegeben. Seine Eltern waren stolz auf ihn, mehr noch als auf Kurt, den Jüngeren, den *Plietschen,* der seine Nase lieber in Bücher steckte als in die elterlichen Ackerfurchen. *Paster* wollte er werden. Von der Kanzel wettern und den Bauern ihre sturen Schädel zurechtrücken. Den Eltern war so was fremd, aber sie hatten nichts dagegen. *Mutt't ja ok geeven* und ein Pastor in der Familie konnte nicht schaden, so machten es die *Kathol'schen ut de schwatte Gegend* ja auch.

Wie es jetzt aussah, würde Kurt sich den *Paster* aus dem Kopf schlagen müssen, denn der Hof ging immer vor. Die Familie sowieso. Und *Kloogschnacken* konnte man zur Not auch im Kuhstall.

»Mutt di ok noch wat vertelln. Vun August.«

Dass der Vater von ihrem Verlobtem sprach, kam überraschend. Damit hatte Luzie nicht gerechnet. Er blickte dabei so feierlich, dass ihr angst und bange wurde.

»Is he ok doot?«

»Vermisst.«

Damit konnte Luzie nichts anfangen. Sie vermisste ihn, seit er in den Zug gestiegen war. Fast wünschte sie, er sei auch gefallen, wie Kurt, dann wüsste sie zumindest, woran sie war. Sie hatte Lust, dem Vater das ins Gesicht zu schreien, nur konnte der ja nichts dafür. Also nickte sie und gab sich gefasst. Der Vater legte ihr die Hand auf die Schulter. Eine seltene zärtliche Geste. An diesem Freitag vor Totensonntag versuchte er auf seine Art, die Tochter zu trösten, die einen Entschluss fasste. Sie würde für dieses verrückt gewordene Reich nicht auf einen versprochenen Tanz verzichten. Wenn der Tänzer vermisst wurde, dann musste sie eben einen finden, der für ihn einsprang, sie würde dabei an ihn denken, wenn es so weit war, und es spielte keine Rolle, ob ihr Verlobter gefangen, tot oder desertiert war. Ob er sich an Soldatendirnen schadlos hielt oder in fremder

Erde verfaulte. Was änderte das am Zustand ihres Herzens, das, so jung, verstaubte. Sie war vor ihrer Zeit Witwe geworden. Der Vater ließ die Hand sinken. Er konnte ihr nicht helfen. Nicht einmal sich selbst oder seiner Frau, die gar nicht so viel Wolle spinnen konnte, wie sie Strümpfe für ihren Ältesten strickte, damit der es warm hatte an der Front. Hinnerk lebte noch und wurde nicht vermisst. Er schrieb Briefe. Der Vater kramte seinen letzten aus der Posttasche.

»Harr ick meist vergeeten. Post vun Hinnerk. Kanns ok mal lesen.«

Luzie nahm den Brief und faltete ihn auseinander. Sie reimte in ihrem verwirrten Kopf die Buchstaben zusammen, die allzu sehr nach Hinnerks akkurater Schrift aussahen. Selbst an der Front bewahrte er Haltung. Hinnerk der Große. Ihr Mund zitterte, als sie anfing, zu lesen.

Zu Felde, 25.9.41

Liebe Eltern,
zunächst vielen Dank für Eure Post, auch an Luzie. Wie ich hoffe, geht es Euch allen noch recht gut, was ich von mir auch schreiben kann. Zum Russen bin ich nicht mitgekommen, da wir hier andere Aufgaben zu erfüllen haben. Ja, Vater, ich kann mir denken, daß Du mit dem Iwan noch eine Rechnung zu begleichen hättest, aber laß man, das besorgen unsere Kameraden schon gründlich, und allzulange wird es wohl nicht mehr dauern, dann ist es mit dem Bolschewismus aus, na, wir können von riesigem Glück sagen, daß wir denen zuvorgekommen sind.

Was macht denn August? Ist er mit im Osten? Luzie ist sicher noch auf dem Hof verpflichtet. Grüßt sie von mir und richtet ihr aus, daß der Dienst in der Heimat wichtig ist. Werden denn bei Euch auch schon so viele Fremdarbeiter eingesetzt? Ich sehe jeden Tag die Transporte. Es wird wohl nötig sein.

Was gibt es denn bei Euch Neues, geht Mutter noch immer weg zum Arbeiten? Sind denn auch von den Jungs im Dorf welche auf Urlaub?

Die Zeit der Ernte ist ja nun vorbei. Habt Ihr Euren Roggen gut reinbekommen, oder habt Ihr Euer Land nicht mehr beim Kirchhof?

Nun will ich schließen, seid nun alle recht herzlich
gegrüßt von Eurem Sohn und Bruder Hinnerk

Luzie faltete den Brief zusammen, in dem rein gar nichts stand. Nicht einmal zwischen den Zeilen. Die vielen Worte erschienen ihr so leer wie ein Zimmer, in dem keiner mehr wohnte. Sie gab ihn wortlos zurück, der Vater steckte ihn ein.

»Ick mutt wieter.«

Er stieg aufs Rad und fuhr vom Hof. Luzie sah ihm nach.

Sie stand auch noch da, als einer der Polen aus dem Pferdestall kam. Der mit dem leichten Schritt. Er führte den schweren Oldenburger am Halfter mit sich. Jetzt blieb er stehen und horchte auf die Bäuerin, die drinnen immer noch schrie und schrie.

»Was ist passiert?«

Das fragte er noch?

»Wat geiht di dat an, Polack!«

Jurek wich einen Schritt zurück. Das Pferd ruckte nervös mit dem Kopf. Er tätschelte ihm beruhigend den Hals und flüsterte fremde Worte.

»Pscht. Spokój.«

»Wat seggst du? Kanns nich düütsch schnacken?«

Jurek beugte den Rücken. Eine Geste der Unterwerfung. Sein ganzer Körper formte das *P*, das er über dem Herzen trug. Sofort tat es Luzie leid, dass sie ihn so angefahren hatte, aber konnte man das nicht verstehen?

»Fritz ist in Polen gefallen und August wird auch bei euch vermisst.«

Jurek schwieg und strich dem Oldenburger sanft über die Nüstern. Warum sagte er denn nichts? Luzie riss die Milchkanne hoch, wegen der sie eigentlich hier stand, denn sie wollte weg von Jurek, der ein Feind war und doch nur ein Mann, der gut mit Pferden konnte, so wie August ihm ein Feind war und doch nur ein vermisster Verlobter. Der Deckel rutschte von der Kanne. Milch schwappte über Luzies Holtschen. Jurek machte einen Schritt auf sie zu, weil er helfen wollte. Sie schrie.

»Gah weg! Laat mi tofreern!«

Mutterherz

Die Heilige Familie saß am Tisch und sah Thea beim Mehlabwiegen zu.

»Nur ein schneller Blechkuchen.«

Das hatte sie etwas verlegen erklärt, als Johanne aus Luzies Zimmer gekommen war und ihre Blicke sich trafen. Dabei war es das Erste gewesen, was sie ihrer Tochter nach Luzies Tod hoch und heilig geschworen hatte.

»Ich werde für Helene nie mehr Kuchen backen. Eher gehe ich nackt bei Vollmond spazieren!«

Kaum saß die Familie zusammen, nahm Thea ihren angestammten Platz wieder ein.

»Hast du den Bestatter schon angerufen?«

Helene wollte das wissen, während sie demonstrativ die leere Thermoskanne schüttelte. Als weder Johanne noch Thea reagierten, stellte sie die Kanne beleidigt, aber ohne Kommentar zurück. Das war doch schon mal was. Vielleicht musste man Helene nur aussitzen, so wie Leo das machte. Johanne hörte in Gedanken seinen Kommentar dazu:

Sabbeln lassen, abnicken und gut.

Einen Versuch war es wert. Johanne ignorierte die Frage ihrer Tante und kehrte in Gedanken zu dem Foto zurück, das unter Luzies Bett gesegelt war. Der Fremde ohne Gesicht, der August hieß und Luzie einen Tanz versprochen hatte. Johanne konnte sich nicht erinnern, dass die Großmutter jemals ein Wort über einen August verloren hatte, dabei klang die Widmung vertraulich. Fast schon intim. Luzie und er mussten sich nahegestanden haben, es gab keine andere Erklärung. Das warf die Frage auf, ob es außer *ihm* noch einen anderen Mann in Luzies Leben gegeben hatte. War der Fremde ohne Gesicht am Ende der Grund, weshalb alles so fürchterlich schiefgegangen war?

»Johanne! Träumst du wieder?«

Helene lehnte über dem Tisch und sprach mit ihr wie zu einem kleinen Kind. Johanne brauchte eine Sekunde, um aus ihren Gedanken aufzutauchen und noch eine, um sich dessen bewusst zu werden. Den Ton war sie gewohnt. Helene behandelte selbst Thea und Leo mit einer erlesenen Überheblichkeit, ganz zu schweigen von Norbert, der ihr wie ein Dackel überallhin folgte. Zum ersten Mal brachte es Johanne auf und sie ließ alle Höflichkeit fahren.

»Und wenn schon! Kannst du dir vorstellen, dass ich müde bin? Ich habe die letzten Tage kaum geschlafen. Luzie hat sich mit dem Sterben leider ziemlich viel Zeit gelassen.«

»Ich habe dich vor einer halben Stunde gefragt, ob du den Bestatter schon angerufen hast.«

Ihr Ton war vorwurfsvoll, wie immer. Es hatte keinen Sinn, sich mit Helene anzulegen. Leo hatte Recht.

»Dr. Petermann hat den Totenschein noch nicht ausgestellt. Er kommt erst gegen Mittag. Vorher brauche ich den Bestatter nicht anzurufen.«

»Du kannst ihm doch schon mal Bescheid sagen. Wir können Mutter nicht ewig in ihrem Bett liegen lassen.«

»Nein.«

»Hast du Mutter wenigstens gefragt, wie sie beerdigt werden wollte? Der Bestatter wird danach fragen. Wenn er denn endlich kommt …«

»Du hast doch schon beschlossen, dass es eine Feuerbestattung wird. Wegen der Kosten.«

»Ja, aber es geht um das Drumherum. Die Annonce, die Feier, der Grabschmuck. Sag doch auch mal was, Leo!«

Überrascht, dass Helene ihren Sohn ins Spiel brachte, wandten sich alle ihm zu. Leo kam ins Schwitzen. Es dauerte, bis er seine Antwort parat hatte.

»Is' doch Jacke wie Hose. Unter'e Erde muss 'se sowieso.«

Man fragte sich bisweilen, ob Leos Wortschatz aus mehr als *Moin, Nee* und *Kann ween* bestand. Fürs Alltägliche reichte das. Wie sich jetzt herausstellte, brachte Leo ganze Sätze zuwege, die überdies mitten ins Schwarze trafen. Selbst Helene war kurz baff, erholte sich aber schnell. Sie wischte Norberts Hand rüde von ihrer Schulter und wandte sich ihrem Sohn zu.

»Und was ist mit der Todesanzeige? Hast du da auch einen schlauen Spruch auf Lager?«

»*Ein Mutterherz hat aufgehört zu schlagen.*«

Das schüttelte er mal eben so lässig aus dem Handgelenk. Sie alle hatten ihn noch nie in Höchstform erlebt. Selbst Thea schaltete den Mixer aus, um besser folgen zu können.

So viel Aufmerksamkeit war Leo nicht gewohnt, vor Verlegenheit stieg ihm das Blut ins Gesicht.

»Stimmt doch. Das hat aufgehört zu schlagen, oder?«

»Wenn Dr. Petermann kommt, wissen wir es sicher.«

Sagte Thea und wandte sich wieder ihrem Kuchen zu. Leo ließ die Fingerknöchel knacken. Eine Weile schwiegen alle, man hörte nur den Mixer, wie er sich durch den Kuchenteig quälte.

»Echt jetzt? *Ein Mutterherz hat aufgehört zu schlagen*?«

»Was hast du denn daran auszusetzen, Johanne? Stimmt doch.«

Jetzt verteidigte Helene ihren Sohn auch noch. Es wurde immer abstruser.

»Das klingt nach *Immer wenn du denkst, es geht nicht mehr, kommt von irgendwo ein Lichtlein her!*«

Leo nickte ernst.

»Der is' auch schön.«

Wermut

»Wer tüchtig arbeitet, dem passiert nichts. Faulenzer kann ich hier nicht gebrauchen.«

Das war der erste Satz, den Jurek der Frau und dem Jungen übersetzen musste. Die beiden waren mit ihm zusammen dem Hof zugeteilt worden. Die anderen, auch Kasimir, wurden anderswo gebraucht. Die Frau kannte Jurek nicht, den Jungen schon, nämlich aus dem Lager. Er hieß Stani, kam aus Buk und war sechzehn. Die Deutschen hatten ihn bei einer Razzia festgenommen und verschleppt.

Jurek kannte harte Arbeit. Er war kräftig, gehungert hatte er noch nicht viel. Auch die Frau wirkte zäh. Jurek und sie hatten auf der Fahrt vom Emsland hierher ein paar Worte gewechselt. Sie kam aus Warschau und hieß Halina. Für Stani würde es schwer werden. Er hatte schon im Lager nach seiner Mutter geschrien. Er hatte so lange gebrüllt, bis ein Wachmann ihm den Stiefel in die Brust rammte. So hatte Kasimir es Jurek hinter vorgehaltener Hand berichtet. Er bekam schlecht Luft. Jurek wunderte sich, dass sie ihn hatten gehen lassen. Vielleicht wollten sie ihn loswerden.

»Wat hett he?«, fragte der Bauer, als er den Jungen zu Gesicht bekam. Stani hielt sich die Seite und keuchte. Jurek verstand die Frage nicht und der Bauer wiederholte sie auf Hochdeutsch.

»Was ist mit dem Jungen?«

»Kaputtgetreten.«

Der Bauer schüttelte den Kopf.

»Wat schall ick mit di anfangen? Du kanns nich mal eene Messfork haln!«

Dann rief er nach seiner Frau, das verstand Jurek. Als sie kam, fragte der Bauer seufzend:

»Kanns em woller tosaamen flicken? Anners kummt he trüch.«

Die Bäuerin musterte das Häufchen Elend. Schließlich nahm sie Stani mit zu sich ins Haus. Am nächsten Tag beobachtete Jurek, wie Stani die Hühner fütterte. Das war sonst Katis Aufgabe, aber weil die nicht ganz richtig im Kopf war und viel vergaß, sollte Stani ihr von nun an helfen.

Am Abend mussten die Fremden von den Höfen zurück ins Barackenlager. Für Jurek hieß das vier Kilometer Fußmarsch. Es war immer derselbe Ablauf. Im Morgengrauen brachten Wachmänner sie zur Arbeit, zur Dämmerung führten sie sie zurück. Die meisten waren Schinder. Jureks Wachmann versuchte zwar ebenfalls, sich wie ein Schurke zu benehmen, nur schlotterte sein Karabiner an ihm wie eine zu große Jacke. Als er einmal das Gewehr am Feldrand reinigte, konnte Jurek es nicht mit ansehen. Er bot ihm seine Hilfe an. Sonst hätte der am Ende noch einen Landsmann erschossen.

Im Großen und Ganzen hatte Jurek wieder einmal Glück gehabt. Die Arbeit auf dem Hof war erträglich, der Bauer in Ordnung. Was das Lager betraf, so handelte es sich um einen ehemaligen Hühnerstall. Fingerdicker Kot klebte auf dem Boden und an den Wänden. Den mussten sie herunterkratzen, bevor sie sich mehr schlecht als recht einrichteten. Statt Nebel wehte hier der feine *Mullsand* durch die Ritzen, setzte sich in Haaren und Kleidern fest und knirschte zwischen den Zähnen, sogar im Winter. Die Ritzen stopften sie mit Stroh aus. Von dem gab es immerhin genug. Es war für alles gut, diente als Bett und als Abtritt, auch zum Wärmen der Füße, wenn man es sich in die Holtschen stopfte.

Auf den meisten Höfen herrschte ein raues Klima. Kasimir erzählte schon am dritten Abend, sein Bauer habe eine Polin bewusstlos geschlagen, weil sie angeblich seinem Sohn schöne Augen gemacht habe.

Das mit den schönen Augen war ein Verbrechen. Der Ortsgruppenleiter hatte ihnen das eingebläut, kurz bevor sie auf die Höfe verteilt wurden. Das Rassengesetz veranschaulichte er anhand eines frisch Gehängten. Der hatte es mit einer deutschen Frau getrieben. Sie war jetzt im KZ und das Kind in einem Heim, in dem die Schwestern großen Wert auf frische Luft legten. So hatte der Ortsgruppenleiter es ihnen gesagt und jeder hatte es verstanden. Die kleinen Bastarde schliefen auch im Winter unter den offen stehenden Fenstern.

Jurek schwor sich, anständig zu bleiben, allein um der Babka und seiner Mutter willen. Da er jetzt Landarbeiter war und kein Waffenschmied, bestand für ihn eine Chance auf Rückkehr.

Es sollte sich jedoch herausstellen, dass es mit dem Anstand so eine Sache war. Auf seinem Hof arbeiteten viele Frauen, die Männer waren im Krieg. Man lief sich ständig über den Weg. Zu allem Überfluss waren die Frauen jung, einige schön und viele einsam. Das war Jurek auch. War es ihm da zu verdenken, dass er hin und wieder doch hinsah, wenn eine vorbeiging und ihm zulächelte? Vor allem die eine, die hatte es ihm angetan. Die war ihm gleich am ersten Tag aufgefallen. Hochgewachsen wie eine polnische Pappel, die Augen wie Gewitterwolken. Dazu bewegte sie sich wie eine Königin und arbeitete wie ein Droschkenkutscher. Wenn sie sang – und das tat sie immer, wenn sie Wasser aus dem Brunnen zog oder die Kühe molk –, dann musste er an die Babka denken und es trieb ihm die Tränen in die Augen. Diese Luzie hatte etwas an sich, das ihn unruhig machte. Wenn er sie von weitem sah, trödelte er in der Hoffnung auf ein Wort oder einen Blick. Deshalb hatte er mit dem Pferd den richtigen Augenblick abgewartet, nämlich bis der Postbote, der wohl ein Verwandter von ihr war, vom Hof fuhr. Da war er aus dem Stall gekommen, aber sie hatte ihn angeherrscht, während sich die Bäuerin in der Stube die Lunge aus dem Leib schrie. Der Postbote war wohl mit schlechten Nachrichten gekommen. Das passierte in diesen Tagen öfter. Luzie ließ ihn einfach stehen und die Bäuerin schrie weiter. Sie beruhigte sich erst, als die Nachbarinnen mit einer Flasche Wermut herbeieilten, die sie ihr einflößten und von der sie selbst auch genug tranken.

Johanne tanzt

Gegen Mittag tauchte Dr. Petermann auf, untersuchte Luzies Leichnam und stellte den Totenschein aus. Johanne telefonierte gleich darauf mit dem Bestatter, damit Helene endlich Ruhe gab. Leo war schon gegangen, er musste arbeiten.

Der Bestatter hieß Heinrich und sprach ihr am Telefon sein Beileid aus. Er war eine Klasse über ihr gewesen, ein pummeliger Junge mit freundlichem Gesicht. Jetzt stand ihm die Betroffenheit ganz professionell ins Gesicht geschrieben, denn er sargte nun schon viele Jahre die Toten des Dorfes und der näheren Umgebung ein, wenn er nicht gerade Fenster baute oder Möbel restaurierte.

Sie waren beide in der Volkstanzgruppe gewesen, hatten aber nie miteinander getanzt. Er war schließlich der Sohn des Tischlers und Johanne nur eine Mazur. Die Tanzgruppenleiterin hatte das berücksichtigt und sie zu Dieter geschoben. Das war auch so ein Randsteher, einer, der im Sportunterricht als Letzter in die Mannschaft gewählt wurde, weil er der uneheliche Sohn einer Vertriebenen war, mickrig obendrein. Er wohnte immer noch mit seiner Mutter in einer der Baracken, die man kurz nach dem Krieg hastig für die Vertriebenen zusammengezimmert hatte. Eine Bretterbude mit Plumpsklo.

Es war ein Rätsel, wie Johanne und Dieter überhaupt in die Volkstanzgruppe des Dorfes geraten waren. Wahrscheinlich hatte der Lehrer die Klasse aufgefordert, zum Erhalt des Brauchtums beizutragen. Immerhin leitete die Frau des Schuhmachers die Tanzgruppe, und das war eine feine Frau, die man nicht einfach sitzenließ.

Die Schuhmachersfrau war Johanne wider Erwarten wohlgesinnt. Sie lobte sie, weil sie so ernst bei der Sache war. Die Schuhmachersfrau konnte ja nicht wissen, dass sie nur fürchtete, etwas verkehrt zu machen, und deshalb auch nicht wagte, mit den anderen die Hopserei zu veralbern.

Johanne war froh, dass Luzie und Thea nicht zu den Dorffesten kamen, auf denen sie auftraten. Zum Beispiel zum Erntefest. Sie scheuten das Dorf immer noch und es wäre ihnen unheimlich gewesen, Johanne vor aller Augen tanzen zu sehen. Ein bisschen stolz waren sie aber doch und ließen das Kind gewähren.

Im Herbst schickte die Schuhmachersfrau Johanne zum Pastor, weil der Mitspieler für ein Krippenspiel suchte. Johanne war schwindlig vor Angst und bekam den Mund nicht auf, als der Pastor sie fragte, ob sie auswendig lernen könne. Da er noch jemanden für den Engelschor brauchte, durfte sie trotzdem mitmachen. In den Engelschor kamen diejenigen, die zu nichts anderem taugten, als in ein Bettlaken gekleidet Spalier zu stehen, wenn Maria und Joseph sich auf den Weg nach Bethlehem machten. Der führte immer durchs Kirchenschiff zum Altar.

Johanne war mit dem Engelschor durchaus zufrieden, denn mit einer Kerze in der Kirche zu stehen und vor der ganzen Gemeinde *Vom Himmel hoch* zu singen, das war doch was. Sie reihte sich auch im nächsten Jahr ganz selbstverständlich wieder ein, bis diese Sache passierte.

An Heiligabend fehlte Sabine Brinkmann, die wegen ihrer goldblonden Locken auch mit fünfzehn noch den Erzengel Gabriel geben musste, weil der Pastor das so wollte. Dabei hatte Johanne sie knutschend hinter dem Kriegerdenkmal gesehen. Sie hatte schon einen Freund.

Über den Grund ihres Ausfalls schwieg sich der Pastor aus. Johanne, die im Schrank die verschiedenen Arten des Schweigens zu deuten gelernt hatte, wusste sofort, dass es sich um etwas Unanständiges handeln musste. Der Pastor hingegen wusste, dass Johanne das Krippenspiel komplett auswendig konnte, denn sie soufflierte immer den anderen Spielern. Seine Verzweiflung war groß genug, dass er Johanne dazu aufforderte, für Sabine einzuspringen. Er betonte, dass dies eine absolute Ausnahme war, denn Gabriel sei heilig und immer blond.

So fügte es sich, dass Johanne, in Sünde gezeugt und schwarzhaarig, in den Himmel aufstieg. Den Erzengel spielte sie nicht – sie *war* Gabriel. Vor den Augen der Dorfgemeinschaft kletterte sie auf die Kanzel, um ihnen allen die Frohe Botschaft zu verkünden. Fürchtet euch nicht, denn siehe, euch ist heute ein Kindlein geboren.

Ein bisschen Leben

Doch, sie fürchteten sich. Nachdem es passiert war, wussten sie beide nicht mehr, wie das hatte angehen können, dass sie jetzt nebeneinander im Stroh lagen, zwar nicht bei Esel und Rind, dafür bei den Pferden. Es war still auf dem Hof, denn Mitternacht war längst vorbei. Alle schliefen, außer Jurek und Luzie. Die wollten beieinander sein, streichelten sich und waren doch fassungslos. Hin und wieder schnaubte eines der Tiere.

»Ich bin verlobt, Jurek.«

»Und ich bin ein Polack.«

»Man wird uns bestrafen.«

»Ich passe auf uns auf, so gut ich kann.«

Die Bäuerin hatte Luzie am späten Abend mit heißem Kaffee und Broten in den Pferdestall geschickt. Jurek wachte schon seit drei Nächten bei der trächtigen Stute, deren Fohlen falsch herum lag. Der Bauer hatte das so bestimmt, und Jurek musste für diese Zeit nicht in die Baracke zurück. Als Luzie in den Stall kam, hatte Jurek im Stroh geschlafen. Sie hätte die Sachen abstellen und gehen sollen, dann wäre es nicht so weit gekommen. Dann lägen sie jetzt nicht hier im Stroh. Stattdessen überlegte sie, dass der Kaffee kalt wurde, wenn sie Jurek nicht weckte. Es wäre zu schade darum gewesen. Sie wagte aber nicht, ihn wachzurütteln, deshalb stand sie da und dachte *wach auf!*

Sie konnte nicht aufhören, ihn anzusehen. Er war ein

schöner Mann und es rührte sie, wie er so friedlich im Stroh lag. Ob er wohl seine Familie vermisste? Hatte er überhaupt eine? Vielleicht sogar eine Verlobte, die auf Post von ihm wartete?

In diesem Moment kam er, geweckt von Luzies Gedanken, hoch.

»Ich soll dir was bringen. Von der Bäuerin.«

Er setzte sich auf. Als Luzie ihm den Korb reichte, berührten sich ihre Hände. Sie blickten sich an und erkannten, dass mehr zwischen ihnen war als laute Gedanken.

Sie hatten sich danach ganz selbstverständlich geküsst, was war schon dabei? Ein Mann und eine Frau hatten sich gern. Es fühlte sich richtig an und war doch falsch. Was sollten zwei auch tun, wenn die Welt da draußen in Schutt und Asche versank und der Tod sich am Elend mästete? Für so ein bisschen Leben musste man etwas riskieren, denn sie waren so einsam und litten schon lange an einer großen Sehnsucht, der eine nach der Babka, die andere nach einem Tanz.

»Und wenn sie uns doch erwischen, Jurek? Sie werden uns totschlagen.«

»Ach, Lulchen. Heute haben wir uns lieb.«

»Wir dürfen das nicht wieder tun.«

»Nein. Dürfen wir nicht.«

Natürlich hatten sie es doch getan. Des Öfteren. Und immer zum letzten Mal. Zu jeder Gelegenheit, die sich ihnen bot. Kupers Else guckte schon ganz *vigelinsch*, wenn sie Luzie sah. Sie erzählte es ihm. Jurek wiegelte ab. Sie waren doch immer ganz vorsichtig. Wenn sie sich auf dem Hof über den Weg liefen, zog Jurek den Kopf ein und Luzie stolzierte mit überheblicher Haltung vorbei, wie es sich gehörte. Wenn sie sich liebten, dann zwischen den Pferden. Die boten Schutz, denn wer vermutete schon ein Liebespaar zwischen den Hufen schwerer Ackergäule. Wer wusste schon, dass diese sanft waren, weil Jurek es ihnen eingeflüstert hatte. Nein, hier vermutete sie keiner, Else schon gar nicht, denn ein Gaul hatte sie mal in den Achtersteven gebissen. Seitdem hasste sie Pferde, ebenso wie sie Menschen verabscheute.

Nach Silvester wusste Luzie, dass sie schwanger war. Das Ziehen in den Brüsten, die morgendliche Übelkeit, das Ausbleiben der Blutung, davon hatte ihre Schwester ihr erzählt. Später war sie im Kindbett gestorben. Luzie hatte es Jurek noch nicht gesagt, aber der ahnte es schon. Als er sie eines Morgens hinter dem Schweinestall erwischte, wie sie sich übergab, ließ er alle Vorsicht fahren und sprach sie an.

»Wir müssen reden, Luzie. Heute Nacht. Bei den Pferden.«

»Musst du nicht ins Lager?«

»Eines der Tiere wird eine Kolik haben.«

So war es dann auch. Jedenfalls hatte Jurek es dem Bauern so erzählt, und Luzie hatte es Jurek also gesagt. Sie erwarteten ein Kind, das es nicht geben durfte. Sie saßen da und schämten sich. Was hatten sie denn geglaubt? Glück hatte immer einen Preis, und der war meistens hoch. In ihrem Fall so hoch wie das Honorar, das die Engelmacherin verlangte. Luzie hatte sich schon heimlich umgehört.

»Und wenn wir einfach abhauen?«

»Wohin denn, Jurek?«

Er wusste es nicht. Also saßen sie da, ratlos und verzweifelt, bis der Morgen schon fast dämmerte und Luzie einen Entschluss fasste.

»Ich rede mit meinem Vater.«

»Er wird sehr böse sein.«

»Ja. Aber er wird auch nicht wollen, dass sie dich aufhängen.«

Sie nahm seine Hand und legte sie auf ihren Bauch, der noch ganz flach war und fest wie eine Pferdeflanke.

»Ich will es.«

Helenes Wut

Ausgerechnet Helene bemühte sich in den Keller. Sie schäumte.

»Der Bestatter ist da. Was machst du denn hier unten?«

Ein bisschen ich sein.

Das wäre die ehrliche Antwort gewesen, aber Helene hätte sich nur darüber lustig gemacht. Sie hätte es nicht im Geringsten verstanden. Dass ausgerechnet die Tante ihr bis in den Keller folgte! Johanne fiel keine angemessene Antwort ein. Im Grunde hatte sie Recht.

»Wir sitzen da oben wie die Idioten und haben keine Ahnung von Tuten und Blasen! Wir wissen nicht einmal, wo Luzies Papiere sind! Als hätten wir uns um nichts gekümmert. Wenn du uns vor dem Bestatter blamieren wolltest, ist dir das gelungen.«

»Sag Heinrich, dass ich ihm die Unterlagen bringe.«

Johanne wischte sich mit einem Handtuch aus dem Wäschekorb das Gesicht trocken. Sie hatte geweint und genierte sich vor Helene, die sie wieder mal albern fand.

»Herrgott, Johanne, jetzt heul nicht! Sie hatte ihr Alter!«

Das sagte sie heute nicht zum ersten Mal. Johanne fiel auf, dass sie den Satz mit jeder Wiederholung lauter sagte und dass er jedes Mal unbarmherziger klang. Als kasteite die Tante sich damit für ihr Unvermögen zu trauern. Sie hätte auch einen Keller gebraucht.

»Komm und setz dich ein bisschen zu mir, Helene.«

Johanne stand auf und klappte ihrer Tante den Bügelstuhl auseinander. Sie klopfte einladend auf die Sitzfläche. Helenes Überraschung war so groß, dass sie der Aufforderung tatsächlich folgte. So kam es, dass sie sich eine Weile ratlos gegenübersaßen, bis Helene fragte:

»Was tun wir hier?«

»Erzähl mir von dir. Wir kennen uns kaum.«

»Ich weiß nicht, was du meinst.«

»Ich glaube, doch.«

Helene senkte den Kopf. Zum ersten Mal sah Johanne sie verlegen.

»Ach Gott, Johanne. Ich weiß nichts.«

»Welche Erinnerung fällt dir als Erstes ein?«

Sie lachte. »Was wird das?«

»Ich stelle dir eine Frage.«

»Na schön. Ich war dreizehn und kam aus der Schule. Ich sollte in einem Haushalt arbeiten. Anderer Leute Dreck wegmachen. Wie Thea. Ich wollte aber nicht. Das war's.«

»Was wolltest du denn?«

»Ich wollte eine Lehre machen, aber Mutter meinte, ein Mädchen braucht das nicht. Da bin ich selber zum Kaufmann gegangen, um ihn zu fragen, ob er mich nimmt.«

»Ganz schön mutig. Und? Hat er dich genommen?«

»*Büst ja nich mal düütsch* hat er gesagt und mich weggeschickt.«

»Und dann?«

»Wir sollten jetzt wirklich nach oben gehen.«

»Nun komm schon. Erzähl weiter.«

»Ich war enttäuscht! Aber was sollte ich machen? Ich war ja nur eine Mazur und staatenlos. Was hatte ich mir denn eingebildet.«

»Hast du das Luzie erzählt?«

Helene schwieg. Der hochfahrende Stolz. Der war ihr im Keller abhandengekommen.

»Ich habe mich geschämt, aber sie hat es auch so rausbekommen.«

»Und?«

»Das war ja das Komische. Sie hat nichts gesagt, aber es ging dann los. Von Pontius zu Pilatus. Wir mussten den ganzen Einbürgerungssermon von vorne bis hinten durchziehen. Was die uns alles gefragt haben! Und wie oft wir uns haben untersuchen lassen müssen. Am deutlichsten erinnere ich mich an einen Arzt vom Gesundheitsamt, der uns Blut abgenommen hat, Thea und mir. Er hat mit der Lanzette unsere Fersen aufgeschlitzt. Er meinte, wenn wir Deutsche werden wollen, müssten wir das abkönnen. Das war noch einer vom alten Schlag. Der wollte uns quälen.

Am Ende mussten sie uns aber doch einbürgern. Mutter musste drei Monatslöhne dafür bezahlen. Für jeden von uns einen. Das Geld musste irgendwo herkommen. Sie nahm ganze Felder zum Jäten an, für ein paar Mark. Sie war so verbissen dabei, als wollte sie einen Fehler wiedergutmachen. Natürlich mussten wir mit ran. Hacken, bis der Boden unter uns verschwamm.

Irgendwann hatten wir es geschafft. Wir bekamen die Einbürgerungsurkunden. Ich bin sofort zu diesem Kaufmann und hab ihm meine unter die Nase gerieben. Da konnte er mich nicht mehr wegschicken. Ich hab die Lehrstelle gekriegt. Verstehst du? Es ging plötzlich aufwärts! Manche grüßten uns jetzt. Die Leute vergaßen langsam, dass wir nicht dazugehörten. Und dann kommt Thea und macht alles wieder kaputt.

Sie hat eisern geschwiegen, bis zuletzt. Und dann warst du da und alles fing von vorne an. Da nützte auch keine Urkunde mehr was. Ich hab das Scheißding verbrannt und mir geschworen, irgendwann aus diesem Dorf abzuhauen und nie wiederzukommen. Na ja, bis Kassel hab ich es geschafft.«

Heinrich trug einen dunkelgrauen Anzug und nickte Johanne mit getragener Miene zu, als sie hinter Helene in die Küche kam.

»Tut mir leid, dass du warten musstest, Heinrich.«

»Ich hatte Kaffee und nette Gesellschaft.«

»Dann kümmere ich mich jetzt um die Papiere.«

Johanne ging nach nebenan, den Ordner holen, in dem sie Luzies Unterlagen aufbewahrte, vom Pflegegutachten bis hin zu den Grundsicherungsbescheinigungen, den Rechnungen für die Selbstbeteiligung am Badewannenlifter und an den Windeln. Der Totenschein lag obenauf. Sie reichte ihn Heinrich als Erstes. Er studierte ihn gründlich. Als er befunden hatte, dass Dr. Petermann jedes Häkchen an die richtige Stelle gesetzt hatte, fragte er nach diesem und jenem, bis er zum Wesentlichen kam.

»Wie soll eure Mutter beerdigt werden?«

»Urnenbestattung!«

Es kam wie aus der Pistole geschossen. Thea fügte entschuldigend hinzu:

»Na ja, allzu teuer darf es nämlich nicht werden.«

Heinrich nickte verständnisvoll und hob nun seinerseits einen Ordner aus der Aktentasche. Der war dezent in dunkelgrauen Samt eingeschlagen. Er legte den Ordner in vollendeter Langsamkeit vor sich ab, schlug ihn auf und schob ihn über den Tisch. Johanne fragte sich, ob es Kurse gab, in denen man das lernte.

»Wenn ihr darin blättern mögt …«

Es war ein Urnenkatalog. Helene fackelte nicht lange. Sie zeigte auf eine beigefarbene mit Baummotiv. Der Preis war durchgestrichen und mit einer roten Zahl überdruckt.

Modell Waldfrieden. Auslaufmodell. Fünfundzwanzig Prozent Preisnachlass.

»Die tut es. Oder?«

Thea nickte, Norbert und Leo ebenfalls, nur Johanne schwieg. Da gab es nichts mehr zu entscheiden und Luzie wäre es egal gewesen, ob sie mit Baummotiv oder Herzchen auf der Urne begraben wurde. Luzie hätte sich um solche Kleinigkeiten keinen Kopf gemacht. Johanne sollte es auch nicht tun.

»Johanne?«

Helenes Stimme hatte wieder diesen fordernden Ton. Den Keller hatte sie vergessen.

»Was?«

»Ob die für dich auch in Ordnung ist. Die Urne. Nicht, dass es hinterher Beschwerden gibt.«

»Doch, die ist okay.«

Im Folgenden ging es um den Sarg für die Einäscherung, die Kleidung, die Luzie dabei tragen sollte, den Blumenschmuck und die Grabstätte. Letztere hatten Thea und Johanne zu Helenes Überraschung schon gekauft, weil es im vergangenen Jahr hieß, die Kirchenverwaltung werde die Preise erhöhen, und so eine Grabstelle war teuer. Zuletzt kam die Sprache auf das heikle Thema der Todesannonce.

Heinrich zeigte ihnen Muster und die Schwestern entschieden sich für eine mittelgroße Annonce mit dem Bild einer Rose. Das gab es auch in Baum, aber den hatte Luzie ja schon auf der Urne. Zuletzt ging es um den Spruch. Alle Blicke wanderten zu Johanne, die Leos Vorschlag zwar albern fand, aber auch das wäre Luzie egal gewesen. Vielleicht hätte ihr Leos Vorschlag sogar gefallen.

»Meinetwegen nehmt das mit dem Mutterherz.«

Thea stand auf und sah nach ihrem Kuchen. Sie hatte sich wie immer aus allem herausgehalten, schien aber erleichtert, dass Johanne nicht vorhatte, weiter mit Helene zu streiten.

Heinrich betrachtete immer noch tatenlos das jungfräuliche Papier, auf das er den gewünschten Spruch notieren wollte, und brachte den Füller in Stellung.

»Wie lautet der Spruch mit dem Mutterherz?«

Helene antwortete.

»Das hat aufgehört zu schlagen.«

Leo nickte zustimmend und Heinrich notierte es sich, ohne eine Miene zu verziehen.

»Dann wäre von meiner Seite alles getan. Soll ich Luzie jetzt mitnehmen?«

»Nein!«

Alle Augen wandten sich ihr zu. Johanne hatte zu allem Ja und Amen gesagt, doch nun widerstrebte es ihr, Luzie jetzt schon loszulassen. Sie hatte noch etwas mit ihr auszumachen und sie sprach es aus, auch auf die Gefahr hin, dass alle sie für verrückt hielten, denn das taten sie sowieso schon.

»Ich bin noch nicht fertig mit Luzie. Ich muss noch was mit ihr klären.«

Helene lachte, Thea schaute verlegen weg. Johanne wandte sich nun direkt an Heinrich.

»Silje möchte sie bestimmt auch noch sehen. Ich will, dass Luzie noch zwei Tage hierbleibt. Ginge das?«

Heinrich blickte aus dem Fenster in den Himmel, als prüfe er, ob da schon ein Türchen offen stand.

»Ich würde sagen, ja. Das wird gehen. Wenn ihr sie allerdings länger hier aufbahren wollt, muss ich ein Kühlgerät installieren, das kostet dann extra.«

»Bis übermorgen ist prima.«

»Ist es recht, wenn ich sie dann um neun abhole?«

»Perfekt.«

Heinrich erhob sich, verabschiedete sich von allen mit einer vollendeten Verbeugung, die Johanne ihm nicht zugetraut hatte, und verließ die Küche.

»Bist du von allen guten Geistern verlassen?«, legte Helene sofort los, als die Haustür hinter Heinrich ins Schloss fiel und sie sich sicher sein konnte, dass er sie nicht mehr hörte. Johanne sah sie erstaunt an.

»Was ist denn jetzt schon wieder verkehrt? Die Beerdigung steht, alles ist so, wie du es willst, inklusive Urne im Sonderangebot.«

»Was wollt ihr denn zwei Tage mit einem Leichnam hier in der Wohnung anfangen?«

»Wir?«

»Ich schlafe nicht mit einer Toten Wand an Wand. Das ist abartig. Komm, Norbert, wir gehen in den Gasthof.«

Thea stöhnte auf.

»Ich habe das Gästezimmer aber extra für dich und Norbert hergerichtet! Warum wollt ihr denn jetzt ein Hotelzimmer bezahlen?«

»Ach Lenchen, ich hätte kein Problem damit, wenn wir hierbleiben, Liebes.«

Norbert streichelte wieder Helenes Arm. Sie schlug ihm auf die Hand.

»Wir gehen.«

Warme Luft

Ich verschwinde. Das war ihr allererster Gedanke, nachdem die Hebamme sie ans Licht gezerrt hatte. Sie stellte fest:

»Is eene Deern.«

Fast wäre ihr der schnelle Abgang gelungen und kein Hahn hätte danach gekräht. So eine Steißlage mit Nabelschnur um den Hals ging meistens schief, zumal bei einer überstürzten Hausgeburt, mit der niemand gerechnet hatte. Vom Sauerstoffmangel war sie schon violett wie eine Pflaume. Aber die Hebamme verstand ihr Handwerk, sie war erfahren. Sie blies der *Deern* warme Luft in Mund und Nase. Bei all der Kälte, die sie urplötzlich umgab, fühlte sich das an wie ein Willkommen auf Erden. Sie ließ sich von der Hebamme täuschen, öffnete den Mund, gab nach, fing an zu atmen und blieb.

Ich liebe. Das war ihr zweiter Gedanke. Er war stärker als der erste und richtete sich an die Frau auf dem blutigen Laken. Die wandte sich ab, als die Hebamme sie ihr in den Arm legen wollte. Da begriff sie, dass der erste Gedanke der bessere gewesen war. Sie hätte stark bleiben und verschwinden sollen. Nur war der zweite Gedanke so viel verlockender, aber leider falsch. Liebe war niemals selbstverständlich, nicht für einen Bastard, den keiner gewollt hatte, am allerwenigsten die Frau auf dem Laken. Es war keiner da, der ihre Liebe wollte, geschweige denn jemand, der ihr welche schenkte, einfach so. Sie musste sie sich erst verdienen.

»Gifft een Vadder?«

Die Frau auf dem Laken antwortete nicht, sie vergrub das Gesicht im Kissen. Sie war noch jung, eher Schwester als Mutter.

»Weest denn, wo't heeten schall?«

Die Frau schüttelte den Kopf, denn sie schämte sich über alle Maßen. Da sah die Hebamme das Kind mitleidig an.

»Weer's doch beeter doot bleeven.«

Dafür war es nun allerdings zu spät. Dieses falsche Leben musste gelebt werden, weil es nun einmal war.

»Denn schast Johanne heeten.«

Der Name war der Hebamme gerade eingefallen und er war so gut wie jeder andere.

Wurstmachen

Der Vater kam auf den Hof, nur wenige Tage nachdem Luzie zu Jurek gesagt hatte, dass sie ihn um Hilfe bitten würde. Wenn er zu Fuß ging, hatte er meistens keine Post dabei. An diesem nebligen Februartag fürchtete Luzie dennoch, dass er Briefe brachte. Welche von der schlimmen Sorte. Der Vater beruhigte sie.

»Is' nich wegen Hinnerk. Is wegen dat Swien. Morgen willt wi't schlachten. Kummst du?«

Luzie half jedes Jahr beim Wurstmachen. Das war so üblich, und sie war nicht die Einzige, die sich an einem Schlachttag frei nahm. Der Bauer würde nichts dagegen einzuwenden haben. Jetzt, im Winter, war auf dem Hof sowieso nicht viel zu tun.

»Ick kaam.«

Der Vater war mit der Antwort zufrieden und kehrte auf eine warme Milch beim Bauern ein. Sie hatten über dies und das zu reden.

Luzie ging in den Stall. Sie schob den Kühen frisches Heu hin. Ihr war nicht wohl dabei. Sie überlegte, wie sie es den Eltern beibringen konnte. Sie hatte sich bislang davor gedrückt. Beim Wursten bot sich nun die Gelegenheit zur Beichte, morgen war es also so weit, und das war gut so. Es wurde nämlich höchste Zeit. Die Bäuerin hatte sie schon beiseitegenommen.

»Wat is mit di, Deern?«

»Nix.«

»Büst so wittnäsig.«

Am nächsten Tag wanderte Luzie früh ins Dorf. Schnee lag auf den Wegen und sie kam in den Holtschen nur langsam voran. Gegen die Kälte hatte sie die klobigen Dinger mit Stroh ausgestopft. Das pikte und war auch sonst unbequem, aber einigermaßen warm. So ging sie den gewundenen Pfad am Fluss entlang und über die Geesthügel bis zum Haus der Eltern.

Der Schlachter hatte das Schwein schon abgestochen. Es hing kopfüber an einer Leiter und blutete in einen Eimer. Es machte Luzie normalerweise nichts aus, ein Schwein ausbluten zu sehen, sie war damit aufgewachsen. Wenn man übers Jahr Wurst und Fleisch essen wollte, durfte man sich nicht anstellen. Dann musste man das abkönnen. Heute konnte sie das nicht, ihr wurde davon übel. Mit der Ausrede, sie müsse mal schnell verschwinden, floh sie in den Stall, wo sich der Verschlag mit dem Plumpsklo befand, und legte den Riegel vor. Sie blieb, bis sie sich wieder gefasst hatte. Als sie zurückkam, schob die Mutter ihr einen Becher mit heißer Brühe hin.

»Hier. Warm di eersmaal.«

Luzie trank die Brühe. Danach ging es ihr besser.

Sie holte den vollen Eimer von dem Schwein weg, krempelte den Ärmel hoch und tauchte den nackten Arm in das Blut, um es zu rühren, damit es nicht klumpte. Das warme Blut auf der Haut ließ sie die Todesangst der Kreatur noch spüren und sie gesellte sich zu ihrer eigenen. Es musste an dem winzigen Ding liegen, das in ihr wuchs und sie alle in Gefahr brachte.

Der Schlachter arbeitete zügig, gegen Mittag war das Fleisch zerteilt und ausgebeint. Nachdem er genug Schnaps und Bier bekommen hatte, verabschiedete er sich. Die Blutwurst war schon in den Gläsern und Luzie wuchtete den großen Topf auf den Herd, in dem jetzt der Schweinskopf ausgekocht werden sollte. Die Mutter presste die ersten Würste in die gewaschenen Därme. Da fand Luzie, dass es Zeit war.

»Ick mutt wat vertelln. Ick bün …«

Weiter kam sie nicht. Die Nachbarn hatten spitzgekriegt, dass hier geschlachtet wurde. Sie klopften ans Fenster und alberten herum. Sie hatten in einem unbeobachteten Moment den Schweineschwanz geklaut und brachten ihn nun mit einer Schleife verziert zurück. Wie eine Herde Hammel drängten sie in die vom Schlachtdunst vernebelte Küche und verlangten, dass der Vater den *Steert* mit einer *Buddel* auslöste. Der Anstand verlangte es, dass Luzie und die Mutter sie mit frischer Wurst bewirteten. So eine Auslösung konnte dauern und Luzie verschob ihre Beichte.

Einer der Männer nahm sie sofort aufs Korn.

»Hest di al een annern Brögam söcht?«

»Ne!«

Er wedelte mit dem Schweineschwanz.

»Ick hebb een Steert to veel. Kanns mi besööken. Dat schull di Spaß maaken, schast mal sehn!«

Er fasste Luzie, die ihm gerade Korn nachschenkte, um die Taille und versuchte, sie auf seinen Schoß zu ziehen. Luzie, sonst nicht zimperlich, wich zurück.

»Laat de Deern tofreern!«, wies der Vater den Nachbarn zurecht.

»Is doch man blots een Spaaß!«

Der Nachbar ließ so schnell nicht locker. So eine junge und ledige Frau, die konnte bei einer solchen Gelegenheit nicht ungeschoren davonkommen, da sollte der Vater sagen, was er wollte. Die bekam ihr Fett weg, und wenn sie aus gutem Holz geschnitzt war, machte sie mit und lachte noch darüber. Der Nachbar hielt sie mit einer Hand fest und wackelte mit dem beschleiften Schweineschwanz vor seinem Schritt herum.

»Dat langt nu!«

Die Mutter riss ihm das Diebesgut aus den Händen und der Nachbar beruhigte sich, denn mit Luzies Mutter war nicht gut Kirschen essen. Die hatte Haare auf den Zähnen.

»Wi mööt ok wieter maaken. De Wuss warrt nich vun alleen fardig.«

Das war ein Rausschmiss. Der Vater schenkte zum Schluss nochmal nach, dann gingen die Nachbarn.

»Ick krieg een Kind.«

Luzie hatte nicht länger warten können. Nachdem der letzte Nachbar die Tür hinter sich geschlossen hatte, musste es heraus. In der Küche wurde es ganz still. Nur das Blubbern des kochenden Schweinskopfes war noch zu hören. Die Luft wurde so dick, man hätte sie gleich mit einwecken können. Der Vater stellte sich hinter die Mutter, die sich lieber hingesetzt hatte.

»Wer?«

»He heet Jurek.«

Der Vater setzte sich jetzt auch. In der Buddel, die noch zwischen den Resten des Schweineschwanzauslösefestes auf dem Tisch stand, schwamm ein Fingerbreit Korn. Er trank gleich aus der Flasche, was er sonst nie tat. Die Mutter hatte die Hände vors Gesicht geschlagen.

»Een Unglück kann dat annere nich aftööven!«

»Ick hebb em leev.«

»Du büst verlöövt!«

»August is doot, Mudder.«

»Nums weet dat gewiss. Un denn ok noch een Polack!«

Der Vater holte seinen Priemtabak aus der Westentasche und schnupfte umständlich. Dann stellte er sich ans Fenster und sah hinaus in den griesen Tag. Schließlich riss er es auf. Luzie ging zum Herd. Jemand musste den Schweinskopf umrühren, damit der nicht verkochte in dem ganzen Schlamassel.

»Weet een darvun?«

Das wollte der Vater wissen.

»Ick glööv nich. Viellich Kupers Else.«

»De Deern, de mit uusen Ortsgruppenleiter rumpusseert?«

Luzie nickte und stach mit der Gabel in die Schwarte, die vom Kochen grau geworden war und schon zerfiel. Man könnte jetzt mit dem Sülzen beginnen. Die Mutter hatte es wohl auch gerochen. Sie stemmte sich mühsam am Tisch hoch und räumte das Geschirr ab. Nur, weil ihre Tochter unter einen Polen geraten war, konnte man die Arbeit nicht liegen lassen. Begreifen konnte sie es nicht. Sie schüttelte immer wieder den Kopf und verfiel ins Hochdeutsche, weil das amtlicher klang.

»Wenn Else das weiß, dann seid ihr schon so gut wie tot.«

Luzie hielt sich am Kochlöffel fest und starrte auf die Schweineschnauze, die ihr aus der Brühe entgegenragte.

»Ich kann mit Dietrich Frers schnacken.«

Luzie konnte nicht fassen, was ihr Vater da sagte.

»Der ist bei der Polizei. Willst du mich anzeigen?«

»Wees nich blöd! Ich will keinen anzeigen. Ich will den bloß vorwarnen, denn wenn Else euch anzeigt, dann kommt das zuerst auf Dietrichs Tisch.«

»Na und?«

»Wir waren zusammen beim Landsturm. Damals vierzehnachtzehn. Ich hab noch was gut bei ihm.«

»Du meinst, er könnte so eine Anzeige verschwinden lassen?«

Der Vater nickte, aber die Mutter beruhigte das wenig.

»Das Lütte kanns nich einfach verschwinden lassen.«

»Kinners kammt jümmers. Dar bruuks kien Vadder darto.«

Die Mutter schüttelte nur immer wieder den Kopf.

»Dat geiht nich good. De Lüür denkt sick ehrn Deel. Dat löppt op Schiet ut.«

Der Vater nahm Luzie den Kochlöffel aus der Hand.

»Laat den Pott un sett di dahl.«

Er klang ungewohnt streng. Luzie gehorchte und setzte sich. Der Vater auch. Er nahm sie ins Gebet.

»Dieser Jurek und du, ihr müsst euch jetzt aus dem Weg gehen, hast du das verstanden?«

Luzie nickte.

»Ihr müsst so tun, als wär nichts zwischen euch gewesen, sonst kriegen noch mehr davon Wind. Ihr müsst den Kopf einziehen und euch ruhig verhalten. Vielleicht geht dann alles nochmal gut.«

Er schnupfte noch einen Priem und schnäuzte sich ausgiebig. Die Mutter seufzte.

»Viellich is ok al to laat.«

Dicke Eiche

Sie versuchten, den Rat des Vaters zu befolgen, so gut es ging, aber es ging schlecht. Letzte Nacht hatten sie es nicht mehr ausgehalten und sich wieder heimlich im Stall getroffen. Sie waren sich sicher gewesen, dass keiner sie beobachtete, denn Kupers Else war schon seit einigen Tagen nicht mehr auf dem Hof. Die hatte jetzt eine bessere Arbeit. Eine, bei der man sich die Finger nicht schmutzig machte.

Am Morgen – sie saßen gerade beim Frühstück – fuhr ein Polizeiwagen auf den Hof. Die Uniformierten sprangen aus ihren Fahrzeugen und brachten ihre Gewehre in Stellung. Befehle wurden gebrüllt. Luzie verstand gerade noch, dass sich alle auf dem Hof versammeln sollten.

Die Polen kamen mit erhobenen Händen heraus, denn die Polizisten richteten die Gewehre sofort auf sie. Keiner wagte einen Mucks. Jurek stand in der zweiten Reihe, er zog die Schultern ein, aber das nützte nun auch nichts mehr. Dieser Auftritt galt ihnen, da war Luzie sicher. Sie stand bei den Frauen und konnte sich kaum auf den Beinen halten. Mit den Augen klammerte sie sich an Jurek, sie wollte ihn sehen bis zuletzt. Nichts konnte sie noch retten. Flucht war sinnlos. Die Polizei war mit großem Aufgebot gekommen, als wollten sie ein ganzes Nest ausheben. Es hatte nichts genützt, dass ihr Vater sich mit dem Dorfpolizisten gutstand.

Das war es dann also gewesen. An diesem frühlingshaften Märztag sollte es vorbei sein mit Luzie und Jurek. Sie zuckte zusammen, als ein Polizist einen Namen brüllte.

»Stanislav Dudek! Vortreten!«

Das musste ein Irrtum sein. Stani? Was hatte der Junge angestellt, dass sie seinen Namen schrien? Keiner rührte sich.

»Dudek, du Feigling! Tritt vor! Oder ich lasse euch Dreckspolacken gleich alle zusammenschießen. Trifft immer den Richtigen.«

Immer noch kam keine Bewegung in die Fremden. Da gab der Oberste seinen Männern ein Zeichen und sie legten an. Vielleicht hätten sie geschossen, wenn Puttfarken-Fietje nicht die Gelegenheit ergriffen hätte, seinen Eifer unter Beweis zu stellen. Hier konnte man sich Sporen verdienen. Er pflügte sich in den Pulk der Polen, griff den Jungen, der sich in der letzten Reihe versteckt gehalten hatte, und warf ihn der Polizei zum Fraß vor.

»Dar is he!«

Stani, der halb tot mit Jurek zusammen auf den Hof gekommen war, rappelte sich auf, wrang seine Mütze und zitterte wie Espenlaub. So mager, wie er war, konnte man meinen, er sei gerade erst konfirmiert worden. Er kümmerte sich immer noch mit der *breegenklöterigen* Kati um das Federvieh. Da hatten sich zwei gesucht und gefunden. Stani war zu mickrig für die Feldarbeit und Kati zu dösig. Sie begriff auch nicht, dass sie sich Stani nicht an den Hals werfen durfte, weil der ein Pole war. Stani, heimwehkrank und voll Sehnsucht nach seiner Mutter, ließ sich Katis Umarmungen gefallen. Das musste wohl jemandem sauer aufgestoßen sein.

Der Bauer stellte sich neben den Jungen.

»Was hat er denn angestellt?«

»Wir haben Meldung erhalten, dass dieser Pole sich der Rassenschande schuldig gemacht hat.«

»Stani?«

Der Bauer lachte.

»Dat is Dummtüüg. De weet nichmal, wat dat is. Rassenschande!«

Luzie begriff gar nichts. Sie mussten doch merken, dass das ein Missverständnis war und eigentlich sie und Jurek gemeint waren.

Aus den Augenwinkeln sah sie, wie einer der Uniformierten einen Strick aus dem Wagen holte und ihn über den tiefhängenden Ast der dicken Eiche im Hof warf. Die Bäuerin gab einen gequälten Laut von sich. Der Bauer fragte:

»Habt ihr dafür Beweise?«

»Und ob. Wir haben die Aussage von Kati Stamer. Demnach hatte dieser Pole verbotenen Umgang mit ihr.«

Alle sahen sich nach Kati um, aber die war schon beim Frühstück nicht dabei gewesen. Das fiel manchen erst jetzt auf, denn keiner gab sich gern mit ihr ab.

»Kati? De is to dösig to'n schieten! De maakt doch kiene Rassenschande!«

Er spuckte das Wort aus wie der Vater seinen Priem.

»Wo is die Deern überhaupt?«

»Wir haben die Landarbeiterin Kati Stamer gestern Abend bei ihrer Mutter festgenommen. Sie wollte sich dort verstecken.«

Die Bäuerin protestierte.

»Ne, hat sie nicht! Ich hab sie nach Hause geschickt. Sie sollte sich um die Mütter kümmern. De geiht nich good … Was passiert denn nu mit den beiden?«

Der Polizist musterte die Bäuerin. Sie hatte es gewagt, ihm zu widersprechen.

»Du und dein Mann, ihr könnt von Glück sagen, dass ich euch nicht auch zur Rechenschaft ziehe. Man hört ja so einiges, wie es hier zugeht. Ihr sollt wahre Polackenfreunde sein. Wenn das so weitergeht, seid ihr als Nächstes dran.«

Mit diesen Worten wandte er sich zu seinen Leuten um und gab ihnen ein Zeichen. Sie packten Stani und schleiften ihn zur Eiche, wo der Strick schon baumelte. Er wehrte sich nicht, weinte nur still. Jemand hatte einen Stuhl herbeigeschafft, darauf hoben sie ihn und legten ihm den Strick um den mageren Hals. Er wäre fast von selbst gefallen, wenn sie ihn nicht aufgefangen hätten. Es musste schließlich alles seine Richtigkeit haben, darum sollte er zuletzt noch hören, dass sein Tod rechtens war. Der Kommandeur trug ihm das Gesetz, gegen das er verstoßen hatte, höchstpersönlich vor, und allen anderen zur Warnung.

»Wer mit einer deutschen Frau geschlechtlich verkehrt oder sich ihr sonst unsittlich nähert, wird mit dem Tode bestraft.«

Sie ließen ihn los und einer trat gegen den Stuhl.

Am nächsten Tag, nachdem sie Stani abgenommen und eilig beerdigt hatten, ließ der Bauer die Eiche fällen.

Silje kommt

Johanne wartete auf die Regionalbahn. Außer ihr stand niemand an dem einsamen Gleis. Nur bei der Raiffeisen-Genossenschaft gleich nebenan holten Bauern Futtermittel ab. Ein Trecker, einer dieser Giganten, denen man auf der Straße besser nicht begegnete, raste mit Karacho heran und bremste scharf neben der Anhängerwaage. Der Fahrer kletterte aus der Kabine und verschwand im Büro.

Der Bahnhof lag abseits des Dorfes, das zur Gründerzeit zu unbedeutend für einen direkten Bahnanschluss gewesen war, obwohl es landschaftlich idyllisch lag und insofern beliebt war bei Sommerfrischlern aus Bremen und dem Umland. Immerhin gab es ein hübsches Bahnhofsgebäude, das inzwischen umgewidmet worden war. Die Gemeinde brachte hier Flüchtlinge unter. In den Neunzigern Kosovaren, danach Sudanesen. Johanne hatte sie oft auf dem Parkplatz vor dem Gebäude Fußball spielen sehen. Inzwischen stand es wieder leer. Die fremden Menschen waren fortgezogen oder abgeschoben worden.

Von weitem hörte Johanne den Zug. Er kam pünktlich. Vor jedem Fahrweg, den er unbeschrankt überquerte, gab der Zugführer Signal, denn es kam vor, dass einer dieser Treckerriesen es mit der Bahn aufzunehmen versuchte.

Auf der Hauptstraße, gleich neben dem Bahnhof, senkten sich die Schranken und der Zug fuhr ein. Johanne reckte den Hals, als die Türen sich öffneten. Nur wenige Fahrgäste stiegen aus. Silje konnte sie nicht sofort entdecken. Johanne hatte sie zwei Monate lang nicht gesehen und war ganz aufgeregt. Seit ihre Tochter in Berlin studierte, kam sie nur noch selten ins Dorf zurück.

»Mama!«

Johanne drehte sich um. Da war sie, den Rucksack lässig über die Schulter gehängt, die schweren, maulwurfsdunklen Haare flossen ihr bis zur Hüfte. Wie schön sie war. Und wie frei. Sie umarmten sich und weinten beide.

»Ach, Mama. Dass es jetzt so schnell ging. Ich musste die ganze Zugfahrt an Luzies Nachmittagsschule denken.«

»Ja, stimmt. Als du noch im Kindergarten warst und partout in die Schule wolltest. Ich hab dir den Rucksack gepackt und du bist zu Luzie rüber. Dann hat sie dich unterrichtet.«

»Ich war so stolz! Ich musste ihr ein Bild malen und sie gab mir immer eine Eins. In der Schule hab ich dann festgestellt, dass ich gar nicht malen kann.«

Die Heimfahrt dauerte nicht lange und verlief weitgehend schweigsam. Hinter dem Ortsschild fragte Johanne:

»Wie geht es in Berlin?«

»Gut. Ich arbeite an meinem ersten eigenen Stück.«

Silje hatte schon immer ein Faible fürs Theater gehabt, was Johanne gut verstand. Die Tochter hatte diese Begabung zum Geschichtenerzählen und sie hatte das Selbstbewusstsein, sie zu nutzen. Das mit dem Geschichtenerzählen war auch so eine Mazur'sche Eigenschaft, die Luzie zur Meisterschaft gebracht hatte, indem sie sich ihr Leben zurechtreimte. Das taten alle Mazurs. Thea, Helene, sogar Leo, der sich als Romantiker entpuppt hatte. Johanne sowieso. Sie, die Überzählige, der man ihre Geschichte schuldig blieb, bastelte sich Liebesromane. Und Silje machte Theater. Sie alle hatten eines gemeinsam: Sie füllten mit ihren Geschichten die weißen Flecken der Mazur'schen Landkarte und davon gab es so viele wie am Nordpol.

Johanne parkte den Wagen vor dem Haus. Ein Nachbar stand in der Tür und sah zu, wie sie ausstiegen. Bevor Johanne die Hand zum Gruß heben konnte, hatte er sich abgewandt und war verschwunden. So war das immer.

Silje holte ihren Rucksack aus dem Kofferraum.

»Wie geht es Thea?«

»Sie redet nicht darüber.«

»Was ist mit Helene und Norbert?«

»Die sind im Hotel.«

»Habt ihr euch gestritten?«

»Natürlich haben wir das, was glaubst du denn. Es ging um die Todesannonce und dass Luzie noch zuhause ist.«

»Ihr habt sie aufgebahrt?«

»So ähnlich ... Ich konnte sie dem Bestatter noch nicht mitgeben.«

»Danke.«

Thea stand schon im Flur, als die beiden endlich ins Haus kamen. Sie umarmte ihre Enkelin herzlich. Inzwischen versetzte es Johanne keinen Stich mehr, dass Silje und Thea ein solch inniges Verhältnis hatten, wie sie es auch gerne zu ihrer Mutter gehabt hätte. Wenn zwischen ihnen nicht dieses Unsagbare stünde, das jede Berührung verhinderte, vielleicht wäre es so gewesen. Es war keine böse Absicht.

Sie hatte wieder eingenässt und die Frau, die ihre Mutter war, ekelte sich. Vielleicht bedauerte sie auch nur dieses schadhafte Kind, das schon zur Schule ging und nachts noch Gummihose und Windeln trug. Deshalb musste die Mutter jeden Tag ein Laken auskochen, wo sie doch schon ohne das Kind so viel arbeiten musste. Und alle paar Tage die vollgepinkelten Babywindeln. Die hingen dann für alle sichtbar draußen an der Leine. Sie war nun einmal undicht wie ein löchriger Eimer. Dabei strengte sie sich an, nicht zu schlafen, damit es nicht wieder passierte, nur klappte das nie. Kürzlich war es sogar in der Schule passiert, allerdings aus anderen Gründen. Sie hatte sich nicht getraut, die Lehrerin mitten in der Stunde zu fragen, ob sie aufs Klo dürfe. Das mochte die Lehrerin nämlich nicht. Sie vertrat den Standpunkt, dass Zweitklässler alt genug waren, um die Schulstunde ohne Toilettengang durchzuhalten. Das machten nur die Erstklässler. Sie wollte aber nicht wie eine Erstklässlerin sein.

Erste Klasse, Babyflasche!

Sie wollte der Lehrerin gefallen und alles richtig machen und machte sich dabei in die Hose.

Jetzt hatten sich die anderen zum Abschlusskreis versammelt, nur sie blieb sitzen. Sie tat immer, was die Lehrerin verlangte, nur dieses eine Mal konnte sie nicht. Die Lehrerin zerrte an ihrem Arm, aber sie bockte. Die Lehrerin gab schließlich auf und der Abschlusskreis fand ohne sie statt.

»Du wirst ja immer kleiner, Oma.«

»Ich wachse wie ein Kuhsteert wieder nach unten, Deern.«

Sie lachten beide, Thea nahm Siljes Hand und zog sie in die Küche. Es war so viel Vertrautheit zwischen ihnen. Woher war die gekommen? Wer hatte die gesät?

»Ich hab uns schnell Nudeln gekocht. Du hast doch Hunger?«

»Na, und ob!«

Johanne folgte den beiden in die Küche. Thea hatte noch kein Wort mit ihr gewechselt, sie war ganz bei Silje und blühte auf. Johanne konnte sich darüber freuen, ja, das konnte sie. Zu dritt setzten sie sich an den Tisch und das Gespräch verlor sich in angenehmen Belanglosigkeiten. Silje gab ein paar Anekdoten aus ihrem Studium zum Besten. Sie lachten. Dann gingen die Geschichten aus, fürs Erste.

»Kann ich sie jetzt sehen?«

Luzies Bauch

Nichts war sicher. Weder dass der Krieg bald endete noch dass sie ihn überlebten, und selbst wenn. Was wäre dann? Nach der Sache mit Stani konnten sie sich kaum noch in die Augen blicken, denn ihre Liebe hatte die Unschuld verloren. Zu allem Überfluss war Luzies Schwangerschaft nicht mehr zu übersehen. Augusts Eltern hatten sie schon ins Gebet genommen, als sie sich zufällig im Dorf begegneten.

Ob sie denn keinen Anstand habe? Ihr Verlobter sei noch nicht einmal für tot erklärt!

Aus deren Sicht musste es so aussehen, als habe sie August längst vergessen. Aus den Augen, aus dem Sinn. Nur stimmte das nicht. Sie dachte jeden Tag an ihn und das Foto mit dem verwischten Gesicht hing wie ehedem über ihrer Strohmatratze. Sie sagte das nicht. Es war vergebliche Liebesmüh, es ihnen erklären zu wollen. Sie würden es nicht verstehen. Sie wusste ja selbst nicht, wie das alles gekommen war. Den einen, der vermisst war, den konnte sie nicht vergessen, und von dem anderen, dem Verbotenen, konnte sie nicht lassen. Der Krieg war ein schrecklicher Tölpel, er warf die Dinge um und stellte sie verkehrt herum wieder auf. Was blieb ihr anderes übrig, als die Wahrheit zurechtzubiegen, wenn jemand sie fragte, woher sie den dicken Bauch hatte. Eine Geschichte mehr machte den Kohl auch nicht fett. Also tischte Luzie auch Augusts Eltern eine auf.

Sie habe das nicht gewollt, na ja, ein Fremder eben, ein Durchreisender, ein Hausierer, der sofort wieder weg war. So sei das passiert.

Keiner der beiden widersprach. Doch sie nahmen es ihr nicht ab. Ein fremder Hausierer konnte sie wohl kaum geschwängert haben. Die hatte das neue Reich alle von der Straße geholt. Da griff man jetzt endlich mal durch. Die standen nicht mehr mit ihren Koffern an der Haustür, die saßen jetzt mit schwarzem Winkel auf der Jacke im KZ.

Die Bauersleute, bei denen Luzie in Stellung war, dachten sich ihren Teil. Sie schwiegen sich aus und senkten die Köpfe, wenn die Sprache auf Luzies Schwangerschaft kam. Jegliche Unruhe hätte sie in den Augen des Ortsgruppenleiters nur noch verdächtiger gemacht. Der hatte sie beide auf dem Kieker, weil sie in seinen Augen viel zu lasch mit den Fremdarbeitern umgingen. Else hatte ihm da Geschichten erzählt. Jetzt hatte der Bauer auch noch einen Antrag gestellt. Einer der Polen, ein junger Kerl, sollte jetzt ständig auf dem Hof übernachten statt in der Baracke, nur weil er so gut mit Pferden umgehen konnte. Trecker fahren konnte er auch. Der Bauer besaß so ein modernes Fahrzeug. Nur konnte der Alte damit nicht umgehen, und Fritz war gefallen. Den Jüngeren, Kurt, den konnte man vergessen. Der war ein Träumer. Es widerstrebte dem Ortsgruppenleiter, dem Polen die Erlaubnis zu erteilen. Weil der Hof aber kriegswichtig war, musste er am Ende nachgeben.

Von nun an schlief Jurek im Huck neben dem Schweinekoben. Das hatte den Vorteil, dass der Bauer ihn jederzeit rufen konnte, wenn Not am Mann war. Jurek stellte sich geschickt an, sein Zweitgeborener dagegen hatte zwei linke Hände. Es gab viel Streit zwischen Vater und Sohn. Dabei tat Kurt nur das, was er am besten konnte, nämlich predigen. Auf dem Acker hielt er Vorträge über moderne Landwirtschaft. Statt Erde zu fressen, wie sein Bruder es getan hatte, las er Bücher über sie.

Weil Jurek jetzt im Schweinestall wohnte, machte Luzie sich eines Nachts auf den Weg zu ihm. Es musste sein. Sie kam am Stumpf der Eiche vorbei und sah Stani vor sich, wie er am Baum hing. Sie sah seine Füße, die verzweifelt Halt suchten. Sie spürte den panischen Moment zwischen Leben und Tod.

Im Huck legten sie sich schweigend nebeneinander. So lange hatten sie sich zusammengerissen, jetzt war es gleich, ob es ein Morgen gab. Nach einer Ewigkeit rückte Luzie mit der Sache heraus, die sie hergetrieben hatte.

»Jemand hat meinem Vater einen Brief geschrieben.«

Sie zupfte sich dabei Strohhalme aus den Haaren, während Jurek ihren Bauch streichelte und sich über die Beulen wunderte, die sein Kind machte, wenn es von innen gegen die Bauchdecke trat. Als antwortete es auf die Berührung seiner Hand. Wie es wohl aussah? Ob es eher ihm oder ihr glich? Es konnte nicht mehr lange dauern, bis es auf die Welt kam. Wenn es denn auf die Welt kam. Jurek fragte nach dem Brief, von dem Luzie gesprochen hatte.

»Was steht drin?«

»Dass ich mich nicht wie eine deutsche Frau benehme.«

Jurek setzte sich kerzengerade hin.

»Wer hat den Brief geschrieben?«

»Der Bucklige.«

»Der!«

Adam Heilmann lebte als Heuerling in der halb verfallenen Kate im Wald direkt an der Hunte, nicht weit vom

Hof entfernt. Er wäre so gern ein guter Nationalsozialist geworden. Die Partei hatte ihn sogar aufgenommen, ein Amt wurde ihm allerdings verwehrt. Zwar war er blond, wie sie es mochten, und er hatte blaue Augen, insofern stimmte er mit der Norm überein, leider wölbte sich zwischen seinen Schultern ein Höcker. Er verfluchte Gott und die Welt für diese Verwachsung. Wenn schon eine, dann einen Bocksfuß. Der fiel nicht so auf. Mit so was konnte man sogar Minister werden. Mit einem Buckel aber nicht. Das wurmte Heilmann dermaßen, dass er sich hin und wieder mit einer kleinen Denunziation lieb Kind machte. Das hatte er von Else gelernt, die beiden steckten öfters die Köpfe zusammen, zum Leidwesen des Ortsgruppenleiters. Nun hatte er es also auf Luzie und Jurek abgesehen.

»Wenn dir was passiert, Lulchen, dann bringe ich ihn um.«

»Eher hängst du.«

»Das tu ich doch sowieso.«

Jurek streichelte Luzie und Luzie streichelte Jurek. Das bisschen Leben, das ihnen blieb, wollte gelebt werden. Nichts war gewiss. Weder ob Jurek das gleiche Schicksal wie das von Stani bevorstand noch ob Luzie die Geburt überlebte.

»Was, wenn das Kind kommen will? Was machst du dann?«

»Ich habe mich der Oberschwester als Hausschwangere vorgestellt. Frers hat mir ein Empfehlungsschreiben aufgesetzt.«

»Was heißt das?«

»Die Hebammenschülerinnen dürfen an mir üben und ich verdiene mir die Geburt in der Krankenhausküche.«

Die Oberschwester war tatsächlich ganz aus dem Häuschen gewesen, als Luzie bei ihr vorstellig geworden war. Sie hatte keine Fragen gestellt, das hatte sie sich längst abgewöhnt. Es nützte ja doch nichts. Die Schwestern und Hebammenschülerinnen hatten sich mit ihr gefreut, denn sonst stellten sich nur Fremdarbeiterinnen vor, bei denen man Angst haben musste, dass sie unter der Geburt wegstarben, weil sie in einem schlechten Zustand waren. Außerdem konnte man sie nichts fragen, denn sie sprachen kaum Deutsch.

Die Guten, die deutschen Frauen, die entbanden ihre Kinder sowieso nicht im Krankenhaus, sondern zu Hause, so wollte es der Führer. Luzie wollte, dass man ihr half.

»Was wirst du sagen, wenn sie dich nach dem Vater fragen?«

»Nichts.«

Dann schwiegen sie wieder und liebkosten sich. Zwischendurch erzählte Jurek von den Pferden und Luzie von den Kühen, die sie am liebsten molk. Belanglosigkeiten, über die sie lachen konnten. Zuletzt fiel Luzie Hinnerks Brief ein. Er hatte an die Eltern geschrieben, obwohl sie ihm doch auch geschrieben hatte. Der große Bruder behandelte sie immer noch wie ein kleines Kind. Der Vater hatte den Brief vor ein paar Tagen gebracht, damit sie ihn lesen konnte.

»Was sagt er vom Krieg im Osten? Wie steht's?«

»Nicht viel. Er ist im Lazarett.«

Luzie las vor.

Glogau, Lazarett, 14.3.43

Ihr Lieben!

Heute erhielt ich den lieben Brief von Luzie mit Mutters Grüßen, wofür ich Euch herzlich danke und hiermit gleich beantworte. Wie ich sehe, geht es Euch allen recht gut, was mich freut. Auch mir geht es ganz gut, ab heute darf ich wieder aufstehen. Nun will ich Euch meine Krankheit kurz mitteilen, es ist ein Nierenleiden, das ich mir in Rußland zugezogen hatte, immer in den feuchten Bunkern und so weiter. Am 31. Januar bekam ich dann plötzlich rasende Schmerzen in der Nierengegend und darauf bin ich vom Arzt gleich in ein Feldlazarett geschickt worden. Wie dann die Schmerzen und das Fieber besser waren, wurde ich ins Reich geschickt, um mich eben auszuheilen. Bis jetzt durfte ich nur Diät essen, also alles ohne Salz und so weiter. Jetzt scheint es aber, als wenn es wieder ziemlich besser ist, denn ich habe keine Beschwerden mehr. Ich rechne, daß ich in 3 Wochen hier aus dem Lazarett entlassen werde und dann wohl erst für einen Zeitraum, vielleicht 2 bis 3 Monate, zum Ersatztruppenteil komme. Na jedenfalls ist man mal für eine kurze Zeit aus dem Dreck raus und kann sich als Mensch fühlen. Für die 2 Päckchen, die Mutter mir neulich geschickt hat, die mich aber ja nicht erreicht hatten, danke ich auch herzlich. Nun schreibst Du, liebe Schwester, daß Mutter mir auch nach hier etwas schicken will, aber wo es jetzt alles so knapp ist, möchte ich es eigentlich nicht haben, liebe Mutter, daß Ihr Euch irgendwie um meinetwegen beknappt. Wie ich sehe, habt Ihr auch viel Arbeit, ja wenn bloß erst der Krieg vorbei wäre. Vater hat nun mit der Post auch viel zu tun, schneidert er auch noch nebenbei mit? In der Feuerwehr ist Vater wohl immer noch ganz aktiv mit tätig, mußte er sich auch melden beim Arbeitsamt? Es mußten sich doch alle Männer zwischen 16 und 65 Jahren melden. Er soll sich bloß freuen, wenn er nicht nach Rußland kommt. Na, wenn ich wieder rauskomme, dann ist es dort auch Sommer und vielleicht komme ich auch mal zu einem anderen Kriegsschauplatz, am besten wäre ja, wenn der Krieg bald zu Ende ginge.

Ist bei Euch auch gutes Wetter, hier ist es sehr schön, man merkt, daß es Frühling wird.

Im Dorf sind auch wohl mehrere wieder gefallen, wie Luzie mir schrieb. Ja, der Krieg fordert große Opfer, es ist traurig, aber wir müssen nun durch. Nochmals vielen Dank für den Brief und die Grüße.

Seid nun Ihr Lieben alle recht herzlich gegrüßt
von Eurem Sohn und Bruder Hinnerk.

Luzie faltete den Brief zusammen und steckte ihn ins Kuvert zurück. Jurek fragte:

»Er weiß es nicht?«

»Nein.«

»Mit dem Krieg wird es wohl nicht mehr lange dauern.«

»Wie kommst du darauf?«

»Dein Bruder schreibt, sie ziehen Alte und Kinder ein.«

Zumutung

Silje folgte Johanne zögernd in das Sterbezimmer. Sie hatte noch nie einen toten Menschen gesehen. Johanne spürte ihre Beklemmung und erinnerte sich an ihr eigenes erstes Mal.

Die Tante hatte unter einem grünen Tuch gelegen, auf einer rostigen Bahre in einem schäbigen Krankenhauskeller.

Johanne war in Siljes Alter gewesen, als Thea sie mit ins Krankenhaus schleppte. Sie sollte von der Tante Abschied nehmen, die ihre Patin gewesen war. Das gehörte sich und Johanne war schließlich kein Kind mehr.

Sie verband mit der Tante nichts als Bleikristallvasen und Silberbesteck zum Sammeln. Das hatte die Tante ihrem Patenkind zu jeder Gelegenheit geschenkt. Kein Spielzeug, keine Kleider, sondern Aussteuer. An Geburtstagen und zu Weihnachtsfesten, auch zur Konfirmation.

Warum Thea ihr ausgerechnet diese Patentante verpasst hatte, blieb Johanne ein Rätsel. Möglicherweise war es Luzies Wahl gewesen. Oder die der Gespensteroma. Vielleicht hatte sich sonst keiner gefunden, den Bastard in zweiter Generation über das Taufbecken zu halten. Ihre Leiche sehen zu müssen, war die letzte Zumutung gewesen.

Luzies Leiche war keine Zumutung. Luzie lag friedlich da. Sie hatte nichts mit Bleikristallvasen und Silberbesteck zu tun. Insofern würde auch Silje sie nicht als Zumutung empfinden. Johanne griff nach der Hand ihrer Tochter und drückte sie.

»Hab keine Angst, es ist nicht schlimm.«

Sie gingen hinein und es war gut. Diese besondere Stille umfing sie, die jeden Schrecken außen vor ließ wie eine Membran. Silje atmete erleichtert aus und Johanne ließ sie los.

Silje betrachtete ihre Urgroßmutter lange, bis sich ein Schluchzen löste, das ihr die ganze Fahrt von Berlin bis hierher schon in der Kehle gesessen haben musste.

»Willst du mit Luzie allein sein?«

»Nein. Bleib bitte hier.«

Also schob Johanne den Stuhl in die Ecke und setzte sich, während Silje ans Bett trat, um Luzie noch einmal nahe zu sein. Wieder verstrich eine Weile, dann traute sie sich, der Großmutter über die Wangen, den Kopf und die Hände zu streicheln.

»Sie fühlt sich fremd an.«

»Ja.«

»Was passiert jetzt mit ihr?«

»Helene möchte eine Feuerbestattung.«

»Und was denkst du?«

Johanne hatte nie viel von Urnenbegräbnissen gehalten. Der klägliche Rest, der da in die Erde gesenkt wurde, das hatte nichts mehr mit dem Menschen zu tun. Leo hatte sie mit seinen schlichten Sätzen jedoch zum Umdenken gebracht. Also stellte sie auch für sich fest:

»Es ist in Ordnung.«

»Ja. Das ist es.«

Silje setzte sich in Luzies Sessel. Zusammen schwiegen sie lange und tief. Dann sagte Silje:

»Sie war meine Uroma, die ich lieb hatte. Sie hat mir viel von früher erzählt. Ich habe das sehr gemocht. Aber sie hat nie von *ihm* geredet.«

»Nein. Das hat sie nie. Deshalb muss ich ihn besuchen, damit das Schweigen endlich aus der Welt kommt.«

Johanne hatte schon länger darüber nachgedacht. Als sie es vor Luzies Leiche und ihrer Tochter aussprach, nahm sie sich in die Pflicht. Da schlüpfte die alte Angst, die sie so gut zu kennen glaubte, aus ihrem Käfig. Sie zwang Johanne, ihr ins Gesicht zu sehen. Betroffen stellte sie fest, dass sie sich geirrt hatte. Die Angst war ihr gar nicht vertraut. Sie war ihr fremd. Die Angst war zwar alt, aber furchtbar einsam und in einem Pferdestall gezeugt. Sie gehörte ihr gar nicht.

In der Nacht entschloss sich Thea zu einem ausführlichen Gespräch mit Luzie. Das war neu. Sie hatte ihr Leben lang nie mit ihrer Mutter über sich selbst gesprochen, denn Luzie hätte das nur abgetan. Dass Thea nun damit anfing, durfte niemand wissen, denn sie schämte sich, dennoch gab es das eine oder andere, das sie schon lange quälte. Es musste heraus, bevor Luzie fort war, denn sie, Thea, musste es aushalten, zu bleiben. Sie blieb immer. Auch, wenn Johanne ihr gerade gesagt hatte, dass sie zu *ihm* fahren werde, um zu reden. Sie hatte gefragt, ob sie mitfahren wolle. Wozu? Nein, sie wollte nicht mit ihm reden. Sie war ihm immer noch böse. Sie war auch Luzie böse. Die Eltern hatten sie wie einen Schatten behandelt. Der eine aus der Ferne, die andere in der Nähe. Als sei sie nichts. So hatte sie sich immer gefühlt. Während der Zeit der Pflege waren ihr Zweifel gekommen. Vielleicht war das alles ja nur ein fürchterliches Missverständnis. Ganz am Ende hatte Luzie ihr die Hand gedrückt, sie hatte ihr verzweifelt zugelächelt, sie hatte versucht, etwas zu sagen, war aber schon zu schwach gewesen. Thea hatte sie auch so verstanden.

Verzeih mir. Es tut mir leid.

Das war mehr, als Thea verkraften konnte. Ihre Mutter war wohl doch nicht die harte Frau gewesen, für die sie sich zeit ihres Lebens ausgegeben hatte. Dieser letzte Moment strafte Luzies Behauptung Lügen, die Mazurs hätten keine Befindlichkeiten.

Die-da-oben, die haben so was. Oder Studierte. Die Mazurs haben Arbeit. Schluss, aus, basta!

Thea hatte auch welche. Sie trauerte. Sie saß in Luzies Lehnstuhl, betrachtete die zuckenden Schatten im Gesicht ihrer Mutter und legte sich Worte zurecht. Die Kerze auf dem Nachttisch war jetzt fast heruntergebrannt. Luzie würde ihr nicht mehr über den Mund fahren. Sie wartete ganz still darauf, dass Thea endlich sprach.

»Ich weiß, du hast geschuftet wie ein Ochse, um uns satt zu kriegen. Du und zwei Kinder und die alten Eltern. Mehr konnte wirklich keiner von dir verlangen. Trotzdem. Ich war ein Kind und wollte so gern eine Mutter. So eine wie in der Waschmittelwerbung. Eine, die tröstet und zuhört. Ja, ich weiß, das klingt dumm, aber so ist es nun mal. Ich bin jetzt alt, und es tut trotzdem immer noch weh, weil ich nämlich einsam geblieben bin. Ich hätte dich gebraucht. Ich hätte *ihn* gebraucht. Immer noch. Es geht nicht vorbei, das ist das Schlimme.

Ich will es dir erklären. Da waren diese furchtbaren Klassenausflüge, für die wir kein Geld hatten. Ich musste zusehen, wie alle anderen abfuhren. Sie haben mir aus dem

Bus zugewunken. Und gelacht haben sie. Ich dachte immer, sie lachen über mich, dabei haben sie sich einfach nur gefreut. Ich hätte mich auch gern gefreut. Ich habe es dir einmal gesagt. Du hast mich abgewiesen.

Stell di nich so an, dumme Göre!

Heute weiß ich, du warst nicht böse auf mich, sondern auf die Welt und auf *ihn*. Aber ich war weder die Welt noch *er*, Mutter. Ich war immer nur Thea. Die, die geblieben ist.

Ich hab nach dem ersten Klassenausflug, dem ich hinterhersehen durfte, nie wieder vor dir geweint. Ich wollte keine dumme Göre sein. Gelobt hast du mich nie dafür.

Wenn ich verzweifelt war, hat der Großvater mich mit zum Angeln genommen. Er meinte, Angeln ist gut fürs Gemüt. War es auch. Wenn man nicht gerade einen Fisch erschlagen musste, aber das, so meinte er, gehörte nun mal dazu.

Du warst nie da. Du warst auf dem Acker, in der Wirtshausküche oder im Tabakturm. Bei fünfzig Grad Hitze Tabakblätter zum Trocknen aufhängen und wenden, immer kurz vor dem Kollaps. Du warst zu müde für ein freundliches Wort. Das habe ich erst viel später begriffen. Auch, dass ich dich an *ihn* erinnert habe, den du auf Teufel komm raus vergessen wolltest. Ja, ich kann das gut verstehen, Mutter. Aber begreifen kann ich es nicht.

Es gibt da etwas, dass ich auch vergessen möchte, aber es gelingt mir nicht. Dir ist es ebenso wenig gelungen wie mir, oder? Du hattest *ihn* viel zu lieb. Die Liebe hast du mir voraus, siehst du? Und jetzt kommt die nächste Beichte. Ich hatte ihn nämlich auch lieb. Ja, meine Güte, er ist mein Vater! Ich kann mich an ihn erinnern. Er hat mit Helene und mir gespielt. Wir hatten bessere Zeiten, Mutter.

Wir waren eine Familie, wenn auch nur kurz. Die Blicke, die Bemerkungen, das Übersehenwerden an der Ladentheke, all das erträgt man, wenn man nicht allein ist.

Ich weiß, er hat uns verlassen. Das wiegt schwer. Nur hast du Helene und mich auch verlassen. Du hast dich eingemauert in dein Schweigen. Du warst zwar da, aber immer abwesend.

Lass dir auch erzählen, was los war im Haus, wenn du arbeiten gingst. Der Teufel war los. Großmutter spielte verrückt. Als sie mich eines Sonntags beim Lesen erwischte, hat sie mir eine gescheuert, frag nicht nach Sonnenschein.

›Wenn' kiene Arbeit hest, denn söök di eene!‹

Also hab ich mir Arbeit gesucht. Hab den Garten gejätet, Fenster geputzt oder Wäsche gebügelt, denn Helene musste ja lernen für die Berufsschule. Sie hat es damals schon verstanden, sich aus dem Gröbsten rauszuhalten.

Großmutter hatte immer alles unter Kontrolle, auch die Zimmerschlüssel. Die hatte sie sich mit Sicherheitsnadeln an ihre Schürze gepinnt. Wenn sie durchs Haus humpelte, schepperte sie wie ein hochdekorierter Schützenkönig. Sogar der Großvater musste nach dem Schlüssel zur Speisekammer fragen.

Und dann die Sache mit dem Fahrrad. Hast du das überhaupt mitbekommen? Ich war fünfzehn, da habe ich mir von meinem Lohn ein Rad zusammengespart. Fünf Mark jeden Monat. Ich verdiente damals dreißig Mark und zwanzig hab ich zu Hause abgeben müssen.

Das Rad war nicht einmal neu, und ich dachte, wenn ich es erst mal habe, freut ihr euch, weil ich so sparsam bin. Ich war so stolz. Mein erstes eigenes Rad.

Du warst nicht da, als ich damit kam. Die Großmutter hat es mir gleich weggenommen und in die gute Stube gesperrt. Sie hat mich angeschrien, weil ich Heimlichkeiten hätte. Weil ich sie nicht gefragt hatte. Sie geriet regelrecht in Wut, bis der Großvater dazwischengegangen ist. Dann war endlich Ruhe, aber das Rad blieb in der Stube. Irgendwann durfte ich es dann einmal in der Woche benutzen, wenn ich zur Haushaltsschule fuhr. Heute frage ich mich, ob du es warst, die sie dazu überredet hat.

Überreden konntest du. Du hast uns auch zur Konfirmation überredet. Wir mussten zum Pastor gehen, der brachte uns das Evangelischsein bei. Davor hatten wir das Katholischsein lernen müssen. Kannst du dich an Schwester Benediktina erinnern, Mutter? Sie kam einmal die Woche aus der Stadt, um uns Religionsunterricht zu geben, wegen der Firmung. Helene und ich waren bei ihr von Anfang an unten durch. *Polackenkinder. Heidenkinder.* Da gab es allerdings ein Mädchen, dem hat sie noch übler mitgespielt, Helene und ich konnten es kaum fassen. Sie hieß Christa, war die uneheliche Tochter einer Pommerschen und hatte zu allem Überfluss feuerrote Haare.

›Rote Haare, Sommersprossen, sind des Teufels Zeitgenossen.‹

Die Schwester war nämlich abergläubisch.

Als *er* dann eines Tages weg war, mussten wir nicht mehr zu Schwester Benediktina, und aus der Firmung wurde nichts. Dafür bin ich dir bis heute dankbar. Der Pastor fand aber auch, dass wir sündig waren, und wir haben es schließlich geglaubt.

Verstehst du, was ich dir sagen will, Mutter?

Die Mädchen in meinem Alter trugen Petticoats, gingen tanzen und sonntags ins Kino. Ich ging mit Großvater angeln, damit wir nicht unter die Leute mussten. Und soll ich dir was sagen? Dieses Aus-dem-Weg-Gehen, das war am Ende meine Rettung.

Als mir diese Sache passierte, da wollte ich sterben. Ich bin zur Angelstelle gegangen. Ich hab mir ausgemalt, dass es leichter geht, wenn ich erst mal tief genug im Fluss bin, denn ich kann nicht schwimmen. Wäre ich mutig gewesen, dann hätte es funktioniert. Nur war ich nie mutig, und das ist gut so, denn dann gäbe es Silje nicht. Meine Enkelin ist das einzig Gute, das mir in meinem Leben passiert ist. Ich kann sie lieben, weißt du? Ich hätte auch Johanne gern geliebt, aber ich hab es einfach nicht hinbekommen. Wir geben uns Mühe. Immerhin ...

Kannst du dich an den Tag von Johannes Geburt erinnern? Ich nicht. Er ist wie ausradiert. Morgens bin ich zur Arbeit und abends hatte ich ein Kind. Meine Erinnerung setzt erst ein, als die Hebamme zu dir sagte:

›Dar hest noch so een Mazur'schen Balg!‹

Deine Antwort, die ist mir wieder eingefallen, als du meine Hand gedrückt hast.

›Laat man. Dat Lütte kriegt wi ok noch groot.‹

Das hast du tatsächlich gesagt und dann hast du angefangen aufzuräumen.

Mehr habe ich dir nicht zu sagen. Schlaf jetzt aus, Mutter. Du hast genug gearbeitet. Es ist alles gut.«

Das war es auch. Thea blieb noch ein Weilchen sitzen und sah dem Kerzendocht zu, wie er sich langsam ins flüssige Wachs neigte, schließlich umkippte und erlosch. Von draußen drang Mondlicht ins Zimmer. Es reichte gerade so, um sich zurechtzufinden. Sie stand auf, ohne Licht zu machen, und schüttete den Kerzenrest in den Mülleimer. Eine Wachsnase rann an der Innenwand des Eimers hinunter und hinterließ eine weiße Spur. Die Kerze, die gerade heruntergebrannt war, stammte noch vom Besucherdienst der evangelischen Kirchengemeinde. Eine hübsche Kerze mit Verzierungen war das gewesen. Efeu, der sich um einen Bibelspruch rankte.

Ich habe dich bei meinem Namen gerufen, du bist mein.

Luzie hatte die Kerze zum Fünfundneunzigsten geschenkt bekommen, zusammen mit einem Bildband. Naturmotive mit christlichen Weisheiten. Das Buch lag unangetastet im Schrank.

Von Gott gewollt

Bei der Kartoffelernte setzten die Wehen ein. Sie wollte sich nichts anmerken lassen, kroch weiter die Furche entlang und wühlte in der Erde. Es fiel ihr immer schwerer, den vollen Korb zum Anhänger zu tragen, um ihn dort zu entleeren. Beim letzten Gang lief es ihr warm die Schenkel hinunter. Die Fruchtblase war geplatzt. Da zwangen die Frauen sie, sich oben auf die Kartoffeln zu setzen, denn gerade kam Jurek mit dem Trecker, um die Fuhre zu holen. Sie erklärten ihm, dass Luzie ins Krankenhaus müsse, und er beeilte sich mit dem Anspannen, um den Kartoffelanhänger samt Luzie in die Stadt zu fahren. Das war verboten. Ein Pole durfte sich nicht eigenmächtig von der Arbeit entfernen, doch Jurek scherte sich nicht darum.

Zwei der Frauen hatten Luzie auf den Anhänger geholfen und waren dann selbst mit hinaufgestiegen. Sie wussten, was zu tun war, selbst wenn das Kind es vorziehen sollte, auf einer Ladung frisch geernteter Kartoffeln auf die Welt zu kommen. Das war nicht auszuschließen, denn Luzie schrie schon im Takt der Wehen, die immer schneller aufeinanderfolgten. Jurek konnte kaum das Steuer halten. Weil er sich jedes Mal umwandte, wenn Luzie schrie, hätte er sie ein ums andere Mal fast in den Graben gesteuert. Die Frauen wiesen ihn zurecht.

»Kiek na vor! Föhr graaduut!«

Als sie endlich ankamen, schaffte Luzie es gerade noch so in den Kreißsaal, da war das Kind auch schon geboren.

Die Frauen, die Luzie begleitet hatten, mussten unterdessen Jurek überreden, sie wieder heimzufahren. Der dumme Kerl wollte partout das Kind sehen! Die Frauen dachten sich ihren Teil. Vielleicht stimmten ja die Gerüchte, die auf dem Hof die Runde machten, dass er der Vater war. Als eine der beiden ihn rundheraus fragte, stritt er es ab.

Wie sie denn darauf käme! Das sei doch verboten.

Es war ein Mädchen. Es schrie kaum, schnuckerte nur ein bisschen, als habe es schon im Bauch gelernt, besser still zu sein. Luzie mochte es kaum in den Arm nehmen, als sie es ihr endlich gaben. Es war so winzig, dass sie die Finger und Zehen zählte, um zu prüfen, ob auch alles dran war.

Die Schwester fragte Luzie, wie es heißen solle. Luzie hatte versucht, sich einen Namen auszudenken und es waren ihr auf der Fahrt hierher welche im Kopf herumgegeistert, nur hatte die Rüttelei auf dem Kartoffelanhänger sie wieder verschüttet.

»Ick weet nich.«

Die Schwester seufzte und schlug den Namen *Thea* vor. *Die von Gott Gewollte.* Der Name bedeute Schutz.

Luzie fand das schön. Das Kind konnte jeden Schutz gebrauchen.

Weil Luzie schnell wieder auf die Beine kam und weil sie so gut arbeiten konnte, behielten sie sie drei Wochen auf der Säuglingsstation. Man sagte ihr, das Kind sei zu klein und man müsse es noch beobachten. Während sie das taten, wuppte Luzie die Küche fast alleine. Der Küchendienst gefiel ihr sogar. Alles war sauber und ordentlich, eine Abwechslung zur Furchenkriecherei. Zudem war sie auch noch die Amme für einen weiteren Säugling, dessen Mutter keine Milch hatte. Bei ihr war sie eingeschossen wie bei einem Deichbruch.

Vielleicht lag es an ihrem Fleiß und dass man sie gut gebrauchen konnte, jedenfalls nahm die Oberschwester sie erst eine Woche nach der Geburt wegen des Vaters ins Gebet und gab ihr zu verstehen, dass sie den Namen nennen musste, sonst sei die Geburtsurkunde nicht gültig. Luzie erfand beim Kartoffelschälen eine neue Geschichte. Die handelte von einem verheirateten Mann, ein hohes Tier, er habe Frau und Kinder und man solle ihn besser nicht in Verlegenheit bringen. Die Oberschwester schnalzte tadelnd mit der Zunge, gab sich jedoch damit zufrieden. Man kannte die hohen Tiere und wollte keinen Ärger.

Sackgasse

Er hatte versprochen, sie von der Bushaltestelle abzuholen. Es sei nicht weit. Jetzt stand sie da und wartete schon eine ganze Weile. Ein wenig verwirrt hatte er am Telefon auf sie gewirkt, aber auch erfreut darüber, dass seine Enkelin ihn besuchen kam. Jedenfalls hatte es so geklungen. Aber konnte er sich daran überhaupt erinnern? Möglicherweise war er dement, das wäre kein Wunder mit Ende Neunzig, sondern vielmehr wahrscheinlich. Sie wusste auch nicht, wie er aussah, und umgekehrt verhielt es sich ebenso. Beste Voraussetzungen, sich zu verpassen. Jetzt bereute sie, nicht auf einem Erkennungszeichen bestanden zu haben. Einem roten Schal oder etwas in der Art. Sie hatte das vorgeschlagen, aber er hatte nur gelacht.

Er werde ja wohl sein Lulchen erkennen.

Im Nachhinein beunruhigte sie der Kosename. Sie hatte am Telefon angenommen, es sei etwas Polnisches, denn er wechselte hin und wieder in seine Muttersprache, ohne dass er es merkte. Je länger sie an der zugigen Bushaltestelle darüber nachdachte, desto wahrscheinlicher schien ihr, dass er sie mit Luzie verwechselte. Was, wenn er seine Frau erwartete statt seiner Enkelin? Oder schlimmer noch: Wenn er das Treffen vergessen hatte? Sie kramte ihr Handy hervor. Die Telefonnummer war eingespeichert, Helene hatte sie vor Jahren ausfindig gemacht und höchst widerwillig herausgerückt. Sie musste wohl auch ein, zwei Mal mit ihm telefoniert haben, jedenfalls hatte Thea das in einem ihrer beiläufigen Nebensätze erwähnt.

Johanne wählte die Nummer. Er ging nicht ran, also musste er unterwegs sein. Fragte sich nur, wohin. Sie überlegte, einfach zu seiner Wohnung zu gehen, nur was wäre, wenn er doch noch kam? Nach einer geschlagenen Stunde gab sie das Warten auf und fragte sich zu seiner Adresse durch. Sie hatte sich immer noch nicht von Silje erklären lassen, wie sie ihr Handy als Navigationsgerät benutzen konnte. Wozu auch? Sie fuhr ja nie weg. Höchstens auf Google Earth, wenn sie Orte für ihre Schmonzetten recherchierte.

Sie fand seine Straße dann doch recht problemlos und blieb erschüttert stehen. Alles hier war grau. Brüchig. Verwahrlost. Am Ende der Straße tat sich eine überwucherte Brache auf. Ein Schild warnte.

Sackgasse. Keine Wendemöglichkeit für Lkw.

Wie war es möglich, ein Leben in solcher Trostlosigkeit zu verbringen? Laut Helene wohnte er schon sehr lange in hier.

Das Haus, in dem er lebte, lag am Ende der Sackgasse und verfiel ebenso wie die anderen Gebäude in der Straße. Es war historisch. Gründerzeit oder so. Johanne stieg die drei Stufen zum Eingang hinauf und fand seinen Namen auf dem untersten Klingelschild. *Jurek Mazur*. Es gab ihn also wirklich. Darunter musste ein weiterer Name gestanden haben, der allerdings überklebt worden war. Sie klingelte und wartete und klingelte und wartete. Ein Mann kam aus dem Haus. Sie sprach ihn an.

»Wissen Sie zufällig, ob Herr Mazur zuhause ist?«

»Ne.«

Er hatte es eilig, vielleicht musste er zur Schicht oder zum Sozialamt. Johanne stellte im letzten Moment den Fuß in die Tür und zwängte sich mit ihrer Tasche in den Flur hinein. Sie suchte den Lichtschalter, denn es war dunkel hier, fand ihn auch gleich, nur funktionierte das Licht nicht. Sie wartete, bis ihre Augen sich an die Dunkelheit gewöhnt hatten. Jemand kam jetzt herein und ging an ihr vorbei. In der kurzen Zeit, in der Licht von draußen hereinflutete, erkannte sie an den Wänden ein knalliges Siebzigerjahreorange. Der Flur war bis auf Brusthöhe gefliest. Thea hatte mal eine Küche in genau dieser Farbe gehabt. Eine mit Prilblumen. Sie war ein bisschen erleichtert, denn sie musste sich für den alten Kassettenrekorder nicht schämen, den sie dabeihatte, um das Gespräch aufzunehmen. Sie hatte sogar leere Kassetten gekauft. Die gab es tatsächlich noch. Es hatte sie Überwindung gekostet, im Elektrofachgeschäft danach zu fragen und sich damit als rettungslos altmodisch zu outen. Sie war technisch irgendwo zwischen Kofferradio und Plattenspieler stehengeblieben, Silje zog sie öfter damit auf. Andererseits funktionierte der Rekorder noch einwandfrei. Sie hatte ihn getestet, indem sie ihn wie zu pubertären Zeiten neben den Fernseher gestellt und eine Sendung aufgenommen hatte. Silje hatte es gesehen. Sie amüsierte sich und Johanne hatte ihr von ihrem früheren Samstagabendritual erzählt.

Am Abend hatten Thea und Luzie immer die große Wanne aus der Waschküche geholt, sie in die Küche gestellt und mit Wasser gefüllt, das in großen Töpfen auf dem Kohleherd warmgemacht worden war. Johanne hatte gerade angefangen, sich für ihren Körper zu schämen. Der war ihr über Nacht fremd geworden. Er bekam Rundungen. Selbst Luzie und Thea war das aufgefallen. Sie sagten zwar nichts dazu, musterten sie jedoch, als habe sie eine schlimme Krankheit. Johanne hatte auf ihrem Bett ein Aufklärungsbuch gefunden. Sie vermutete, dass es von Thea kam, obwohl die kein Wort darüber verloren hatte und das war gut so, denn es war peinlich. Sie beeilte sich, schnell aus der Wanne zu kommen, um in die Stube zu verschwinden.

Während Thea und Luzie nach ihr in das Badewasser stiegen und auf dem Herd die Unterwäsche in einem riesigen Topf vor sich hin blubberte, brach Johannes beste Stunde an. Sie stellte den Kassettenrekorder, den sie zu Weihnachten bekommen hatte – gebraucht, aber egal –, auf den Fernseher und schaltete ihn ein. Dieter Thomas Heck kündigte gerade die aktuelle Hitparade an und dann Tony Marshall. *Schöne Maid.* Das war doof. Sie schaltete den Rekorder wieder aus. Johanne fand seit neuestem Henner Hoier gut. *Eine ganze Nacht.* Das Lied hatte er beim Bremer Container gesungen. Sie war zufällig da gewesen, als der Ü-Wagen der Rundfunkanstalt auf dem Marktplatz Halt gemacht hatte. Sie ging schon zur Realschule, war kurz davor, aufs Gymnasium zu wechseln wegen ihrer guten Noten, und fuhr jeden Tag mit dem Bus in die Stadt. Während sie Henner Hoiers Lied lauschte, war etwas Seltsames passiert. Kurz unter dem Bauchnabel fing es an zu kribbeln. Dieses unbekannte Bauchgefühl kam nun immer, wenn Henner Hoier sang. Leider trat er nie in der Hitparade auf. Stattdessen Christian Anders. *Es fährt ein Zug nach Nirgendwo.* Das nahm sie auch nicht auf, drehte sogar den Fernsehton leise. Sie fürchtete sich vor Anders, ohne zu wissen, warum. Sie fürchtete sich überhaupt vor allem Möglichen, ohne den Grund zu kennen. Sie dachte, das sei normal. Vor ihrer alten Puppe hatte sie sich auch gefürchtet. Der konnte man eine winzige Schallplatte in den Rücken schieben, dann sagte sie *Mama.* Johanne wollte nicht, dass die Puppe Mama sagte. Auf keinen Fall. Es versetzte sie in helle Panik, wenn die Puppe das machte, auch jetzt noch, wo sie schon zwölf war und froh, dass sie nicht mehr so tun musste, als mochte sie die Puppe leiden, denn es war ja ein Geschenk von Helene gewesen.

Nach Anders kam Jürgen Drews. Sie drehte den Ton wieder laut und schaltete den Rekorder ein. Drews war in Ordnung. Er hatte schöne Haare und konnte gut singen.

Außen vor

Seine Wohnung befand sich rechter Hand, der Name stand auch hier auf dem Schildchen. Sie klingelte und horchte. Drinnen tat sich nichts und ihr wurde jetzt doch mulmig zumute. Was, wenn ihm etwas passiert war? Wenn er vor lauter Aufregung wegen ihres überstürzten Besuchs einen Herzinfarkt bekommen hatte? Sie versuchte es weiter, rief seinen Namen und hämmerte schließlich gegen die Tür.

»Was ist los da unten!«

Johanne hörte auf, die Tür zu malträtieren, und sah zu der Frau hoch, die über der Treppenbrüstung lehnte. Sie balancierte eine Zigarette im Mundwinkel.

»Entschuldigung. Ich will zu Herrn Mazur, aber er macht nicht auf.«

»Der ist wieder unterwegs.«

»Wohin denn?«

»Bin ich seine Aufpasserin?«

Die Frau verschwand in ihre Wohnung und Johanne setzte sich auf die unterste Treppenstufe. Sie wusste nicht weiter. Im Zug hatte sie sich ausgemalt, wie es wäre, den lange verschollenen Großvater zu treffen und mit ihm das Mazur'sche Schweigen zu brechen. Jetzt scheiterte sie schon an seiner verschlossenen Tür. Sie hörte Helene feixen, wenn die erfuhr, dass er sie nicht reingelassen hatte.

Ich hätte es dir gleich sagen können. Der verarscht uns doch alle nur.

Ihr Zug fuhr erst am Abend. Bis dahin hatte sie Zeit, Jurek zu finden. Johanne stand auf, stieg hoch in den ersten Stock und klingelte an der Tür. Die Raucherin öffnete.

»Was!«

»Entschuldigen Sie, ich bin die Enkelin von Herrn Mazur.«

»Ja, und?«

»Vielleicht ist ihm etwas passiert. Wir waren nämlich verabredet und ich mache mir Sorgen.«

»Ist nicht mein Problem.«

»Gibt es jemanden im Haus, dem er einen Wohnungsschlüssel gegeben haben könnte? Falls er Hilfe braucht oder so?«

Die Raucherin lachte.

»Der? Einen Schlüssel abgeben? Ne. Der will hier mit keinem was zu tun haben.«

Sie schloss die Tür. Johanne, die es hasste, fremde Leute anzusprechen, versuchte es bei den anderen Nachbarn, und wurde in ähnlicher Weise abgefertigt, sofern sie überhaupt aufmachten. Jemand gab ihr den Rat, die Polizei zu rufen. Frustriert stieg Johanne die Treppe wieder hinunter ins Erdgeschoss. Sie klingelte noch einmal an Jureks Tür in der verrückten Hoffnung, er habe nur geschlafen und würde sie jetzt endlich hören. Nichts tat sich und die Zeit lief ihr davon. Ihr Zug fuhr in sechs Stunden.

Golden Girls

Es war spät geworden. Silje hatte sich auf dem Sofa ausgestreckt und ihren Kopf an Theas Schulter gelehnt. Im Fernsehen lief eine dieser Quizshows, moderiert von irgendeinem Promi, den Luzie sehr gemocht hatte. Die Tür zu ihrem Zimmer stand aus alter Gewohnheit offen, damit sie mithören konnte.

Die Atmosphäre im Haus hatte sich entspannt seit Helenes Abreise, sie und Norbert würden erst zur Beerdigung zurückkommen, das hatten sie allen deutlich gesagt, und Johanne war zu *ihm* gefahren. So kam es, dass Thea und Silje ein paar Stunden für sich hatten, was selten genug vorkam. Kostbare Zeit also.

Hin und wieder stand eine von ihnen auf, ging zu Luzie und setzte sich ans Bett, als sei es das Normalste von der Welt. Einfach so. Thea hatte eine frische Kerze aufgestellt und Silje Blumen aus dem Garten geholt. Obwohl das Fenster offen stand und kalte Luft hereinwehte, roch es immer noch nach Engelwurz. Möglicherweise hatte sich Dr. Petermanns Räucherei in der Holzvertäfelung festgesetzt, jedenfalls befürchtete Thea das. In diesem Fall würde das Zimmer noch lange an Luzies Ende erinnern. Silje fand, es wäre nicht schlimm. Jetzt, wo es überstanden war, herrschte Einverständnis mit dem Tod.

Die Show langweilte die beiden schon nach kurzer Zeit.

»Wollen wir eine DVD gucken?«, fragte Silje, als sie von

einer kurzen Stippvisite aus Luzies Zimmer kam und Thea gähnend vor dem Fernseher fand. Sie sahen sich an und die eine wusste schon, was die andere dachte. Sie waren ein eingespieltes Team. Schon immer gewesen. Sie dachten beide in diesem Moment an das Gleiche, nämlich an die vielen Stunden, in denen sie Johannes unermüdliche Versuche umgangen hatten, Siljes Fernsehkonsum einzuschränken. Thea lächelte listig.

»Golden Girls?«

Silje strahlte. Es war lange her, dass sie die Serie verstohlen und hinter Johannes Rücken geschaut hatten. Zu den Golden-Girls-Zeiten war Silje vierzehn oder fünfzehn gewesen und Johanne, die natürlich davon wusste, aber nichts sagte, hatte nie begriffen, was ihre Tochter ausgerechnet an den Geschichten über Frauen in den Wechseljahren so toll fand. Thea hatte ihrer Enkelin zuliebe sogar die komplette Staffel gekauft, weil die Werbeblöcke im Privatfernsehen nervten. Jetzt kramte sie die alten DVDs wieder hervor und legte wahllos eine in den DVD-Player. Es war die Folge, in der Sophia sich in einen Alzheimerkranken verliebte.

»Ach, Oma.«

Berlin, die Hochschule, das Theater, das alles spielte hier und jetzt keine Rolle. Sie stellte eine sehr persönliche Frage.

»Du und Luzie …, also, wart ihr euch nahe? So Mutter-Tochter-mäßig?«

Thea lachte.

»Nein. Nie.«

»Warum nicht?«

»Ach Silje, du stellst Fragen! Das waren andere Zeiten.«

»Und du und Mama?«

Thea überlegte lange. Silje rechnete schon nicht mehr mit einer Antwort. Die kam dann aber doch und auch wieder nicht.

»Ach, weißt du, ich musste ja immer arbeiten.«

Es klang nach Minenfeld. Silje bohrte nicht weiter nach. Sie sahen zu, wie Sophia sich damit abfand, dass ihre späte Liebe sie auch schon wieder verlassen hatte, denn er erinnerte sich nicht mehr an sie.

Er

Johanne lief zur Bushaltestelle zurück in der verrückten Hoffnung, er warte dort auf sie. Als sie niemanden antraf, fiel ihr nichts Besseres ein, als wieder zu seiner Wohnung zu laufen. Vielleicht war er in der Zwischenzeit zurückgekommen. Sie klingelte, doch niemand öffnete.

Da war ein Geräusch. Ein leises Klopfen. Sie war nicht sicher, ob es aus seiner Wohnung kam. Sie ging durch den Hintereingang in den Hof und versuchte, durch ein Fenster zu sehen, nur waren die viel zu hoch, sie kam nicht ran. Ihr blieb also wieder nur die Runde zur Bushaltestelle und zurück, bis ihr schwindlig wurde. Schließlich wusste sie sich nicht mehr anders zu helfen, als die Polizei zu rufen. Sie wollte nicht schuld sein, wenn ihm drinnen in der Wohnung etwas passiert war, während sie hier draußen Marathon lief. Sie wählte den Notruf.

Die Beamten trafen schon nach zehn Minuten ein, sie waren zu zweit, eine Frau und ein Mann. Die beiden hörten sich Johannes Geschichte an, sahen durch die Fenster und konnten nichts erkennen, denn vor den Scheiben hingen schwere Gardinen. Sie klingelten, riefen, nichts tat sich.

»Hören Sie dieses Klopfen?«

Die Beamten horchten.

»Nein, da ist nichts.«

»Doch, doch! Da war es wieder.«

»Könnte von draußen kommen.«

Im Flur sammelten sich die Mieter und schlugen mit Ratschlägen um sich. Johanne floh ein weiteres Mal auf die Straße und Richtung Bushaltestelle. Da kam ihr ein kleiner Mann entgegen. Er ging gebückt, war trotz Gehstock aber recht flott unterwegs. Seine weißen und etwas zu langen Haare wehten ihm ins Gesicht, er schob sie immer wieder hinter die Ohren und blinzelte. Johanne wusste sofort, dass *er* es war und lief ihm entgegen. Sie umarmte ihn stürmisch und wusste nicht, wie sie ihn ansprechen sollte. Herr Mazur? Jurek? Opa?

Er kam ihr zuvor.

»Du siehst ihr ähnlich.«

»Das sagen alle.«

»Jetzt hab ich vergessen. Mein Kopf. Funktioniert nicht mehr richtig. Dein Name …«

Er sprach mit polnischem Akzent. Seine Augen, obwohl vom Star getrübt, leuchteten matt. Er musste einmal ein schöner Mann gewesen sein.

»Johanne.«

»Ein guter Name.«

Er ergriff ihre Hand und musterte sie lange. Johanne bezweifelte, dass er mit seinen schlechten Augen dazu imstande war, Luzie in ihr zu erkennen. Nur läge er damit nicht einmal falsch. Sie sahen sich tatsächlich ähnlich.

»Komm, mein Lulchen. Lass uns heimgehen.«

Er ging vor. Ein wenig schwankte er. Es war, als tanzte er einen langsamen Walzer mit seinem Gehstock. Johanne bewunderte seinen Gang und hatte die beiden Beamten fast vergessen, bis der Großvater in der Eingangstür stehen blieb.

»Polizei? Vor meiner Tür? Was hab ich getan?«

»Ihre Enkelin hat sich Sorgen gemacht, weil sie nicht geöffnet haben.«

»Ich war …«

Er verzog das Gesicht und überlegte.

»Ich war … unterwegs. Einkaufen.«

»Na schön. Dann ist ja alles in Ordnung.«

Die Beamten wandten sich Johanne zu, der das furchtbar peinlich war, aber sie schienen es ihr nicht krumm zu nehmen.

»Sie kommen zurecht?«

»Ja. Tut mir wirklich leid.«

»Keine Ursache.«

Die beiden stiegen in den Wagen und fuhren ab, die Nachbarn verschwanden in ihre Wohnungen, am Ende enttäuscht, dass der alte Pole wohlauf war. Nur die Rauchende war oben am Treppengeländer stehen geblieben.

»Wenn Sie mich fragen, gehört der ins Heim!«

»Hexe!«

Der Großvater drohte ihr mit der Faust. Sie lachte nur und er wandte sich ab und kramte in seiner abgewetzten Herrenhandtasche nach dem Haustürschlüssel. Als er ihn endlich gefunden hatte, bekam er das Schloss nicht auf. Seine Hände zitterten. Die Rauchende stand immer noch da und beobachtete sie. Johanne wandte sich ihr zu.

»Ist noch was?«

»Ich mein ja nur.«

Johanne achtete nicht weiter auf sie und schloss die Tür zur Großvaterwohnung auf. Er lächelte.

»Danke vielmals für Ihre Hilfe, junge Frau. Ab hier komme ich allein zurecht.«

Er war so schnell verschwunden, dass Johanne nicht hinterherkam. Die Tür schlug vor ihrer Nase zu und sie stand da mit ihrer Tasche und dem Rekorder und der Rauchenden, die trocken hustete.

»Ich hab's ja gesagt.«

Düüvel ok!

Während sie im Krankenhaus gearbeitet hatte, war Hinnerk auf Heimaturlaub gewesen. Als Luzie endlich mit dem Kind in den Postbus stieg, der sie ins Dorf zurückbringen sollte, saß er schon wieder im Zug und fuhr Richtung Osten, zurück an die Front und in die Ungewissheit, ob er jemals wiederkehrte. Das war es, was ihr als Erstes um die Ohren flog, als sie vor der Tür stand, noch bevor die Mutter sie und das Kind begrüßte.

»Dat is allns diene Schuld!«

»Nu laat de beiden doch ersmaal rin.«

Der Vater, der Besonnenere, schob seine Frau zur Seite, was sie sich unwillig gefallen ließ. Luzie trat ein und ging schnurstracks Richtung Küche. Den ganzen Flur entlang schimpfte die Mutter hinter ihr her.

Nach Hinnerks Krankheit habe man ihm eine Aufgabe im Reich versprochen. Jetzt schickten sie ihn aus heiterem Himmel nach Russland zurück. Stantepede an die Front. Das alles komme nur, weil sie es – ausgerechnet! – mit einem Polen trieb! Ein lediges Kind, nun gut, das komme in den besten Familien vor, aber so eines? Hinnerk habe doch … er sei …

Ab hier fehlten der Mutter die Worte. Luzie konnte sich auch so bildhaft vorstellen, wie ihr Bruder reagiert hatte, als er von ihrer Schande erfuhr. Aus allen Wolken musste er gefallen sein. Er hatte ja von nichts gewusst. Jetzt musste er denken, dass seine Vorgesetzten Wind davon bekommen hatten und ihn deshalb mit kaputter Niere in den russischen Winter zurückschickten. Das war so gut wie ein Todesurteil. Wenn er Pech hatte, würde er nicht einmal den Heldentod sterben, sondern am Nierenfieber verrecken, bevor die Wunderwaffe zum Einsatz kam. Die Mutter dachte das auch, und je länger die beiden über das Wie und Warum spekuliert hatten, desto plausibler musste ihnen die Verschwörung vorgekommen sein. Dabei hatte Luzie es im Krankenhaus raunen hören: Sie brauchten jetzt jeden Mann, selbst mit kaputter Niere, denn die Soldaten wurden knapp und das Tausendjährige Reich drohte unterzugehen. Das sagte jetzt auch der Vater, aber die Mutter, aufgewühlt, wie sie war, schnitt ihm das Wort ab. Ob er nicht wisse, dass man im Dorf nicht ungestraft aus der Reihe tanzen könne, so wie Luzie, und dass einem der sichere Tod drohe, ihnen allen und Luzie sowieso, wenn sie jetzt nicht alle den Mund hielten und sich am besten unsichtbar machten.

Die Mutter hatte Recht. Luzie wusste auch, dass ihrem großen Bruder nichts anderes mehr übrig blieb, als fest an Wunderwaffen zu glauben. Nur so konnte er Haltung bewahren. Die Mutter hatte ihm warme Socken mitgegeben.

Luzie blieb und bezog ihre alte Kammer, dafür sorgte der Vater, dessen Nähtisch auch dort stand. Er war immer noch gelenkig genug für den Schneidersitz. Wenn Luzie im Bett lag, sah sie ihm beim Nähen zu. Er hatte auch bei dem Kind schon Maß genommen und nähte aus einer alten Jacke einen Strampelsack. Die Nächte waren kalt. *Dat Wicht* musste nicht frieren. Nicht hier und jetzt. Sollten die Schwestern es holen, käme das noch früh genug.

Eines Abends – der Vater flickte eine Schürze und Luzie brachte das Kind zu Bett – steckte die Mutter den Kopf durch die Tür.

»Dar is wen.«

Der Vater legte seine Arbeit beiseite und kletterte vom Tisch. Luzies Herz sank. Der Tonfall der Mutter ließ vermuten, dass es sich um eine ernste Angelegenheit handelte. Sie wagte nicht aufzusehen und deckte ihre Tochter zu. Die Mutter stand immer noch da.

»Is wegen di!«

Dietrich Frers saß am Küchentisch. Er trug seine Polizeiuniform, war also dienstlich unterwegs. Luzie begrüßte ihn, die Klinke noch in der Hand, und blieb stehen.

»Kummst mi haln?«

»Ick mutt mit di schnacken.«

Der Vater kam gerade aus dem Flur zurück und hängte den Haustürschlüssel an den Haken. Er hatte die Tür abgeschlossen. Die Mutter zog die Vorhänge zu. Die Eltern setzten sich und Frers musterte Luzie mit dienstlicher Miene.

»Wat steihs du dar rum? Sett di her, Deern.«

Luzie folgte der Aufforderung und setzte sich an den Tisch. Als alle versammelt waren, ließ Frers die Katze aus dem Sack.

»Ich hab mehrere Anzeigen auf dem Tisch. Is' wegen dir.«

Luzie lachte bitter.

»Von Adam Heilmann und Else Kuper?«

»Darf ich nicht sagen. Dienstliche Anweisung.«

Der Vater stand auf und holte die Kornbuddel aus dem *Schapp*. Er brachte auch Gläser und schenkte allen ein. Sie tranken schnell aus, nur Luzie ließ ihr Glas stehen. Wenn es nun so weit war, dass sie festgenommen wurde, brauchte sie einen klaren Kopf. Der Vater goss nach, sie hoben noch einmal die Gläser, tranken und schwiegen lange. Nach dem dritten Korn wurde Frers rührselig. Der Vater kannte seinen alten Kameraden und goss noch einmal nach.

»Damals vierzehnachtzehn, weest noch?«

Frers sah den Vater wehmütig an.

»Der Iwan hatte mich am Wickel, Düüvel ok! Du hest mi nich blots eemal den Mors rett.«

Je öfter nachgeschenkt wurde, desto tiefer verloren sich der Vater und Frers in Erinnerungen an einen russischen Winter vor sechsundzwanzig Jahren. Nach dem fünften Schnaps vergaß der Polizist endlich seine dienstlichen Anweisungen und redete frei von der Leber weg.

»Was dich angeht, Deern: Nun ja, das mit deinem August is' ja auch nich schön. Kaum verlobt, schon weg. So was muss man erstmal verknusen und das bleibt nicht aus, dass einen die Sehnsucht nach jemandem packt. Kenn ich. Bün ja ok man blots een Minsch. Hab die russischen Deerns auch nicht von der Bettkante gestoßen, dat kanns mi glööven. Wird wohl der eine oder andere Frers'sche drüben rumspringen. Darum, Luzie, und um der alten Freundschaft mit deinem Vater willen, lass ich die Anzeigen verschwinden. Man eens mutt ick di seggen: Im Dorf schnacken die Leute zu viel.«

Die Mutter sah sie von der Seite an. Sie hatten schon etwas ausklamüsert.

»Du musst auf den Hof zurück. Hier im Dorf ist es nicht sicher.«

Jetzt war Luzie doch nach einem Schnäpschen zumute.

Sie nahm ihr ungeleertes Glas, stellte es aber gleich wieder hin, als ihr der scharfe Geruch in die Nase stieg.

»Auf den Hof? Mit dem Kind? Wie soll das gehen? Und warum denkt ihr, wir sind da sicherer als hier? Stani haben sie auch aufgeknüpft.«

Nun ergriff der Vater das Wort, wie immer bedächtig und abwägend.

»Ich hab mit dem Bauern geschnackt. Er meint, du und dat Lütte, ihr könnt in das Heuerhaus ziehen. Das liegt gut versteckt. Da kommt so schnell keiner hin und wenn du dich ruhig verhältst, kräht bald kein Hahn mehr danach, wer der Vadder is'.«

Empört hielt Luzie ihrem Vater entgegen:

»Im Heuerhaus wohnt der Bucklige! Der hat mich angezeigt. Der hat dir auch einen Brief geschrieben, Vadder, dass ich mich nicht wie ein deutsches Mädchen benehme. Und zu dem soll ich ziehen? Seid ihr mall?«

»He is doot. Dat Huus steiht leer.«

»Tot? Wieso? Was ist denn passiert?«

»Muss dich nicht interessieren. Und Else is' inner Stadt. Dient dem Reich als … ach, wat weet ick!«

Frers winkte ab.

»Und dat Lütte? Wo soll die bleiben, wenn ich arbeite?«

»Tja. Das is' ja nun Frauensache. Di fallt al wat in.«

Luzie war hin- und hergerissen. Sie hatten einen Plan für sie gemacht. Sie wollten nur ihr Bestes, und vielleicht war es vernünftig, auf den Hof zurückzukehren, statt hier im Dorf auf dem Präsentierteller zu sitzen. Sie könnte Jurek wiedersehen und fürchtete sich doch davor. Es wäre einfacher, wenn man sich gar nicht erst zu Gesicht bekäme. Es wäre besser für dat Lütte hierzubleiben.

»Ich bleib besser. Ich versprech auch, ich geh nicht aus dem Haus.«

»Das nützt nu auch nichts mehr, Deern.«

»Wieso?«

»Der Gauleiter kommt zu Besuch. Die drehen hier im Dorf in den nächsten Tagen jeden Stein um. Du musst weg.«

Jurek seufzt

Die Zeit drängte. Noch vier Stunden, dann musste sie zum Bahnhof zurück, und sie stand schon wieder vor seiner verschlossenen Tür, nur, dass er jetzt da war. Wegen der Rauchenden wagte sie nicht, noch einmal gegen die Tür zu hämmern. Also klingelte sie. Nichts tat sich. Sie klingelte ein weiteres Mal und noch einmal. Er öffnete die Tür.

»Ja?«

»Warum lässt du mich hier stehen?«

»Was wollen Sie von mir!«

»Ich bin es. Johanne. Deine Enkelin.«

»Den Trick kenne ich. Gehen Sie!«

Er wollte die Tür wieder zuschlagen, aber Johanne war schneller. Sie stellte den Fuß dazwischen und kam sich vor wie eine Hausiererin.

»Wir haben telefoniert! Und wir haben uns gerade auf der Straße getroffen. Erinnerst du dich nicht mehr?«

»Gehen Sie oder ich rufe die Polizei!«

Johanne fiel Luzies Foto ein, das sie noch schnell eingesteckt hatte. Sie zog es aus der Tasche. Es zeigte die Großmutter in jungen Jahren, so musste er sie gekannt haben. Das Bild war bei einem Fotografen aufgenommen worden. Sie saß in einem Lehnstuhl, die Hände lässig im Schoß, einen Blumenstrauß haltend. Es sah aus, als habe sie ihn gerade erst im Garten gepflückt. Die dunklen Haare trug sie streng zu einem Knoten zusammengebunden. Sie blickte ernst und war so ungeheuer jung und besonders.

Johanne zeigte dem Großvater die Fotografie. Überrascht schaute er darauf, kniff dabei die Augen zusammen, wie Johanne es jetzt schon öfter bei ihm gesehen hatte.

»Lulchen?«

»Du erinnerst dich an sie?«

»Natürlich erinnere ich mich an meine Frau.«

»Ich bin eure Enkelin. Ich soll dich auch von Thea grüßen.«

»Thea?«

Er ließ das Foto sinken.

»Deine Tochter. Meine Mutter.«

Er sah sie an wie einen Geist, dann fasste er sich an die Stirn.

»Natürlich! Wie konnte ich nur vergessen. Du bist Johanne. Komm herein, mein Schatz.«

Die Wohnung war winzig und jeder Winkel vollgestopft mit Krimskrams. Er schien alles Mögliche zu sammeln. Zeitungen, leere Marmeladengläser, Bierdeckel. Geradeaus befand sich das Bad, rechts das Wohnzimmer, links die Küche. Mehr Räume hatte die Wohnung nicht.

Der Großvater wies Johanne zur Küche.

»Setz dich. Möchtest du Kaffee?«

»Sehr gern.«

Die Küche wurde von einer knallroten Kunstledereckbank im Siebzigerjahre-Chic beherrscht. Johanne räumte einen Stapel Journale für Numismatiker beiseite. Er schien wohl auch Münzen zu sammeln. Sie setzte sich, während der Großvater sich an der Kaffeemaschine zu schaffen machte. Sie sah sich um. In der Spüle stapelte sich

Geschirr. Jurek zog zwei Becher heraus und spülte sie nachlässig unter dem Wasserhahn aus. Während die Kaffeemaschine angestrengt gurgelte, setzte er sich zu Johanne und schob ihr einen der Becher hin. Am Boden klebte ein dunkler Rand. Johanne strengte sich an, das zu ignorieren.

»Ach, Lulchen. Dass du mich nach all der Zeit kommst besuchen.«

Er seufzte tief und vernehmlich.

»War doch Schweinerei, was ich gemacht hab. Wenn du mich nicht geärgert hättest …«

Johanne wusste nicht, wovon er redete. Sie versuchte es mit einer unverfänglichen Frage.

»Wie lange lebst du schon hier?«

»Lange.«

»Auf dem Klingelschild ist ein zweiter Name. Hast du …«

»Ja. Ich hatte eine andere Frau. Ich sag doch. War Schweinerei.«

Sein Blick wanderte ins Leere und blieb dort hängen. Der Großvater schwieg lange. Johanne wollte ihm schon sagen, dass Luzie gestorben war, da fragte er selbst.

»Ist sie tot, meine Luzie?«

»Ja.«

»Wann?«

»Vorletzte Nacht.«

»Dass sie vor mir gehen musste … Hat sie noch einmal von ihrem Jurek gesprochen?«

Die Frage brachte Johanne in große Verlegenheit. Sie kannten sich keine halbe Stunde. Sollte sie ihm da schon vom Mazur'schen Schweigen erzählen? Sie wich aus.

»Sie hat sich zuletzt nicht mehr an alles erinnert. Sie hatte einen Schlaganfall.«

»Ah. Hat sie ihren Jurek also vergessen. Weißt du, ich vergesse auch eine Menge. Das Alter.«

»Verstehe.«

Es folgte eine lange Pause, bis Jurek feststellte:

»Wir haben uns doch geliebt. Sehr sogar.«

»Und die andere Frau?«

»Elli? War nicht wie mit Luzie. Aber schön.«

»Was ist mit Elli passiert?«

»Verreckt ist sie mir. Krebs. Ich bringe den Frauen kein Glück.«

Das Wasser hatte sich endlich durch die verkalkten Leitungen der Kaffeemaschine gequält, die jetzt erschöpft Wasserdampf ausstieß wie ein altersschwacher Dampfkessel. Jurek stand auf, holte die Glaskanne und schenkte die Becher voll. Seine Hand zitterte immer noch. Er stellte die Kanne zurück. Als er wieder saß, fielen ihm die Augen zu. Er legte den Kopf auf seine Arme und schlief einfach ein. Seinen Kaffee ließ er kalt werden.

Johanne sah auf die Uhr. Noch dreieinhalb Stunden. Sie wagte es trotzdem nicht, ihn zu wecken. Stattdessen wusch sie das Geschirr ab. Wenn sie schon einmal hier war, konnte sie auch ein bisschen Ordnung schaffen. Sie reinigte die Kaffeemaschine und brühte frischen auf. Er schlief immer noch. Sie warf einen Blick ins Wohnzimmer. Auf dem Sofa lag ungemachtes Bettzeug. Sie überlegte, auch hier aufzuräumen, aber der Raum glich einer Bastion. Er war vollgestopft mit Eichenmöbeln, die locker tausend Jahre überdauerten. An den Wänden hingen goldgerahmte Kopien berühmter Barockgemälde, die sich in ihrer Wuchtigkeit gegenseitig erschlugen. Auf einem Podest neben der Schrankwand stand eine Nachbildung der Schwarzen Madonna von Tschenstochau.

Sie kehrte in die Küche zurück. Er schlief und schlief. Sie packte den Kassettenrekorder aus, füllte zwei saubere Tassen und setzte sich. Viel Zeit war nicht mehr. Sie fühlte sich zermürbt, aber was hatte sie denn erwartet? Ein Happy End *to go*? Ja, warum eigentlich nicht.

Sie stieß ihn sanft an die Schulter. Er schlug sofort die Augen auf und lächelte.

»Du bist noch da, Lulchen? Ich hab von dir geträumt.«

»Ich möchte dich ein paar Dinge fragen.«

»Was willst du wissen?«

»Alles.«

Das Biest

Der Besuch des Gauleiters war mit großem Tamtam und Tschingderassabum gefeiert worden. Der Frühling warf sich in die Brust, kein Würdenträger trat in eine Pfütze und der Spielmannszug spielte den *Badenweiler Marsch* sogar recht ordentlich. Der Männergesangsverein schmetterte ein Lied über den deutschen Wald, was sonst, nur der Schulchor hätte sich besser nicht an *Kein schöner Land* versuchen sollen. Zwischen den Einlagen wurden Reden gehalten und zuletzt feuerten die Schützen eine Ehrensalve für Volk und Vaterland ab. Vor der Ehrensalve war Elses kleine Schwester Lotte noch auf die eigens für diesen Besuch zusammengezimmerte und mit Hakenkreuzfahnen geschmückte Bühne geklettert. Stocksteif hatte sie dagestanden mit ihren blonden Affenschaukeln, obwohl sie auch schon vierzehn war. Die Frisur machte sie jünger. Der Vortrag über den ruhmreichen Sachsenkönig Wittekind geriet ein wenig holprig, Lotte blieb mehrmals stecken und Else musste ihr soufflieren. Den Gauleiter rührte das Ganze dennoch und er winkte das Mädchen heran. Sie kam, knickste, und er kniff sie in die Wange, wie man das eben machte. So jedenfalls kam es später denen zu Ohren, die dem Festakt ferngeblieben waren. Luzie und ihren Eltern zum Beispiel. Die Mutter und der Vater hatten zwar mit den Nachbarn an der Straße gestanden, als der Spielmannzug durchs Dorf marschierte. Einmal mussten sie sich blicken lassen und winken, dann war dem festlichen Anlass Genüge getan. Luzie hingegen beherzigte Frers Rat und blieb mit der Lütten im Waldhaus. Sie war auf den Hof zurückgekehrt und wohnte jetzt in der ehemaligen Kate des Buckligen. Sie übte sich im Unsichtbarmachen und kriegte das schon ganz gut hin. Keiner hatte nach ihr gefragt, niemand vermisste sie. Die Geschichten über sie waren auserzählt und anderen gewichen, zum Beispiel denen über den Gauleiter, der das Dorf besuchen kam. Er kannte den Führer persönlich und überbrachte Grüße von so weit oben, dass allen ganz schwindlig wurde. Insofern konnte Luzie dem hohen Besucher dankbar sein, denn im Schatten seiner Lichtgestalt verblasste alles andere.

Luzie legte noch eine Schippe obendrauf. Sie zog den Kopf ein und verstummte. So wurde aus der geselligen Luzie, die scherzend einen Acker entkrautete, ein Schatten. Ihre Arbeit erledigte sie schweigend und mit eingezogenem Kopf. Dann verschwand sie ins Waldhaus, wo das Kind im Gitterbettchen auf sie wartete. Dass sie ein Kind hatte, geriet irgendwie in Vergessenheit, denn sie zeigte es niemandem. Sonst nahmen sie es ihr am Ende noch weg.

Das mit der Unsichtbarkeit bekam sie hin. Sich von Jurek zu trennen, überstieg dann aber doch ihre Kräfte. Er schaffte es ja auch nicht, im Gegenteil. Seit sie im Waldhaus wohnte, kam er jede Nacht, wenn nicht gerade eine Stute fohlte oder sonst was mit den Pferden war. Zu dritt versuchten sie, Familie zu spielen, nur war Luzie viel zu erschöpft, Jurek zu besorgt und das Kind zu oft allein. Sie versagten und immer öfter kam es zum Streit. Meistens ging es um Nichtigkeiten.

»Schüttel die Lütte nicht so butt! Sonst spuckt die alles wieder aus.«

»Ist nur Hoppereiter. Sieh nur, wie sie lacht!«

»Wenn du so weitermachst, schläft sie die ganze Nacht nicht und ich lieg auch wach.«

»Immer bist du böse, wenn ich mit ihr spiele. Sie ist auch meine Tochter.«

»Sie sollte längst schlafen!«

Meistens saßen sie dann schmollend da, bis sie müde wurden und ins Bett gingen.

So ging das den ganzen Frühling und bis in den Sommer hinein. Als der Falten bekam, macht das Kind die ersten Schritte an Jureks Hand.

»Bald wird sie alleine laufen.«

Er war so stolz. Luzie aber machte sich Gedanken. Was, wenn Thea erst aus dem Bett klettern konnte. Wenn sie in der Hütte umherlief und alles unsicher machte. Dann müsste sie sie festbinden.

Als der Sommer in den Herbst überging, lief es nicht mehr so gut mit dem Krieg wie die Wochenschauen es den Leuten weismachen wollten. Die konnten auch nichts mehr schönreden. Zu viele Gefallenenmeldungen musste der Vater austragen, denn die Soldaten starben jetzt wie die Fliegen. Der Tommy flog nun ungeniert nach Bremen und zurück. Immer öfter wurden überzählige Bomben über dem Dorf abgeladen, es stand leider im Weg. Nehles Alma hatte es dabei erwischt, und die Milch in der Kanne, die sie abzuholen gekommen war, wurde zwar nicht verschüttet, aber sauer. An einem solchen frühen Herbsttag hatte Luzie das Kind wieder in seinem Gitterbettchen zurückgelassen, zusammen mit einem Kanten Brot, denn es zahnte und brauchte etwas, worauf es herumkauen konnte.

Als Luzie gegen Mittag zu ihrem Kind hastete, hörte sie es schon von weitem. Es war nicht dieses einsame Weinen, wie sonst, sondern panisches Geschrei. Luzie rannte los und stürzte in die Kammer. Eine fette Ratte sprang aus dem Gitterbettchen und huschte davon, im Maul den Kanten Brot, den Luzie dem Kind dagelassen hatte. Noch im Laufen zog Luzie einen ihrer Holtschen aus und warf ihn nach dem Tier, erwischte es auch noch an der Seite. Die Ratte quiekte, ließ das Brot fallen und verschwand durch eines der vielen Löcher im Dielenboden.

Luzie war außer sich.

»Du verdammtet Beest!«

Sie warf auch den zweiten Holtschen, der prallte an der Wand ab und traf das Brot. Luzie wandte sich nun dem Kind zu, das still geworden war. Es blutete im Gesicht und an den Händen. Anscheinend hatte es sein Brot hart verteidigt. Sie hob es aus dem Bettchen, versorgte zornig die Wunden, denn sie war wütend auf das alles hier. Auf Jurek, der ihr nicht helfen konnte, auf den Führer, der nicht aufhörte mit dem Krieg, auf die Eltern und Frers, die ihr das Waldhaus eingebrockt hatten, auf Else Kuper, die es mit dem Ortsgruppenleiter trieb, und auf den Gauleiter, dessentwegen sie hier hausten. Und auf den Buckligen, aber der war lange tot und über Tote durfte man nichts Böses denken. Rüde wickelte sie das Kind in frische Windeln und fütterte es ungeduldig, denn sie wusste nicht, wohin mit ihrer Not. Das Kind blieb ganz still, es spürte wohl schon, dass hier nichts anderes half, als auszuhalten.

Als Luzie mit Thea fertig war, kam sie langsam wieder

zu Verstand. Sie schämte sich für ihre Grobheit, aber es war keine Zeit mehr für wiedergutmachende Zärtlichkeiten. Die anderen warteten schon auf dem Acker. Üblicherweise hätte sie das Kind in das Bettchen zurückgesetzt und ihm die Puppe gegeben, die Jurek ihm geschnitzt hatte. Sie zögerte. Sie sah das blutige Laken und die Wunden an ihrem Kind und wusste, sie brachte es nicht fertig.

Im Wiegeschritt

Er war früher gekommen als sonst, denn die Tage schrumpften nun schon zusammen wie Dörrpflaumen und die Dunkelheit setzte früher ein. In ihrem Schutz schlich es sich leichter zu Frau und Kind. Dieses Mal hatte er Thea ein Pferdchen geschnitzt. Luzies Begrüßung traf ihn wie ein Schlag ins Gesicht.

»Gah weg. Ick hebb kien Tied!«

Er konnte sich keinen Grund für die Abfuhr denken, sah aber, dass sie geweint hatte. Er wollte sie in den Arm nehmen, doch sie stieß ihn zurück.

»Was ist los, Lulchen?«

»Laat mi eenfach tofreern!«

»Ich bin dein Mann.«

»Wi sind nich verheiraat!«

»Wenn der Krieg vorbei ist, dann doch.«

Sie ließ ihn rein. Vielleicht erinnerte sie sich in diesem Moment an Nächte, in denen sie und Jurek sich ausgemalt hatten, wie es sein würde, wenn der Krieg erst vorbei war. Wenn sie heirateten, sollte Puttfarken-Fietje auf der Treckfiedel spielen. Den Gefallen konnte er ihnen nicht abschlagen, schließlich hatte Jurek etwas gut bei ihm. Er schleppte den Karabiner. Fietje hatte sich schon richtig daran gewöhnt und es war ihm schnurzegal, ob der Ortsgruppenleiter Wind davon bekam. Der Vater würde zum Fest ein Schwein schlachten und eine Buddel Schnaps springen lassen. Tanzen wollten sie bis zum Morgen und das Kind sollte in der Kirche Blumen streuen, falls der Priester es erlaubte, weil es doch in Sünde gezeugt war. Der Vater würde ihn schon überreden. Wenn der Krieg erst vorbei und sie endlich verheiratet waren, dann würde alles gut. Sie stellten sich vor, wie sie als Ehepaar durchs Dorf gingen und keiner könnte ihnen noch etwas anhaben.

Wenn der Krieg vorbei war, würden sie auch Stanis Grab bepflanzen, Luzie kannte die Stelle im Wald, wo sie ihn verscharrt hatten. Es war nicht weit ab vom Waldhaus und ein schöner Platz unter einer riesigen Buche. Nur sah es nicht nach Frieden aus. Der Krieg bäumte sich im Gegenteil auf wie ein angeschossenes Wild. Die-da-oben hatten Denen-da-unten befohlen, schwarze Listen anzulegen und diese abzuarbeiten. Es mussten Exempel statuiert werden, denn das Volk fiel ab vom Glauben. Insofern war es nur eine Frage der Zeit, wann es sie beide erwischte. Die Angst verschliss die Liebe und sie machte Luzie hart und Jurek verschlagen. Sie hatten das beide begriffen, sie waren nicht dumm, sie mussten es sich nicht erklären.

Luzie legte den Riegel vor und Jurek nahm sie in den Arm. Ihr Zorn war einer großen Müdigkeit gewichen. Er strich über ihr Maulwurfshaar und endlich konnte Luzie ihm von der Ratte erzählen und dass sie es nicht fertiggebracht hatte, das Kind mit dem Vieh allein zu lassen. Dass sie es mit auf den Acker genommen hatte und sich nun alle wieder daran erinnerten, dass es ja geheißen hatte, sie sei unter den Polen mit dem Wiegeschritt geraten.

Jurek hörte sich alles an und ihm sank der Mut.

»Besser, du hättest es nicht getan.«

»Wat schull ick denn maaken!«

Jurek wusste es auch nicht. Nur eines war gewiss: Dass sie sich heute noch hatten und morgen vielleicht nicht mehr. Er sagte es ihr. Sie saßen danach eine ganze Weile und dachten darüber nach. Schließlich stand Luzie auf und ging zum Herd.

»Hebb noch Melksoppen in'n Pott. Wills ok wat?«

Er nickte. Während Luzie die Milchsuppe aufwärmte, nahm Jurek seine Tochter auf den Arm. Die Bisswunde an der Hand hatte sich entzündet. Ihre Wangen glühten rot wie reifer Boskop.

»Sie hat Fieber.«

»Ich geh morgen mit ihr zum Besprechen.«

Jurek wusste nicht, was das war. Er wusste nur, dass es einen alten Schäfer im Dorf gab, der das Vieh heilte und zu dem auch die Leute mit ihren Gebrechen gingen. Fragte man danach, verfielen sie in vielsagendes Schweigen, so auch Luzie. Er bohrte nach, schließlich ging es um seine Tochter. Luzie erzählte vom Vater, der sich beim Holzhacken einen Daumennagel gespalten hatte.

Der Finger hatte sich entzündet und die Mutter schickte den Vater zum Besprechen. Der Schäfer, der das konnte, hauste auf einem einsamen Hof außerhalb des Dorfes, *buutendörps*, und hatte die Heilkunst von seiner Großmutter gelernt, die es wiederum von ihrem Vater hatte. Die Gabe ging vom Mann auf die Frau und wieder auf den Mann über, das war schon immer so gewesen.

Der Vater ließ sich also behandeln und fragte nach der Bezahlung, denn er blieb ungern jemandem etwas schuldig. Der Schäfer schlug die Hände über dem Kopf zusammen. *Nu kann ick nochmaal vun vorne anfangen!* Ob er denn nicht wisse, dass diese Frage seine Heilkunst zunichtemache!

Also ließ der Vater die Prozedur noch einmal über sich ergehen und der Finger heilte. Er hinterlegte beim Wirt etwas Geld. Damit sollte der den Schäfer freihalten, solange es reichte, denn es war bekannt, dass der sich gern mal einen hinter die Binde kippte. Der Vater ließ den Wirt schwören, dass er ihn niemals verraten werde, denn sonst fing der Finger am Ende noch an zu faulen und fiel ab.

Jurek lachte.

»Eine schöne Geschichte, aber du solltest besser mit unserem Kind zum Arzt gehen.«

Luzie stellte den Topf auf den Tisch und füllte die Teller. Jurek saß schon, mit dem Kind auf dem Schoß. Er hakte nach, denn Luzie machte dieses Gesicht.

»Du gehst doch mit ihr zum Doktor?«

Luzie setzte sich und löffelte schweigend ihre Suppe. Jurek wartete immer noch auf eine Antwort. Sie fragte:

»Hest kien Hunger?«

»Bitte, Lulchen. Ihre Hand ist entzündet! Rattenbiss kann töten!«

»De Doktor ok.«

»Blödsinn! Der Doktor hat das studiert.«

Luzie ließ den Löffel in den Teller fallen, so dass sämige Suppe auf den Tisch spritzte.

»Denn will ich dir was erzählen. Lenchen Bruns, die war nich so im Kopp, wie sie sein sollte, und die Mutter is' mit ihr hin zum Doktor. Der hat sie nach Wehnen in die Irrenanstalt eingewiesen. Da sollte es ihr besser gehen, hat er gesagt. Und nun ist sie tot.«

»Aber unser Kind ist nicht verrückt, Luzie! Sie hat nur Fieber.«

»Se is een Polenkind, Jurek. Begriep dat doch!«

Er begriff das sehr wohl, wollte es aber partout nicht wahrhaben, und sie stritten sich, bis das Kind zu weinen begann. Da wiegte er es und sang die Lieder, die er von der Babka kannte. Schließlich schlief es auf seinem Schoß ein. Luzie nahm es ihm weg und legte es in das große Bett, denn das Gitterbettchen stand schon länger leer. Dann begann sie, den Tisch abzuräumen. Jurek sah ihr dabei zu. Sie bewegte sich wie ein Rammbock. Er suchte nach versöhnlichen Worten und ihm fielen nur die abgedroschenen ein.

»Der Krieg ist bald vorbei. Wirst sehen. Dann wird alles gut.«

Sie wandte sich zu ihm um.

»Gehst du dann zurück nach Polen?«

Er hatte sich diese Frage auch schon gestellt und wusste keine Antwort darauf. Luzie schon.

»Ich glaub, ich würde zurückgehen. An deiner Stelle würde ich das. Ich glaub auch nicht mehr, dass der Krieg schnell vorbeigeht und dass für uns alles gut wird.«

»Willst du mich loswerden?«

»Ich will mich nicht mehr verstecken, Jurek. Ich schaff das hier nicht alleine.«

Er verstand das.

»Dann gehe ich morgen zur Gemeinde und sag, dass ich der Vater bin. Willst du das?«

»Ja. Das will ich. Und dann sollen sie mit uns machen, was sie wollen.«

Sie sahen sich an und waren sich nach langer Zeit einig.

Sie rückten zusammen, hielten sich aneinander fest und hatten sich endlich wieder lieb. Jetzt, in diesem Moment, in dieser Stunde, in dieser Nacht.

Kopfschatten

Neunzig Minuten reichte die Kassette, die sie in den Rekorder legte. Genauso lange konnte sie noch bleiben, dann musste sie zum Zug. Johanne zählte entschlossen bis drei, die rote Nadel zuckte jedes Mal. Es blieb auch keine Zeit für einleitende Worte.

»Erzähl mir, wie ihr den Krieg überlebt habt und warum du dann gegangen bist.«

Er antwortete lange nicht. Dann doch.

»Warum willst du das wissen?«

»Weil ich es verstehen muss.«

Wieder schwieg er. Dann drückte er sich mühsam am Tisch hoch.

»Ich muss mal verschwinden.«

»Jetzt?«

Er floh ins Bad. Johanne schaltete zermürbt den Rekorder aus. Sie war ein geduldiger Mensch und auch wieder nicht. In Gedanken hörte sie Helene schon feixen.

»Ich hab's dir ja gesagt. Der windet sich da raus wie ein Aal. Ich hab's doch auch schon versucht.«

Ob ihre Tante es wohl wirklich einmal versucht hatte? Oder vermutete Johanne das nur, weil Helene seine Adresse herausgefunden hatte? Je länger sie darüber nachdachte, desto unwahrscheinlicher kam es ihr vor. Helene hatte keinen Grund, das Mazur'sche Schweigen zu brechen, schließlich war sie ein Teil davon. Die Hüterin der Schwelle. Johanne hatte gute Lust, etwas kaputtzuschlagen. Diesen albernen Kaffeebecher mit Motiven vom Chiemsee. Oder die beiden Aquarelle vom Watzmann über der Eckbank, das eine mit einem Edelweiß im Vordergrund, das andere mit Steinböcken in der Wand. Was fand der Großvater an diesem Berg? War er dorthin gereist? Hatte er Urlaube im Chiemgau gemacht, während Luzie sich in Groschenheften dorthin träumte? Hatte er es sich gutgehen lassen? War er nur gegangen, um sich die Familie vom Hals zu schaffen, wie Helene behauptete? Wenn er wenigstens mit ihr reden würde! Stattdessen ließ er sie mit nichts hier sitzen. Sie fing an, im Krimskrams auf der Küchenablage zu wühlen in der irren Hoffnung auf eine Antwort. Die fand sie nicht. Stattdessen ein gerahmtes Foto, das den Großvater in mittleren Jahren zeigte, drahtig und immer noch attraktiv. Er posierte mit einer fremden Frau vor einer Berghütte. Beide trugen Strohhüte und stützten sich lässig auf Wanderstöcken ab, die von oben bis unten mit Plaketten zugenagelt waren. Blechtrophäen von Orten, die sie erwandert hatten. Johanne ging mit dem Foto an ihren Platz zurück und trank von dem kalt gewordenen Kaffee. Die Frau neben ihrem Großvater war Luzie nicht unähnlich. Dunkelhaarig, schlank, den Kopf neckisch in den Nacken geworfen. Das Fuchsgesicht unterschied sie von der Großmutter. Ebenso das feine Blumenkleid zu den Wanderschuhen. Das musste Elli sein. Die Frau, der er auch kein Glück gebracht hatte. Auf dem Foto sah das noch anders aus.

Nebenan ging die Spülung. Er kam zurück und blieb in der Küchentür stehen. Er wirkte überrascht, auch ein bisschen ärgerlich, als er sie mit dem Foto in der Hand sah. Sie hielt es ihm hin.

»Du und deine Lebensgefährtin?«

»Was? ... Ich hab meine Tabletten schon heute früh genommen!«

»Wovon redest du? Welche Tabletten?«

»Ihr werdet mich noch vergiften! Stellen Sie das Foto weg und gehen Sie!«

Er musste seine Erinnerung irgendwo zwischen Küchentisch und Toilette verloren haben, so wie sie ihm vorhin schon zwischen Hausflur und Wohnung abhandengekommen war. Vielleicht reichte ein falscher Schritt. Ein Wackelkontakt im Gehirn. Das musste die Ursache sein. Wenn sie ihn nur einmal kräftig durchschüttelte, würde die Verbindung vielleicht wiederhergestellt. Sie legte das Foto weg, stand von der Eckbank auf und machte einen Schritt auf ihn zu. Das reichte schon. Er lächelte leicht verlegen.

»Ich wollte Kekse holen, oder? Extra für deinen Besuch gekauft. Wo hab ich die nur ...«

Er öffnete alle Schränke. Als er sie nicht fand, nahm er stattdessen seinen Berchtesgadenbecher und goss sich Kaffee nach.

»Wolltest du mich nicht etwas fragen?«

Der Besuch geriet zur Achterbahnfahrt. Johanne hatte so was noch nie gut vertragen, nur war das hier kein Jahrmarkt. Sie schaltete den Rekorder ein, wiederholte ihre Frage und er wiederholte sein Schweigen. Alles zurück auf Start. Da verlor sie die Geduld.

»Jetzt rede endlich! Habt ihr nicht alle lange genug geschwiegen?«

»Was willst du denn wissen?«

»Warum du damals gegangen bist. Was ist zwischen dir und Luzie vorgefallen?«

Er dachte angestrengt nach und kapitulierte.

»Da sind nur Schatten im Kopf.«

»Dann erzähl von deinen Kopfschatten. Wie sehen die aus? Sag irgendwas!«

Er setzte sich und rang um Worte.

»Du weißt, Lulchen, das war kompliziert. Ich hab mich mein Leben lang bemüht, mich so zu benehmen, dass ich die anderen nicht beleidige. Das waren ja auch Soldaten. Oder Bauern. Oder Briefträger. Also, ich meine, die Deutschen.«

»Wir reden hier von dir und Luzie!«

»Luzie. Mein Lulchen. Ja, was war mit ihr?«

Er kniff die Augen zusammen und senkte den Kopf. Er suchte nach Erinnerungen und fand auch eine.

»Die Babka hat gesagt, zieh immer schön den Kopf ein, Jurek. Dann bleibt er dran. Hab mich dran gehalten. Hab immer getan, was von mir verlangt wurde. Deswegen hab ich einigermaßen Ruhe gehabt.«

»Ruhe wovor?«

»Damals war ich ein junger Kerl. Hab ja auch ein P tragen müssen. Alle konnten das sehen. Ein falsches Wort, ein falscher Blick und zack! Weg mit dem Kerl … Das Schlimmste war, dass ich mich verliebt habe in eine deutsche Frau. Die hat mir zwei nette Kinder geschenkt. War gefährlich.«

An dieser Stelle lachte er.

»Wir haben es trotzdem gemacht. Wir haben uns nicht mehr versteckt. Deshalb musste ich es tun.«

»Was musstest du tun?«

»Sie hatte nichts dagegen. Hat sich auch in mich verliebt. War gegen das Gesetz. Rassenschande. Pfui Teufel!«

»Was musstest du tun!«

»Ach, Lulchen. Hab ich dir nie gesagt. Waren andere Zeiten. Mussten vorsichtig sein. Aufpassen. Immer höflich, immer buckeln. Immer sagen: Jaja. Jurek macht. Dann haben sie uns in Ruhe gelassen. Ich musste es so machen. Sonst hätten sie uns geholt.«

Er trank seinen Kaffee aus und stand schon wieder. Er ging ins Wohnzimmer. Johanne vermutete, dass er etwas suchen wollte, vielleicht ein Foto oder ein Dokument. Sie schaltete den Rekorder aus, denn sie hatte bereits ein abendfüllendes Programm mit Pausen aufgenommen. Als er zurückkam, hielt er eine Keksdose in der Hand und lächelte triumphierend.

»Ich wusste, ich hab gekauft! Jetzt koche ich frischen Kaffee, was Lulchen?«

»Ich will keinen Kaffee. Ich will Antworten. Und Luzie ist tot!«

Er stellte die Dose hin und stützte sich am Tisch ab.

»Sie ist tot?«

Er war erschüttert und weinte.

»Mein Lulchen ist gestorben? Was haben sie mit ihr gemacht?«

Johanne bereute ihre Grobheit. Sie strich ihm über die Hand.

»Nichts haben sie mit ihr gemacht. Sie war alt. Siebenundneuzig. So alt wie du. Vorgestern Nacht ist sie gestorben.«

»Siebenundneunzig, sagst du? Wieso war sie so alt?«

Er konnte nichts dafür. Johanne kannte die Symptome. Sie war zu spät gekommen.

Nichts Sichtbares

Es gab ein Foto von Luzies letztem Geburtstag, auf dem sie zwischen Thea, Johanne und Silje thronte. Vier Generationen Mazur'scher Frauen um einen festlich gedeckten Kaffeetisch versammelt. Thea hatte gebacken und der Bürgermeister war gekommen, um der Jubilarin Blumen und einen Gutschein für den Dorfladen zu überreichen, denn die regionale Wirtschaft musste gefördert werden. Nur ging Luzie schon lange nicht mehr einkaufen und reichte das Geschenk an Thea weiter.

Die Lokalpresse kam ebenfalls und machte ein Foto vom Bürgermeister und dem hochbetagten Geburtstagskind. Luzie ließ sich das gerne gefallen. Der Bürgermeister war ihr egal, der sollte tun und lassen, was er wollte, aber den Redakteur begrüßte sie mit Vornamen. Sie kannte ihn ja. Sie hatte ihm Kirschlutscher zugesteckt, wenn er als Stöppkes mit dem Dreirad vorbeigeradelt kam, um Luzies Gartenzwerge zu bewundern. Sie war es auch, die ihn bat, das Foto mit den Mazur'schen Frauen zu machen, wo sie schon einmal alle beisammen waren.

Das Foto hing jetzt in Theas Küche über der Eckbank, und sie saßen darunter am selben Tisch, nur noch zu dritt und ohne Kuchen, denn es gab keinen Geburtstag zu feiern. Heinrich würde jeden Moment mit dem Leichenwagen vorfahren und Luzie abholen. Einige Nachbarn standen sicher schon hinter den Gardinen.

Johanne war in der Nacht von *ihm* zurückgekehrt, mit nichts als einer Sammlung verwirrten Schweigens und der Nummer vom Pflegedienst. Jemand musste sich um ihn kümmern. Sie würde das in Angriff nehmen, sobald Luzies Beerdigung organisiert war, das hatte sie sich vorgenommen.

Thea ignorierte, dass Johanne zu ihm gefahren war. Sie fragte nicht, was er gesagt hatte. Johanne ahnte, dass sie sich vor den Antworten scheute. Dass es keine gab, konnte ihre Mutter ja nicht wissen, und überhaupt behielt Johanne lieber für sich, wie es gewesen war. Theas *Ich-hab's-dir-ja-gleich-gesagt*-Blick konnte sie jetzt nicht gebrauchen. Nur Silje brannte darauf, mehr über ihn zu erfahren. Ausgerechnet sie musste Johanne enttäuschen.

Der Morgen war frostig. Es seien wohl schon die Eisheiligen, orakelte Thea und hatte den Ofen angeschürt, um ihn danach wieder ausgehen zu lassen. Nur, damit die Luft sich erwärmte.

Sie waren alle noch einmal an Luzies Bett gewesen, jede einzeln und für sich, weil der Mazur'sche Schmerz in der Gemeinschaft nicht auszuhalten war. So hatten sie sich von Luzie verabschiedet, zuerst Thea, dann Silje, zuletzt Johanne. Helene war nicht gekommen, Leo auch nicht. Er musste arbeiten.

Als hätten sie sich abgesprochen, hinterließen sie ihre ganz persönlichen Grabbeigaben. Johanne war die Letzte. Sie fand Theas und Siljes auf Luzies Bettdecke. Ein Bild war dabei, eines von denen, die Silje gemalt hatte, als sie bei Luzie in die ›Schule‹ gegangen war. Es war eine bunte und fröhliche Kritzelei mit lachenden Mondgesichtern. Sie hatte die Eins dafür verdient.

Thea hinterließ nichts Sichtbares, nur ein großes Stück ihrer Einsamkeit. Und Helene, die nicht gekommen war, hinterließ ein Nichts, das gar nicht mal so groß war. So war es immer gewesen.

Johanne bedauerte, dass Leo sich nicht hergetraut hatte. Seine Grabbeigabe wäre bestimmt die *Immer-wenn-du-denkst*-Weisheit gewesen, mit goldenen Buchstaben auf ein geflammtes Holzbrettchen geschrieben, weil er an so etwas glaubte.

Sie selbst hatte das Foto dabei, das sie einen Tag zuvor von *ihm* gemacht hatte. Er saß am Küchentisch vor einem Haufen Kram und in seiner fleckigen Strickjacke, die Haare viel zu lang, Stoppeln im Gesicht. Er blickte ein wenig erschrocken und zugleich verloren in die Kamera.

Während Johanne das Foto zusammenrollte, damit es zwischen Luzies Finger passte, musste sie daran denken, wie er ihren Kosenamen ausgesprochen hatte. *Lulchen.* Es hatte diesen ganz besonderen Nachklang, den nur eine große Liebe zustande brachte. Was auch immer passiert war, was auch immer sie sich angetan hatten, es hatte sie gegeben, diese Liebe. Vielleicht sogar bis zuletzt, auch wenn sie alle jede Chance auf Versöhnung hatten verstreichen lassen. Vielleicht, so überlegte Johanne, war das der Grund, warum sie Liebesschmonzetten schrieb. Darin gab es immer ein Happy End. Es war ihr Beitrag zur Wiedergutmachung.

Es klingelte an der Tür. Johanne hatte Mühe, aus ihren Gedanken aufzutauchen. Thea warf ihr einen ihrer Blicke zu. *Träum nicht!*

Es war Heinrich mit seinem Gehilfen. Beide, sonst in brauner Tischlerkleidung, trugen jetzt einen schwarzen

Anzug und blickten betroffen. Sie sprachen den Angehörigen noch einmal ihr Beileid aus und trugen den schlichten Fichtensarg, den Helene ausgesucht hatte, in das Zimmer. Sie stellten ihn ab und sich selbst vor das Bett, um der Verstorbenen die letzte Ehre zu erweisen. Johanne, Thea und Silje kehrten in die Küche zurück, denn sie wollten nicht zusehen, wie Heinrich die Großmutter samt aller Beigaben in die Kiste packte.

Es ging dann alles sehr schnell und das Zimmer fühlte sich danach furchtbar leer an. Ohne Luzie war es nur noch ein Zimmer, das nach verbrannten Kräutern roch.

Johanne blies die Kerze aus, Thea begann mit dem Aufräumen. Sie stopfte Bettzeug, Matratzenschoner, Kopfkissen und Decken in Müllsäcke, weil keiner mehr etwas damit anfangen konnte. Silje umarmte Johanne, floh dann in ihr altes Zimmer, und Johanne stieg hinunter in den Keller.

Herodes

Der landwirtschaftliche Gehilfe Jurek Mazur, geboren am 23. September 1919 in Ungersdorf, Kreis Ostrowo, Gau Wartheland, ledig, katholischer Religion, hat am 12. Dezember 1944 die Vaterschaft zu dem nebenstehenden Kinde anerkannt.

Diese dürren Worte schrieb der Standesbeamte an den Rand von Theas Geburtsanzeige.

Jurek und Luzie waren am Nachmittag mit dem Kind zum Standesamt gegangen. Sie hatten sich einen düsteren Tag mit tiefhängenden Wolken ausgesucht, einen Tag, an dem man lieber am warmen Herd blieb, allen voran die Dorfbewohner, denen sie lieber nicht begegnen wollten. Es schneite immer wieder und der Wind zerrte an ihnen, und wie sich herausstellte, hatten sie den Tag gut gewählt. Keiner achtete auf die drei, die mit gesenkten Köpfen und dick eingemummelt durch das Dorf gingen. Niemand sah genau hin. Es hätte jeder sein können.

Auf der Gemeinde war es ganz einfach gewesen. Der Beamte hatte ihnen keine Scherereien gemacht. Im Gegenteil hatte er die Anerkennung der Vaterschaft mit seiner akkuraten Handschrift eingetragen, als sei es das Normalste der Welt.

Ein Kind ist euch geboren. Tochter Zion, freue dich.

Thea, die Gottgegebene, saß während der Prozedur auf Luzies Schoß, pausbackig, mit blonden Locken, die unter der Mütze hervorsprangen. Ernst und still, wie sie nun einmal war, sah sie den Beamten an, der nicht wusste, ob er in diesem ganz besonderen Fall Herodes oder Hirte sein sollte. Er entschied sich für irgendwas dazwischen, nahm die Sache mit allergrößter Gleichgültigkeit auf und entließ die drei in den Schnee mit dem festen Vorsatz, diese Ungeheuerlichkeit zu melden, sobald das Fest der Liebe vorbei war.

Jetzt waren sie offiziell eine Familie. Und durchgefroren waren sie auch, deshalb klopften sie bei den Eltern an, das Haus lag auf ihrem Weg und es wurde schon dunkel. Was konnte ihnen denn schon passieren? Schließlich war jetzt alles amtlich.

Die Mutter öffnete und ihr fehlten die Worte, als sie die drei vor ihrer Tür fand, um ein warmes Plätzchen bittend. Sie *schafuterte* sofort los, zeterte, wie es ihre Art war, und konnte sich kaum beruhigen.

»Wat maakt ji hier, eenfach so? Wenn dat een sitt! Ji mööt trüch in Wald!«

Jurek wusste nichts von ihrer Wut auf die ganze Welt und reagierte erschrocken.

»Lass uns gehen, Luzie.«

Aber Luzie war weit davon entfernt, sich einschüchtern zu lassen. Sie kannte ja ihre Mutter. Noch ganz überkandidelt von der gelungenen Familienwerdung, schob sie sie einfach beiseite.

»Is kold hier buten.«

Der Vater, von dem Lärm angelockt, war dazugekommen und legte seiner Frau die Hand auf die Schulter.

»Is good, Mudder. Beruhig di.«

Vor sich hin schimpfend, humpelte sie mit ihrer kaputten Hüfte in die Küche zurück und holte Tassen aus dem

Schrank. Was sollte man bei so viel Unvernunft auch anderes tun. Als alle saßen, goss sie Muckefuck ein, der schon sämig war und verbrannt schmeckte, weil er den ganzen Tag auf dem Herd vor sich hin geköchelt hatte. Thea bekam einen großen Becher Milch.

»Ihr bringt uns und euch noch alle ins Grab.«

Die Mutter konnte sich die Feststellung nicht verkneifen, bevor sie sich zu ihnen setzte. Niemand widersprach, weil es stimmte. Das wusste auch der Vater.

»Warum habt ihr das gemacht?«

Jurek war sichtlich verlegen, aber seine Luzie, die wusste, warum.

»Wer hat mich denn ins Waldhaus zurückgeschickt? Mit dem Kind? Die Ratten wollten sie fressen! Ich musste sie alleine lassen, wenn ich auf dem Acker war oder im Kuhstall. Hier! Guckt euch ihre Hand an!«

Sie riss Theas Hand hoch und zeigte den Eltern die Narbe.

»Fieber hatte sie und ich musste mit ihr zum Besprechen. Ich hab aber kein Geld für noch mehr Schäferschnaps und für den Doktor schon gar nicht. Darum muss ich sie zur Arbeit mitnehmen. Sie sitzt neben dem Melkschemel und kriecht am Feldrand rum und alle fragen schon ganz achtersinnig, wer denn nun der Vadder is'. Mir fällt nix mehr ein. Ich hab die Nase voll vom Lügen. Wissen doch sowieso alle Bescheid. Wir bringen keinen ins Grab, wir sind schon alle drin, Mudder. Aber bis sie uns holen, sind wir eine Familie, und ich geh auch schon wieder mit einem Kind. Un wenn di op'n Kopp stells, dat is so!«

»Denn schall dat so ween.«

Der Vater ließ es dabei bewenden. Wer einmal durch einen Krieg gegangen war, nur um wieder in diesem Dorf zu landen, den konnte nichts Menschliches mehr erschüttern. Weder Liebe noch Tod und Teufel. Irgendwann waren sie alle dran, der eine früher, der andere später. Am Ende spielte das keine Rolle, nicht in einem Krieg wie diesem.

Luzie hatte das Kind auf den Arm genommen, es wimmerte leise, vielleicht wollte es mehr Milch, weil es hungrig war. Vielleicht taten ihm Füße und Hände weh von der Kälte. Die Mutter riss es Luzie aus der Hand, um es auf ihren Schoß zu drücken, wie eine Schlachtgans, die gerupft werden musste. Sie sagte:

»Hinnerk hat wieder geschrieben.«

Als sei das eine Aufforderung, holte der Vater den Brief aus dem Küchenschrank und reichte ihn Luzie, damit sie ihn lesen konnte.

Rußland, 10.12.44

Liebe Eltern!
Zu Weihnachten wird Euch dieser Brief wohl nicht erreichen, ich wünsche Euch trotzdem nachträglich eine frohe Weihnacht und ein gutes neues Jahr, das uns hoffentlich den ersehnten Sieg und Frieden bringt. Ich hoffe, daß es Euch recht gutgeht, auch mir geht es soweit gut. Auch mit dem Winter haben wir bis jetzt ziemlich Glück gehabt, 7 Grad Kälte war bis jetzt das Höchste, was wir hatten, auch Schnee liegt nicht viel. Wie ist es denn bei Euch so, Ihr habt in letzter Zeit wohl auch viel Alarm und Angriffe auf Bremen und Umgegend mitgemacht. Heute hörte ich im Wehrmachtsbericht auch wieder von einem Terrorangriff auf Bremen. Hoffentlich ist bei Euch nichts passiert. Bei den letzten Angriffen sind dort ja auch einige Bomben

gefallen, wie Luzie mir schrieb. Wie geht es ihr? Ich hoffe, sie ist zur Vernunft gekommen, sonst wird es noch böse mit ihr enden. Wann hört das bloß alles mal auf? Hoffentlich kommt bald die Vergeltung, daß dem Tommy alles wieder heimgezahlt wird.

Lieber Vater, wie ist es denn mit der Feuerwehr, ihr müßt auch wohl schwer ran, wenn solche Angriffe sind. Viele Leute habt Ihr auch wohl nicht mehr in der Wehr.

Liebe Mutter, du gehst wohl auch noch immer fort zu helfen, besonders jetzt, wo Arbeitskräfte so knapp sind. Ich hoffe, daß ich bald wieder heimkomme, um euch ein bißchen unter die Arme zu greifen.

Nun grüßt alle von mir.

Seid auch selbst, liebe Eltern, herzlichst gegrüßt
von Eurem Sohn Hinnerk.

Luzie legte den Brief auf den Tisch. Thea war seltsamerweise eingeschlafen. Die Mutter strich dem Enkelkind sanft eine Strähne aus dem Gesicht, so was war man nicht von ihr gewohnt und sie fühlte sich ertappt, als sie bemerkte, dass Luzie es gesehen hatte. Sie gab ihr das Kind zurück, Thea schlief weiter.

Sie blieben noch ein bisschen sitzen. Luzie dachte über den Brief nach und dass etwas Flehendes zwischen seine Zeilen gerutscht war. Auch etwas wie Heimweh.

Seid herzlichst gegrüßt von eurem Sohn Hinnerk. Lieber Vater. Liebe Mutter. Wann hört das bloß alles mal auf?

Das fragte Jurek sich wohl auch. Er stand auf und half Luzie mit dem Kind hoch.

»Ist besser, wir gehen heim.«

Teufels Küche

Das Glück war nicht von Dauer. Der Bauer war schon kurz nach dem Fest zu Jurek gekommen und hatte ihm gesagt, dass er wieder in der Baracke schlafen müsse. Tagsüber wusste er es jetzt so einzurichten, dass die beiden sich nicht über den Weg liefen. Es ginge so nicht weiter, hatte er knapp erklärt. Das stimmte. Man hatte dem Bauern die Sondergenehmigung für den pferdekundigen Polen entzogen. Im Grunde war es ihm nur recht. Am Ende fiel das, was Jurek und Luzie sich herausnahmen, auf ihn zurück. Er stand unter Beobachtung.

Luzie, die gerade erst zu ihrer alten Fröhlichkeit zurückgefunden hatte, war wütend, als Jurek es ihr sagte. Ausgerechnet der Bauer machte ihnen einen Strich durch die Rechnung. Warum ließ er sie nicht einfach tun, was alle machten? Weshalb durften sie sich nicht gernhaben? Sogar die Tiere durften das! Luzie warf es dem Bauern an den Kopf, er hörte ihr zu und bat sie nach dem Melken auf ein Wort in seine gute Stube.

Da saß er schon im Lehnstuhl, als Luzie kam, einen Zigarrenstumpen in der Pfeife rauchend. Er blickte kaum auf, ließ sie stehen und brütete eine ganze Weile vor sich hin. Luzie wurde schon ungeduldig, da fing er endlich an, zu reden.

»Ich will nicht wieder eine Eiche wegmachen.«

»Wir tun nichts Schlimmes.«

»Ihr bringt mich in Teufels Küche. Damit muss Schluss sein.«

Er stand auf und klopfte seine Pfeife aus. Das Gespräch war beendet.

Luzie ging, immer noch zornig. Sie wusste, er wollte ihnen nichts Böses. Er war ein guter Mensch, aber er verstand es einfach nicht. Er hatte Angst vor der Willkür der Oberen, und das aus gutem Grund, wie Luzie sich eingestehen musste. Der Krieg pfiff aus dem letzten Loch. Sie kratzten alles zusammen, was zu gebrauchen war. Kinder, Greise, Kranke. Auf dem Hof wurde viel darüber geredet. Wer eine Waffe halten konnte, wurde zum Volkssturm einberufen, und wer ein Volksschädling war, so einer wie Jurek oder Luzie, an dem wurde noch schnell ein Exempel statuiert.

Aber der Winter ging ins Frühjahr und es war ihnen immer noch nichts geschehen. Man konnte fast darauf hoffen, dass die Oberen sie vergessen hatten. Auch die Knechte und Mägde hatten andere Themen. Vielleicht war es doch nicht so schlecht, dass sie sich nur noch selten sahen, auch wenn es Luzie schwerfiel, denn das zweite Kind sollte schon bald kommen.

Eines Tages überkam sie eine große Sehnsucht. Sie hatte Jurek gesehen, wie er über den Hof ging. In einem übermütigen Moment rannte sie ihm nach, so schnell das noch möglich war mit ihrem großen Bauch. Sie zog ihn in den Pferdestall. Er ließ das mit sich machen, denn Luzie hatte ihn überrumpelt.

»Was tust du, Luzie? Ich muss arbeiten.«

»Wir sind immer noch da. Ist das nicht ein Wunder? Wir sind unsterblich!«

Sie lachte, fasste Jurek an den Händen und tanzte eine Runde mit ihm im Stroh.

»Hier hat es angefangen, Jurek. Hier zwischen den Pferden. Weißt du noch?«

»Lass gut sein, Luzie. Sonst wird es hier enden.«

Luzie setzte sich auf einen Strohballen, denn ihr war ein wenig schwindlig von der Tanzerei. Ihr Bauch war so prall, dass man glauben konnte, es wachse ein Riese darin. Jeden Tag konnte es so weit sein. Sie klopfte auf den Platz neben sich.

»Sett di her.«

Jurek ließ sich zögernd neben ihr nieder. Es behagte ihm nicht. Er sah immer wieder zur Tür hin, aber Luzie ignorierte das. Sie hatte Jurek viel zu erzählen.

»Ich hab mit der Hebamme gesprochen. Die kommt zu mir, wenn es so weit ist. Wird alles gut gehen, Jurek. Und wenn es da ist, dann kommt Mutter zum Helfen. Mach dir keine Sorgen.«

Jurek sah sie von der Seite an.

»Du und deine Mutter? Ihr seid wie Katz und Maus.«

Luzies Lächeln dünnte aus.

»Besser meine Mutter als das Krankenhaus.«

»Was ist schlecht am Krankenhaus? Letztes Mal, hast du gesagt, war gut.«

»Jetzt nicht mehr. Die Hebamme meint, dass die Schwestern die Polenkinder wegnehmen. Die sind jetzt ganz scharf hinterher.«

Sie erzählte auch, dass der Vater sie bei der letzten Postzustellung gewarnt hatte. Im Dorf holten sie die Leute aus den Häusern, wie damals den alten Dehmel, nur dass die

Verschwundenen wieder auftauchten. Die lagen tot im Graben. Es waren auch schon Höfe durchkämmt worden auf der Suche nach aufsässigen Fremdarbeitern, denn den Oberen ging der *Mors* auf Grundeis.

»Wir müssen uns auf alles gefasst machen, Jurek. Wer weiß, was morgen ist.«

Jurek zupfte ihr einen Strohhalm aus den Haaren.

»Wir dürfen uns nicht zusammen sehen lassen. Geh jetzt, Luzie. Dann wird alles gut.«

Das sagte Jurek einfach so und Luzie sah ihm an, dass er es ernst meinte. Sie sah ihm auch an, dass er ihr etwas verschwieg.

»Hatten wir nicht beschlossen, dass wir uns nicht mehr verstecken?«

»Es ist zu gefährlich.«

»Das ist es doch sowieso! Was ist los, Jurek?«

Jurek wandte sich ab.

»Wenn ich mir meine Leute ansehe, dann komme ich mir schäbig vor. Weil der Bauer gut zu mir ist. Und weil wir uns haben, verstehst du? Ich sehe in der Baracke, wie es den anderen geht. Sie werden misshandelt. Ilona musste kochend heiße Schweinekartoffeln mit den Füßen stampfen. Ihr Bauer hat sie dazu gezwungen. Der heiße Matsch ist ihr in die Holtschen gesickert. Wenn ich Ilonas verbrannte Füße sehe, dann schäme ich mich.«

»Ich besorg ihr eine Salbe.«

Jurek lachte unglücklich.

»Es sind nicht nur Ilonas Füße. Sie sind alle hungrig. Ich stehle Eier und Kartoffeln für sie und was ich sonst zu fassen kriege. Aber das ändert nichts. Sie misstrauen mir und das zu Recht.«

»Warum, Jurek? Du hilfst ihnen doch. Ich verstehe das nicht.«

Jurek erhob sich und half auch Luzie auf die Beine. Eine Antwort blieb er ihr schuldig.

Im neuen Jahr hatte Puttfarken-Fietje ihn beiseitegenommen. Dietrich Frers wolle ihn sprechen und er solle sofort mitkommen. Fietje brachte ihn ein Stück, auf dem Waldweg wartete der Polizist in einem Wagen, er rauchte. Er forderte Jurek auf, sich neben ihn zu setzen, und schickte Fietje zurück ins Barackenlager, das er jetzt rund um die Uhr bewachte.

»Ich bring ihn dir später wieder.«

Jurek stieg ein und Frers startete den DKW. Sie fuhren ein Stück. Schließlich parkte der Polizist auf einem einsamen Feldweg. Sie waren allein, die Dunkelheit verdichtete sich und es roch nach Schnee. Jurek rechnete damit, dass sein letztes Stündlein geschlagen hatte. Es war nicht Frers Schuld. Der hatte getan, was in seiner Macht stand, und sie hatten nicht auf ihn gehört. Sie hatten ihn im Gegenteil in Schwierigkeiten gebracht mit ihrem Übermut. Er tat nur seine Pflicht, wenn er Jurek jetzt exekutierte. Ihm blieb nur, ihn zu bitten:

»Tun Sie Luzie und den Kindern nichts.«

Frers steckte sich eine weitere Zigarette an, denn die alte war schon wieder aufgeraucht. Er hielt auch Jurek sein Päckchen hin, der griff zögernd zu. Jetzt, wo es ans Sterben ging, konnte er es ruhig mit dem Rauchen versuchen. Frers gab ihm Feuer, Jurek sog den Rauch in die Lungen und hustete. Der Polizist wartete, bis er wieder zu Atem kam. Dann stellte er die Frage, die Jurek schon erwartet hatte.

»Was habt ihr euch bloß dabei gedacht, zur Gemeinde zu laufen?«

»Thea braucht einen Vater.«

»Es gibt Gesetze!«

»Die sind unmenschlich.«

»Der Krieg ist unmenschlich und du bist ein Feind. Ich müsste dich erschießen.«

»Dann tun Sie es endlich!«

»Nicht jetzt.«

»Gehört das zur Strafe, dass Sie mich quälen?«

»Ich habe Luzies Vater etwas versprochen. Und jetzt musst du mir etwas versprechen.«

Jurek beobachtete Frers von der Seite, wie er tief inhalierte, und verstand nichts. Endlich sprach der weiter:

»Wir haben mittlerweile mehr Fremde auf den Höfen als Hiesige, und nicht alle werden so gut behandelt wie du. Der Krieg läuft schlecht für uns und da werden manche von euch unruhig, wenn du weißt, was ich meine.«

»Daran kann ich nichts ändern.«

»Nein. Aber es gibt da etwas, was du tun kannst.«

Frers öffnete die Scheibe der Fahrertür und schnippte den Stummel ins Freie. An Jureks Zigarette hing ein Aschewurm. Er kurbelte sein Fenster ebenfalls herunter und warf sie hinaus. Sie schmeckte ihm nicht. Frers hatte sich schon eine neue angesteckt.

»Es gibt die Sorge, dass ihr euch gegen uns verbündet. Hör dich ein bisschen um und berichte mir, was deine Landsleute planen.«

»Ich bin kein verfluchter Spitzel!«

»Hab mir schon gedacht, dass dir das nicht gefällt, aber das musst du wissen. Es ist nur so: Wenn du es nicht tust, macht es ein anderer und du hängst morgen im nächsten Baum. Deine Luzie kommt ins KZ nach Ravensbrück und eure Tochter zu den guten Schwestern.«

»Warum jetzt noch?«

»Der Standesbeamte hat euch angezeigt. Ich kann das weitergeben oder fürs Erste verschwinden lassen. Und wenn mich jemand fragt, dann sag ich, dass du für uns arbeitest. Überleg es dir.«

Jurek fielen Stanis zuckende Füße ein. Er hatte auch das eine oder andere von den Lagern aufgeschnappt. Er bedauerte, die Zigarette weggeworfen zu haben.

»Wenn ich es mache, können Sie garantieren, dass Luzie und den Kindern nichts passiert?«

»Nein. Aber ich tue, was ich kann, glaub mir.«

Fanfare

Die Mutter zog für eine Weile zu Luzie ins Waldhaus. Es war sonst keiner mehr da, der ihr beistand. Die anderen Frauen mieden sie, Jurek auch. Sonst hatten sie hastige Liebkosungen ausgetauscht, zwischen den Kühen oder hinter der Scheune. Seit sie ihn in den Pferdestall gezogen hatte, nicht mehr. Es lag nicht nur daran, dass Puttfarken-Fietje ein Auge auf ihn hatte. Da war etwas zwischen sie geraten, das Luzie nicht verstand und das sie kränkte. Sie hätte ihn gern gefragt, ob er sie noch lieb hatte, denn mit der Mutter konnte sie nicht über ihren Kummer reden.

Kummer, dat is wat for feine Lüür.

Da Luzie nicht zu den feinen Leuten gehörte, fraß sie ihn wie trocken Brot in sich hinein.

Helene kam ebenso beiläufig wie ihre Schwester auf die Welt, zwischen Schweinefüttern und Melken. Die Hebamme verspätete sich wegen eines Fliegerangriffs. Von oben bis unten mit Schlamm besudelt stand sie vor der Tür, denn sie hatte sich in den Graben geworfen, als die Flugzeuge über sie hinwegdonnerten. Sie wusch sich noch im Gossenstein die Hände, da guckte Helenes Kopf schon heraus. Sie musste nur noch einmal ziehen und dem Wicht den Hintern versohlen, weil es nicht hatte warten können. Willkommen auf Erden.

Helene brüllte wie am Spieß. Das Geschepper der Glocke, die mit Helenes erstem Schrei aus dem zerbombten Kirchturm fiel, übertönte dennoch alles, obwohl es nur die kleine Glocke war. Die große gab es nicht mehr. Sie hatten sie längst eingeschmolzen. Mit Patronen aus Glockenerz schoss es sich wohl besser und starb es sich leichter.

Die Hebamme hielt das Kind noch kopfüber, als die Glocke in die Tiefe sauste, und fast hätte sie es fallen lassen. Sie war einiges gewohnt, aber das war einfach zu viel. Die Mutter nahm das Kind, das schon blau anlief, schob der Hebamme einen Stuhl hin und durchschnitt selbst die Nabelschnur mit Luzies alter Schneiderschere.

Die Hebamme sah kopfschüttelnd zu.

»Man ist das ja nicht gewohnt, dass einem der Krieg so dicht auf die Pelle rückt.«

Luzie, die schon wieder gut beieinander war, wusste da andere Geschichten zu erzählen.

»Bei der Kartoffelernte haben die auf uns geschossen. Ich konnte Thea gerade noch schnappen und dann rein in den Graben.«

Im Dorf heulte die Sirene. Die Feuerwehr rückte aus, den Kirchturm zu löschen. Der Vater war auch nicht zu beneiden.

Im Waldhaus schrie Helene. Die Hebamme hatte sich endlich erholt und nahm sie sich vor. So ein Bastard, der musste gründlich untersucht werden. Am Ende stellte sie fest, dass der Säugling nicht *brestig* war, trotz seines faulen Stammbaums. Als sie Luzie das Kind an die Brust legte, da saugte er sich sofort fest, ohne Gehampel und Getue. Alles klappte wie am Schnürchen. Ein kräftiges Weibchen war das. Die Hebamme fragte Luzie, ob sie es zur Adoption geben wolle.

Sie kenne eine gute deutsche Familie, nicht weit weg, die

gern so ein Kind hätte. Sie solle sich mal überlegen, was aus der Lütten würde, wenn sie sie behielte, wo sie doch schon eines durchzufüttern habe. In diesen Zeiten!

Die Hebamme meinte es gut, aber Luzie sah das nicht ein. Als die Hebamme weiter in sie drang, hörte die Mutter sich das noch eine Weile an, dann gab sie ihr den Lohn, stellte einen Becher Milch hin und riss ihn – kaum, dass die Hebamme ausgetrunken hatte – wieder weg, um ihr die Tasche zur Tür zu tragen, obwohl es doch gerade erst gemütlich wurde.

»Danke. Wi kaamt nu alleen torecht.«

Das stimmte auch. Die Mutter erledigte trotz kaputter Hüfte den Haushalt, molk Luzies Ziege und versorgte Thea, die sich alles still gefallen ließ. Luzie ging schon zwei Tage nach der Geburt in den Kuhstall, um zu melken, das konnte sie im Sitzen ab. Zwischendurch stillte sie das Kind, das immer nur schrie wie nichts Gutes, obwohl ihm nichts fehlte. Nach drei Tagen hatte die Mutter die Nase voll und flößte dem kleinen Schreihals einen Teelöffel Bier ein. Der Führer sollte im Radio zum deutschen Volk sprechen und die Mutter wollte hören, was er zu sagen hatte. Vielleicht gab er endlich auf. Es gab nämlich Gerüchte, er sei krank, und der Krieg, das wussten alle, war sowieso verloren, mit oder ohne Wunderwaffe. Also schaltete sie den Volksempfänger ein. Luzie hatte den Kopf auf den Tisch gelegt, sie war müde und döste ein wenig vor sich hin. Thea löffelte stumm ihre Milchsuppe, das konnte sie schon ganz gut alleine. Die Mutter weckte Luzie und reichte ihr den schreienden Säugling, den nicht einmal Bier zur Ruhe brachte, und Luzie legte Helene an die Brust, damit sie still war. Die Mutter, nun ebenfalls essend, sah kopfschüttelnd zu.

»Bölkt as een Bull un suupt as een Peerd! De schull een Kroogwirt heiraten.«

Im Radio stimmte eine dramatische Musik auf die Ansprache des Führers ein. Helene saugte wütend. Luzies Brust war schon ganz wund. Die Mutter hatte empfohlen, Honig draufzuschmieren. Nur wo sollte Luzie den jetzt noch herbekommen? Der Krieg ging schon in den siebten Winter.

Die Musik endete mit einer Fanfare, wie es sich gehörte, und der Führer sprach über Helenes Schmatzen hinweg. Sein *R* rollte wie eine Lawine durch das Waldhaus. Von der Erhebung der Rasse war die Rede und von Gott dem Herrn, der das wolle. Kreuzfahrergefasel eines Sklerotikers. Der Krieg ging also weiter. Die Mutter schaltete den Volksempfänger aus. Helene schlief erschöpft ein und Luzie legte sie ins Bettchen. Sie war zum Umfallen müde. Da fragte die Mutter, ob Luzie Bohnenkaffee wolle.

»Bohnenkaffee gifft al lang nich mehr, Mudder.«

»Doch. Gifft.«

Die Mutter scherzte, es konnte nicht anders sein, und weil Heiterkeit bei der Mutter so selten vorkam wie Schnee im Sommer, lachte Luzie.

Da erzählte die Mutter, dass Hinnerk ihr zum Geburtstag ein Päckchen mit Kaffee geschickt hatte. Und das sei ja wohl ein Grund zum Feiern, dass Helene endlich mal die Klappe hielt, und den Kaffee aufzuheben, mache keinen Sinn, weil sie sowieso bald alle sterben mussten.

Luzie staunte. Nicht darüber, dass sie bald tot wären, sondern über die Großzügigkeit ihrer Mutter, die hortete, als gelte es, für das nächste Leben vorzusorgen. Sie wunderte sich auch über das Geschenk ihres Bruders. Wenn

Hinnerk in diesen Wochen noch Bohnenkaffee schicken konnte, dann schien es ihm verflucht nochmal gut zu gehen an der Front.

»He is nu Unneroffizier.«

Das klang seltsam bitter, obwohl die Mutter sonst so stolz auf ihren Großen war. Bei seinem letzten Heimatbesuch hatten sie sich jedoch gestritten. Die Sache, um die es ging, wurmte die Mutter gewaltig. Hinnerk hatte den Eltern eröffnet, dass er sich ausgerechnet mit Lotte Kuper verloben wollte, dem Gör, das damals dem Gauleiter aufgesagt hatte und die mit neunzehn schon Maidenunterführerin war. Sie überflügelte noch ihre große Schwester Else mit ihrem nationalen Eifer. Sie überwachte auch das Reichsarbeitsdienstlager, eine Scheune mitten im Dorf, in dem geplünderte Decken, Möbel und Kleidung lagerten. Wem das ganze Zeugs vorher gehört hatte, wusste keiner so genau und wollte auch niemand wissen. Jetzt gehörte es dem Reich, und Lottes Aufgabe bestand darin, die Sachen an Ausgebombte und sonstige Bedürftige zu verteilen. Dabei entschied sie je nach Gusto, wer etwas abbekam und wer nicht. Luzies Chancen gingen gegen null, die der Eltern wohl auch. So eine wollte der heilige Hinnerk nun also heiraten. Es geschah ihm recht, dass die Mutter ausnahmsweise mal auf ihn wütend war.

Der Duft des Kaffees zog durch die Küche, als die Mutter eine Kanne voll aufgoss. Luzie deckte Helene zu, die hatte sich schon wieder freigestrampelt. Das Kind war zum Verzweifeln. Thea dagegen spielte still auf dem Boden mit einer Holzfigur. Die Mutter schenkte ihnen beiden ein. Als sie den ersten Schluck getrunken hatten, da schob sie Luzie den Brief über den Tisch, der dem Paket beigelegen hatte.

Das Papier fühlte sich dünn und brüchig an. Hinnerk hatte dieses Mal mit Bleistift geschrieben. Luzie las laut.

Im Felde, 12. Januar 45

Liebe Mutter!
Zu Deinem Geburtstag sende ich Dir die herzlichsten Glückwünsche und nehme an, daß Dir dieses kleine Päckchen Kaffee einige Freude bereitet und Dir vor allem gut schmeckt. Ferner hoffe ich, daß Du Deinen Geburtstag in bester Gesundheit verbringst und daß es auch Vater und Luzie gutgeht. Auch mir geht es soweit ganz gut. Bei Euch gibt es nun auch wohl viel Arbeit, vor allem jetzt, wo die Arbeitskräfte so knapp sind. Gehst Du denn noch fort zu arbeiten. Bei Euch dort in der Heimat gibt es jetzt wohl auch viel Fliegeralarm, in der letzten Zeit waren ja wieder mehrere Angriffe auf Bremen, hoffentlich geht bei Euch dort alles gut, daß dort nichts passiert. Was macht denn Luzie? Geht es ihr gut? Sie hat mir mal geschrieben und ich hab auch geschrieben, aber dann nichts mehr gehört.

Ich bin in der letzten Zeit viel marschiert, denn es ging hier ziemlich toll her! Ob nun der Krieg wohl bald seinem Ende entgegengeht und vor allem für uns günstig verläuft, wir wollen es hoffen. Nun, liebe Mutter, wünsche ich Dir einen schönen Geburtstag, und schreibt mir mal wieder.

Nun seid vielmals gegrüßt von Eurem Sohn Hinnerk.

Schönen Gruß an Luzie, ich hoffe, sie ist zur Vernunft gekommen.

Luzie faltete den Brief sorgfältig zusammen. Obwohl Hinnerk sich wiederholte, war etwas an dem Brief neu. Ihr Bruder klang müde und resigniert. Sie gab ihn der Mutter zurück. Die steckte ihn wortlos weg.

Gesammeltes Schweigen

Johanne fühlte sich in dunklen Räumen geborgen. Sie hätte gern in einem alten Bauernhaus gewohnt. Eines mit tief herunterhängendem Reetdach und kleinen Fenstern, in dem man lebte wie in einem Uterus. Sie hatte nur den Keller. Der war kein schlechter Ersatz. Er schützte sie vor der Familie, wenn es sein musste, und vor *High Noon*, wenn draußen der Horizont flimmerte, wie in diesem Sommer, der nach Teer stank.

Johanne klappte das Bügelbrett auseinander, holte die Wäsche aus dem Trockner und sortierte sie. Was nicht gebügelt werden musste, legte sie zusammen. Handtücher, Unterwäsche, Spannbettlaken. Sie dachte an Jurek, wie er so verloren in der Küche saß. Seine Einsamkeit klebte an ihr. Sie roch förmlich danach. Sie hatte Mühe, sich auf das Bügeln zu konzentrieren, und bekam nicht mit, dass Silje in der Tür stand.

»Störe ich?«

»Silje! Meine Güte, ich hab dich gar nicht gehört.«

»Darf ich reinkommen?«

»Natürlich.«

Johanne räumte ihr einen Platz auf dem alten Sofa frei, das irgendwann ausrangiert worden und hier unten gelandet war. Silje setzte sich und kam gleich zur Sache.

»Was hast du herausgefunden?«

Johanne hatte diese Frage befürchtet. Die Antwort war ernüchternd.

»Nichts. Es tut mir leid.«

Silje gab sich damit nicht zufrieden.

»Du wolltest ihn doch so viel fragen.«

»Ich hab's versucht. Er hat so gut wie nichts erzählt.«

Silje sah so enttäuscht aus, wie Johanne sich fühlte.

»Hast du es wenigstens aufgenommen?«

»Ja.«

»Ich möchte es mir anhören.«

»Silje, er ist dement!«

»Na und?«

Johanne ließ die Wäsche liegen und stieg aus den Katakomben in ihre Wohnung hinauf, um den alten Kassettenrekorder zu holen, in der noch die Kassette steckte. Als sie an Theas Wohnungstür vorbeikam, hörte sie den Staubsauger keuchen. Thea putzte.

Im Keller spulte sie die Kassette zurück. Silje sah zu und bekam leuchtende Augen.

»Das ist ja wie früher. Pippi Langstrumpf, Die kleine Hexe, Ronja Räubertochter. Das alte Ding gibt es wirklich noch?«

»Ja. Soll ich die alten Hörspielkassetten auch rauskramen?«

»Nein. Ich mochte es sowieso am liebsten, wenn du vorgelesen hast, weil ich dann in den Geschichten vorkam.«

»Ich weiß. Ich hab dich immer mit reingedichtet.«

»Es klang so echt. Wie wenn das so in den Geschichten dringestanden hätte.«

Johanne erinnerte sich gut. Die Vorlesestunden, das Rumphantasieren, der Zauber, der damit verbunden gewesen war. Die Zeit mit Silje war die einzige Zeit in ihrem Leben, die sie als gelungen empfand. Ihre Tochter war nicht geplant gewesen, sondern ein Geschenk.

Silje war bei der Hebamme zuhause auf einem handgewebten Wollteppich geboren worden, der nach Lanolin roch. Die Hebamme hatte nicht damit gerechnet, dass es so schnell ging. Der Teppich war versaut, aber sie nahm es gelassen hin. Sie spendierte sogar ein Gläschen Sekt, nachdem sie sich vergewissert hatte, dass es Mutter und Kind gut ging. Als Belohnung für die schöne Geburt. Silje lag in warme Tücher gewickelt in Johannes Armen. Ein winziges Schlückchen zur Begrüßung der neuen Erdenbürgerin war erlaubt.

Vor dem Fenster schnatterten die Gänse. Die Hebamme wohnte auf einem Bauernhof im Nirgendwo und war eine Magna Mater, rundum stämmig, die Welt umarmend und das Leben feiernd. Eine Frau, die Mütterlichkeit im besten Sinne ausstrahlte, bis in die letzte Faser ihrer überbordenden Rundungen. Johanne hatte sich bei ihr sofort sicher gefühlt und Silje sollte mit ebendiesem Gefühl auf die Welt kommen. So was nannte man wohl Urvertrauen. Johanne konnte nur ahnen, wie sich das anfühlte.

Sie trug ihr Kind fortan im Tragetuch vor sich her wie eine Trophäe. Thea und Luzie fanden das blödsinnig. Auch, dass sie bei jedem kleinen Mucks sofort bei dem Kind war. Sie kochte Baumwollwindeln aus, wo die Wegwerfdinger doch so viel praktischer waren. Johanne setzte sich über Theas und Luzies säuerliche Blicke hinweg. Ihre Widerspenstigkeit fühlte sich gut an. Wie eine verspätete Pubertät, ein aus der Zeit gefallenes Erwachsenwerden.

Sie wiegte Silje, wenn sie weinte, sang ihr vor, erzählte

ihr Geschichten, nahm sie überall mit hin. Sie fühlte sich heiler mit dem Kind. Später, als Silje in den Kindergarten ging, hockte Johanne auf den viel zu kleinen Stühlchen, um Zwerge aus Märchenwolle zu filzen oder beim Moosgärtlein die Feenharfe zu spielen, was sie sich eigens zu diesem Zweck selbst beigebracht hatte. Sie diagnostizierte sich nach überstandener Spätpubertät eine erfolgreich nachgeholte Kindheit. Der Zauber des Geheimnisvollen, das Geraune, das Geflüstere, die tröstenden Lieder, die weisen Märchen, das war wie Balsam. Selbst die Elternabende, auf denen sie mit den anderen Eltern wie ein Zwerg im Kreis wackeln musste, waren zum Lachen komisch und zum Weinen heilsam. Das Kind, das sich im Schrank vor Gespenstern gefürchtet hatte, kroch heraus und stellte fest, dass die Geister längst tot waren.

Johanne schaltete den Rekorder ein und Silje kuschelte sich an sie, so wie damals, wenn sie einer Gute-Nacht-Geschichte zuhörte, nur dass dies nicht nur keine gute Geschichte war, sondern gar keine. Eher ein gesammeltes Schweigen. Johanne und Silje hörten sich die Aufnahme trotzdem an und lauschten in die Stille hinein. Vielleicht war da ja doch etwas. Sie versuchten gemeinsam, zwischen den Atemzügen, dem Räuspern, den abgebrochenen Worten und verwirrten Sätzen Sinn zu entdecken. Es war, als suchten sie mitten in der Wüste nach Wasser. Selbst mit dem kryptischen Gedruckse über ein mysteriöses Etwas, das er hatte tun müssen, konnte keine von ihnen etwas anfangen. Dann war die Kassette zu Ende.

Silje zog die Knie an und legte ihr Kinn darauf.

»Findest du, dass es umsonst war?«

Johanne hatte sich auf der Rückfahrt den Kopf darüber

zerbrochen. Keine einzige ihrer Fragen hatte er beantwortet, Helene hatte es prophezeit. Die Antworten gab sie sich nun selbst, und sie behagten ihr nicht. Das *Etwas*, das er getan hatte, weil er *musste*, was konnte es anderes gewesen sein, als ein Pakt mit dem Teufel. Wie sonst war es zu erklären, dass sie überlebt hatten in diesem Dorf? Manch einer war für weniger als Rassenschande ermordet worden. Es konnte aber auch alles ganz anders gewesen sein. Vielleicht tat sie ihm Unrecht.

»Nein, es war nicht umsonst. Ich habe seine Stimme im Ohr. Vielleicht erzählt er mir ja doch noch was.«

Verrat

Auf ein verregnetes Jahr folgte ein nasskalter Winter. Vor Weihnachten hatte es zwar geschneit, doch dann war alles weggetaut und die Geest hüllte sich in Nebel. Das Korn schimmelte, die Kartoffeln faulten, der Krieg hörte nicht auf, und so gedieh der Hunger. Die Fremden wussten schon lange, was es hieß, sich von Schweinefraß ernähren zu müssen. Die Hiesigen lernten das jetzt auch. Auf dem Hof gab es jeden Tag Steckrübensuppe, die gegen Ende der Woche immer dünner wurde. Ab Sonntag gab es dann wieder Dickes im Topf. Dabei konnte Jurek noch froh sein. Bei Kasimir schien die Sonne durch die Rippen, wenn er sich wusch. Den anderen Barackenbewohnern ging es ähnlich.

Er dagegen war noch gut beieinander. Sie fragten sich, wie das angehen konnte, und steckten die Köpfe zusammen. Sobald er in ihre Nähe kam, liefen sie auseinander.

Eines Abends fragte Jurek seinen alten Friseurkollegen geradeheraus.

»Redet ihr über mich?«

»Lass mich in Ruhe.«

»Ich dachte, wir sind Freunde, Kasimir.«

»Du hast jetzt andere Freunde.«

»Wen meinst du?«

»Deutsche Freunde. Lässt dich mit einer von denen ein! Andere hängen dafür. Du nicht.«

Es spielte keine Rolle, dass er Kartoffeln für sie klaute

oder dass er Ilona die Salbe für ihre verbrannten Füße mitgebracht hatte. Das machte ihn im Gegenteil noch verdächtiger. Im Nachbardorf war ein Russe gehängt worden, weil er sich eine Futterrübe unter das Hemd gesteckt hatte. Er kam immer wieder davon. Sie würden ihm nicht glauben, dass der Bauer beide Augen zudrückte, weil er den Schlamassel nicht mehr sehen konnte. Weil der Führer ihm seinen Ältesten genommen hatte. Weil der Jüngere, statt sich um den Hof zu kümmern, Bücher über Erdheilung und Biodynamik las. Statt die Forke in die Hand zu nehmen, grub er Kuhschädel ein und schielte nach dem Mond, während um ihn herum die Welt in Schutt und Dutt ging. Da gab es nichts mehr zu heilen, ob man nun Kuhschädel eingrub oder einen Polen hängte, der Kartoffeln geklaut und sich falsch verliebt hatte.

All das konnte Jurek seinen Leuten nicht begreiflich machen. Auch nicht, dass er kein Verräter war, obwohl Puttfarken-Fietje ihn jeden Tag beiseitenahm und ihm die immer gleiche Frage zuraunte.

»Hast du was für Frers rausgefunden?«

Dabei hatte Jurek ihm doch schon alles gesagt.

»Ich weiß nicht, was sie vorhaben, sie gehen mir aus dem Weg.«

Eines Abends, nachdem Fietje sie in die Baracke gebracht hatte, kam er wieder zu Jurek, dieses Mal jedoch nicht mit der Frage. Er grinste und reichte ihm die Hand.

»Ick graleer ok.«

»Wozu? Ich habe nicht Geburtstag.«

»Du nich.«

Da fiel der Groschen.

»Hat Luzie das Kind? Wie geht es ihr? Ist es ein Sohn?«

»Sag ich dir, wenn du endlich lieferst. Frers wird schon ungeduldig.«

In der Nacht hielt es Jurek nicht mehr auf seiner Pritsche. Er schlich sich aus der Baracke und lief los. Der Nebel riss auf und gab den vollen Mond frei, der ihm heimleuchtete. Nach einer Stunde erkannte er zwischen den Bäumen die Umrisse der Waldkate. Das schmuddelige Licht der Petroleumlampe drang durch das winzige Küchenfenster. Luzie war noch auf. Er ging zur Tür, fasste die Klinke, sie war verriegelt. Natürlich war sie das um diese Zeit. Also klopfte er und rief ihren Namen. Eine Weile blieb es still, dann hörte er ihre Stimme.

»Wer is' da?«

»Mach auf.«

Sie kam zur Tür, öffnete sie aber nicht.

»Lulchen? Ich bin es. Jurek.«

Er hörte, wie sie den Schlüssel umdrehte. Die Tür ging auf. Sie umarmten sich. Dann ging sie in die Küche, er folgte ihr. Sie zeigte ihm seine jüngste Tochter.

»Dat is Helene.«

Jurek hatte vergessen, wie zerbrechlich Neugeborene aussahen, und brachte es nicht fertig, das Wesen, das seine Tochter war, auf den Arm zu nehmen. Stattdessen beugte er sich über sie und strich ihr über die Wangen. Er glaubte, nie weichere Haut gespürt zu haben. So weich, dass es ihm in der Seele wehtat.

»Was fangen wir jetzt an, Luzie?«

»Nix.«

Thea lag schon im Bett und beobachtete sie. Sie ahnte wohl, dass etwas faul war, denn sie setzte sich auf. Sie sprach noch kein einziges Wort. Jurek kam ein Gedanke.

»Vielleicht sie ist stumm.«

»Ach wat!«

»Immerhin ist sie gewachsen. Ein hübsches Kind.«

Das konnte man von Thea wohl behaupten. Weizenblond war sie, wie Jurek. Sie hatte auch die zweigeteilte Nasenspitze, mit den kleinen Knubbeln. Es rührte ihn, dass sie ihm ähnlich sah. Bei ihr scheute er sich nicht, sie auf den Arm zu nehmen, sie war ihm nicht so fremd wie das Neugeborene und weniger zerbrechlich. Als er sie aus dem Bett gehoben hatte, überkam ihn Freude. Er tanzte mit Thea im Kreis und brachte sie zum Lachen. Es passierte selten, dass sie lachte. Das wiederum beunruhigte Luzie.

»Nu laat disse Kalberee. Se schall schlaapen.«

»Lass mir den Spaß.«

»Hest' Hunger?«

Luzie wartete seine Antwort nicht ab, sondern stellte sich an den Herd und schob ein Scheit in die Glut. Da sie ihm den Rücken zukehrte, fand Jurek Gelegenheit, ihren Nacken zu bewundern und ihren makellosen Hals. Gerade wie der Kirchturm einmal gewesen war. In den Hüften war sie ein wenig breiter geworden, was ihr gut stand. Die maulwurfsdunklen Haare hatte sie zu einem dicken Zopf geflochten. Gerade öffnete sie die Schranktür, um die Pfanne herauszuholen. Sie stellte das gusseiserne Ungetüm immer im Schrank ab. Ein Rest Bratkartoffeln klebte im geronnenen Schmalz. Sie hob die Pfanne beidhändig heraus und stellte sie auf den Herd.

Jurek setzte sich an den Tisch, behielt Thea dabei auf dem Schoß, und sah Luzie zu, wie sie ihm eine Gabel aus dem *Schapp* holte. Sie goss auch Ziegenmilch in eine Tasse, die sie vor ihn hinstellte. Er trank und gab Thea davon ab.

Danach wussten sie sich nichts zu sagen, bis das Schmalz in der Pfanne zu brutzeln begann.

»Alles gut gegangen mit der Geburt?«

»Hhmm.«

»Wann ist sie …«

»Is' zehn Tage her.«

»Geht's dir gut?«

»Muss ja.«

Luzie wendete die Bratkartoffeln. Als sie fand, dass sie heiß genug waren, stellte sie sie auf den Tisch und Jurek begann, die Kartoffeln aus der Pfanne zu fischen. Der ranzige Geruch von altem Fett hing im Raum und die Kartoffeln schmeckten nach Sand. Die waren schon mehrmals aufgewärmt. Doch er aß mit Appetit. Wer noch Fett und Kartoffeln hatte, konnte sich glücklich schätzen.

Jurek aß langsam und steckte auch Thea die eine oder andere Kartoffel in den Mund. Luzie saß dabei, die Hände im Schoß, und sah ihnen zu, sie hatte ihren Teil schon gehabt.

Jurek wusste nicht, wo er anfangen sollte. Es hätte viel zu bereden gegeben, nur hatte sich etwas zwischen sie geschlichen, das sich fremd anfühlte. Als er aufgegessen hatte, fragte er:

»Hast du Schwierigkeiten, Lulchen? Kann ich helfen?«

Luzie antwortete nicht. Wortlos nahm sie die Pfanne, in der jetzt nur noch das Fett schwamm, und stellte sie in Schrank zurück. Einmal war es noch zu gebrauchen.

»Bist du böse mit mir?«

Da rang sie sich doch zu einer Antwort durch.

»Ich sitz hier allein mit zwei Kindern und weiß nicht ein noch aus!«

»Fietje bewacht uns. Ich bin abgehauen. Wenn er das merkt, ist es aus mit mir.«

Von dem Pakt mit Frers fing er gar nicht erst an.

Luzie setzte sich wieder zu ihm. Sie wussten beide nicht, was sie tun sollten. Luzie sagte:

»Das mit der Gemeinde war nicht gut.«

Jurek nickte.

»Wir waren zu übermütig.«

Thea saß immer noch auf Jureks Schoß und lauschte dem Schweigen zwischen den Sätzen. Luzie riss sie an sich und stopfte sie unter die Bettdecke.

»Schlaap! Is al veel to laat for so een Wicht.«

Thea rollte sich erschrocken zusammen. Jurek gefiel das nicht.

»Warum bist du grob?«

Luzie antwortete nicht. Sie räumte den Tisch ab und stellte das Geschirr auf das Leckbrett. Jurek fragte nicht weiter nach. Als Luzie fertig war, blieb sie mit dem Rücken zu ihm stehen und stützte sich einen Moment ab, sie musste endlich loswerden, was sie die ganze Zeit quälte.

»Ich hab Angst, Jurek. Sie werden euch alle wegbringen.«

»Wer sagt das?«

»Vadder. Er sagt, anderswo machen sie schon die Lager leer. Sie treiben alle zusammen. Wer noch lebt, den bringen sie weg, weiß Gott, wohin. Wir sind auch bald dran, schast sehn.«

»Sind wir nicht. Ich weiß das.«

Luzie drehte sich zu ihm um.

»Wie kannst du das so steif und fest behaupten?«

»Das kann ich dir nicht sagen.«

Jurek sah das Misstrauen in ihrem Blick. Er hatte schon

zu viel verraten. Wenn Luzie damit zu ihrem Vater rannte, würde schnell herauskommen, was für einer er war. Der Vater war klug genug. Er würde seine Schlüsse ziehen. Luzies Befürchtung ging jedoch in eine andere Richtung.

»Du willst also zurück nach Polen?«

Die Frage schien sie umzutreiben. Ihn beschäftigte das auch. Eigentlich von Anfang an, seit er am Haus der Babka vorbeimarschiert war. Er zögerte mit der Antwort, denn er hatte keine. Er liebte Luzie und die Mädchen und hatte doch fürchterliches Heimweh. Er wusste aber auch, dass er die, die er liebte, nicht mitnehmen konnte zu denen, die er auch liebte. Nicht nach allem, was die Deutschen dort angerichtet hatten. Es gab auf Luzies Frage keine Antwort. Er wich aus.

»Ich will bei euch sein.«

Luzie bemerkte die Unsicherheit darin und wieder erstand dieses Fremde zwischen ihnen. Dennoch blieb Luzie bei der Wahrheit.

»Ich will nicht, dass du gehst.«

Während sie das sagte, wurde ihnen beiden bewusst, dass es die Angst war, die zwischen ihnen hockte und ihnen die heißen Hände auf die Stirn legte. Sie konnte das tun, weil sie mächtig geworden war. Sie hatten das nicht gewollt und konnten nichts dagegen tun. Verlegen sahen sie weg. Luzie stand auf, holte das Schüsseltuch und begann, den Tisch abzuwischen. Jurek dachte, er sollte jetzt gehen, und erhob sich ebenfalls. Da setzte Thea sich im Bett auf und sprach ihr erstes Wort.

»Nicht!«

Als Jurek vor die Tür trat, lag wieder Nebel über der Geest. Der war so dicht, dass er sich wie Regen anfühlte. Luzie holte für Jurek einen leeren Kartoffelsack aus der Diele, den konnte er sich überstülpen. Sie verabschiedeten sich nicht, sie gingen einfach auseinander. Jeder Abschiedskuss hätte der allerletzte sein können, und das hielten sie beide nicht aus. Luzie schloss hinter Jurek die Tür.

Er rannte durch den Wald, am Hof vorbei, der schemenhaft zwischen den Bäumen auftauchte. Der Nebel verzerrte die Geräusche, alles klang ganz nah. Eine träumende Kuh muhte, ein Pferd trat gegen einen Holzverschlag, eine Eule schrie. Er lief weiter. Kein Mond war zu sehen und die Dunkelheit so tief wie der Brunnen, an dem er Luzie in ihrem ersten Sommer so oft begegnet war. Er sah sie vor sich, wie sie Wasser schöpfte, und kämpfte sich durch den Wald. Immer wieder kam er vom Weg ab und blieb im Gestrüpp hängen. Zweige schlugen ihm ins Gesicht. Er wäre um ein Haar an der Baracke vorbeigelaufen, wenn Puttfarken-Fietje nicht im Weg gestanden hätte, auf seinen blöden Karabiner gestützt. Jurek roch das Gummi seines nassen Kleppermantels früh genug und blieb stehen, sonst wäre er in ihn gerannt. Fietje brüllte einen Befehl.

»Stehen bleiben!«

»Ich bin's. Jurek.«

»Ah. Ich hab dich gesucht.«

»Ich … musste mal. Hab mich verlaufen. Bei dem Nebel …«

»Beim Pinkeln verlaufen. Und woher haste den Sack?«

»Vom Bauern mitgebracht.«

Fietje packte ihn am Schlafittchen. Der kleine Mann, dem schnell alles zu groß wurde, war nicht der Schwächling, für den ihn alle hielten. Er zog Jurek zu sich herunter, so dass der seinen schlechten Atem roch. Er hatte getrunken.

»Weers bi Luzie, wat? Hest ehr unnern Rock faat?«

»Lass mich los, Fietje.«

»Meenst, de lüttje Hoor lett mi ok mal ran? Kann ween, se will een Kind von mi.«

Jurek verstand nicht alle Worte, so gut war sein Plattdeutsch nicht, musste es auch nicht sein, denn er wusste auch so, was Fietje gesagt hatte. Er riss sich von ihm los und schlug ihm die Faust ins Gesicht.

Futterkranz

Alle hatten ihre Plätze eingenommen, als sie eine gute Woche nach Luzies Tod wieder in der Küche zusammenkamen. Die Beerdigung sollte in zwei Tagen stattfinden. Thea backte, Helene beklagte sich über die Baustellen auf der A1 und verlangte, dass ihr Kaffee eingeschenkt werde. Nach der langen Fahrt musste man das verstehen. Johanne versorgte sie, und Silje ging zur Tür, es hatte geklingelt. Sie kam mit der Pastorin zurück. Die beiden redeten sehr vertraut miteinander, die Pastorin hatte Silje vor Jahren konfirmiert. Jetzt kam sie, um von den Hinterbliebenen mehr über die Verstorbene zu erfahren, denn Luzie Mazur war eine eher nachlässige Kirchgängerin gewesen. Außer zu Taufen, Konfirmationen und Hochzeiten hatte sie die Kirche seit der Sache mit dem Kartoffelsalat gemieden, aber das konnte die Pastorin nicht wissen.

Nach einer etwas steifen Begrüßungsrunde mit Beileidsbekundungen von Seiten der Pastorin tischte Thea den Kuchen auf und Johanne schenkte Kaffee nach. Die Pastorin musterte ihr Kuchenstück wohlwollend.

»Wer backt denn hier so lecker?«

»Das ist original Futterkranz von meiner Oma.«

Silje war die Einzige, die es schaffte, Thea zum Lachen zu bringen, selbst wenn hoher Besuch am Tisch saß. Thea wagte sogar zwei Sätze, das Lachen hatte sie dazu ermutigt. Vielleicht lag es auch daran, dass der hohe Besuch eine Frau war.

»Silje konnte als lütte Deern Frankfurter Kranz nicht sagen. Ist denn bei Futterkranz geblieben.«

Die Pastorin fand die Geschichte und den Kuchen köstlich und fragte Silje, was sie jetzt mache und was sie später machen wolle. Das sollte über die erste Verlegenheit hinweghelfen. In der Mazur'schen Küche waren Worte wie *Theater, Regie, Schauspiel* allerdings wenig dazu geeignet. Die waren hier viel zu fremd. Die verendeten auf der Wachstuchdecke mit dem Blümchenmuster. Silje verstummte, als Helenes Blick sie streifte. Dann kam Leo, der Retter. Er polterte in die Küche, klopfte auf die Tischplatte und fegte alle Verlegenheit weg.

»Moin!«

Es klang wie *Hände hoch!*

Er trug Blaumann und Sicherheitsschuhe und hinterließ eine Spur aus Mutterboden auf dem Laminat. Eine gute Gelegenheit für Thea, aufzustehen, um etwas wegzuwischen.

Leo setzte sich und nahm sich Kuchen. Zur Pastorin gewandt sagte er: »Grab is' ausgekuhlt.«

Jetzt waren sie alle da und es hätte losgehen können. Die Pastorin blickte erwartungsvoll in die Runde und Johanne fühlte sich schon verantwortlich, da kam Helene ihr zuvor.

»Mutter hat ja immer nur gearbeitet. Viel mehr gibt's da eigentlich nicht zu erzählen. Sagen Sie das Übliche.«

Eine Weile hörte man nur das Geklapper der Kuchengabeln. Die Pastorin trank hastig den Kaffee aus, bevor sie es anders versuchte.

»Sie können mir vielleicht sagen, wie sie als Mensch war?«

»Nett.«

Leo nickte, als müsse er sich selbst zustimmen. Er war auch noch nicht fertig mit seiner Antwort.

»Ich konnte immer einfach so kommen. Musste auch nix sagen.«

Silje lachte.

»Ja, stimmt. Du warst immer stumm wie ein Fisch. Dafür hab ich sie zugetextet. O Gott, meine ganzen pubertären Probleme hab ich ihr erzählt. Der blöde Klaus, der mich immer küssen wollte ...«

»Den kenn ich. 'n Kerl wie 'n Pfund Wurst.«

Leo lachte nun auch und die Pastorin machte sich Notizen. Helene ließ die Kuchengabel fallen.

»So was kann man doch nicht auf einer Beerdigung sagen!«

Die Pastorin sah sie aufmunternd an.

»Ein Anfang wär's. Erzählen Sie doch mal weiter. Einfach frei von der Leber weg.«

Das verschlug allen die Sprache. So wenig, wie die Pastorin vom armgerührten Kartoffelsalat wusste, kannte sie das Mazur'sche Schweigen. Sie konnte nicht wissen, dass es in Luzies Fall ein Ding der Unmöglichkeit war, frei von der Leber weg zu erzählen.

Johanne fiel dann doch noch eine Geschichte ein.

Als sie nämlich Luzies alte Wohnung ausgeräumt hatte, die mit dem Kohleofen und den freiliegenden Wasserleitungen, die im Winter einfroren, da fand sie im Huck unter der Treppe wirr übereinandergestapelte Weckgläser mit undefinierbarem Inhalt. Es war gut möglich, dass Luzie einen Teil davon schon aus dem Haus ihrer Eltern mit hergeschleppt hatte. Siebenundzwanzig Jahre hatte Luzie hier gewohnt, jetzt bekam sie mit Ende siebzig endlich eine Gemeindewohnung direkt gegenüber dem Haus, in dem Thea und Johanne wohnten. Eine mit Zentralheizung, Badezimmer und fließend warmem Wasser.

Johanne fand auch selbstgekochte Marmelade, bei der der Schimmel schon durch den Deckel wucherte. Sie ließ das alles heimlich verschwinden, denn Luzie hätte jedes Glas inspiziert und mindestens von der Hälfte behauptet, das sei noch gut. Ebenso verhielt es sich mit den Säcken voll gebrauchter Kleidung, die sich auf dem Dachboden zwischen den ausgedienten Möbeln stapelten. All das hatten Leute bei ihr abgelagert, weil Luzie einfach alles nahm. Sogar Tiere. Zum Beispiel den Nymphensittich, der seinem alten Besitzer auf die Nerven ging mit seinem Geschrei. Oder Menschen, die vor ihrer Tür standen und behaupteten, keinen Ort zum Schlafen zu haben. Die übernachteten bei ihr und aßen Luzies Bohnensuppe oder Pellkartoffeln mit Buttermilch. Nur einmal hatte jemand versucht, sie zu bestehlen, und musste feststellen, dass es bei Luzie nichts zu holen gab außer altem Krempel. Sie lebte immer noch von dem, was sie von den Äckern kratzte, übrig gebliebene Kartoffeln und Rüben. Sie sammelte im Herbst Beeren und Pilze, half ja alles mit, auch Tannenzapfen zum Anschüren und Fallholz. Sie beklagte sich nie. Was wollte sie auch groß verlangen? Das Dorf vergaß viel, die Besuche des Gauleiters und die verräterischen Filme. Auch die gefällten Eichen und so manche Heimtücke. Luzies Frevel jedoch, der schwelte weiter. Der saß ihr bis zuletzt im Nacken.

An diesem Punkt gebot Helene Einhalt.

»Das gehört ja wohl nicht hierher! Im Übrigen war *er* schuld an allem! Nicht das Dorf.«

Von wem sie denn spreche, wollte die Pastorin wissen.

Das spiele hier keine Rolle, ereiferte sich Helene, und Johanne solle sich nicht immer so aufspielen!

Empört stand Johanne auf und wandte sich direkt an die Pastorin, die Kringel in ihr Notizbuch malte. Haltegriffe für eine Geschichte, die für sie nicht zu fassen war. Johanne ergriff das Wort und redete ohne Punkt und Komma, damit Helene ihr nicht wieder den Mund verbieten konnte. Sie erzählte von der verbotenen Liebe, die zu Ende gegangen war, weil, ja weil es eben nicht ging, und dass sie beide gebüßt hatten und *er* damit noch nicht fertig war, weil er noch lebte, und dass die Schuldfrage in der Mazur'schen Familie als geklärt galt, obwohl sie, Johanne, inzwischen glaube, dass das weitaus komplexer sei, als sie meinten.

»*Seine* Schuld! Doch, *seine*! *Er* hat uns sitzenlassen. Weißt du eigentlich, wie das war in diesem … Dorf! Mit solchen … Leuten!«

Helene schien völlig außer sich und selbst Norbert, der Tätschler, rückte von ihr ab. Seine Frau wurde selbst ihm unheimlich. Nur Leo behielt die Nerven.

»Das kommt, weil Mutter eine ordentliche Familie haben wollte. Eine mit hochkandidelten Problemen, so wie im Fernsehen. Nicht so was wie das hier.«

»Ach Lenchen!«

Norbert hatte seine Sprache wiedergefunden und Helene war ganz still geworden. Sie verließ wortlos die Küche, ohne Leo und die anderen eines Blickes zu würdigen, Norbert räumte wie immer ihre Sachen zusammen und folgte ihr, nicht ohne einen Vorwurf in der Küche stehenzulassen.

»Das habt ihr nun davon!«

»Seid morgen pünktlich da zur Beerdigung!«, rief Thea den beiden nach. »Gibt Kaffee und Kuchen!«

Tote Erde

So wie Fietje mit dem Karabiner herumfuchtelte, stand es schlecht um ein schnelles Ende. Jurek war versucht, ihm die Waffe abzunehmen, um ihm zu erklären, wie man damit zielte. Wenn er schon sterben musste, dann bitte schnell.

»Glotz mich nicht so an! Dreh dich zur Wand!«

Fietje würde nie so eindrucksvoll brüllen können wie der Ortsgruppenleiter, von dem er den Karabiner hatte. Dem blubberte dabei aber auch kein Blut über die Lippen. Fietje schon. Jurek hatte ihm einen Zahn ausgeschlagen.

»Wird's bald!«

Seine Stimme schraubte sich hoch und überschlug sich. Jurek drehte sich um, Fietje tat ihm leid. Mit dem Gesicht zur Wand konnte er nicht sehen, was Fietje anstellte. Dafür roch er jetzt mehrere Dinge auf einmal. Schweiß, Schnaps und Urin. Fietje hatte sich vor Angst in die Hose gemacht.

In der Baracke knarrten die Pritschen. Die anderen hatten den Krach gehört, sie kamen nacheinander heraus.

»Was ist los, Herr? Gibt es Probleme?«

Kasimir schien besorgt um Fietje. Mit dem Gesicht zur Wand hörte Jurek die Heuchelei hinter der Frage. Die beherrschte er auch. Ohne sie überlebte man als Fremder dieses Land kaum. Fietje bekam wie immer nichts mit. Sein Atem bebte, als er sprach, und es kam nichts als Angstlyrik heraus, obwohl er es doch war, der hier das Sagen hatte.

»Der hier … hat mich … geschlagen …«

Jurek drehte sich um, auf die Gefahr hin, sogleich erschossen zu werden. Er wollte, dass es endlich zu einem Ende kam. Fietje schoss nicht.

»Es tut mir leid, das mit dem Zahn. Ich wollte das nicht.«

Er senkte dabei den Kopf und Luzies Bratkartoffeln stießen ihm sauer auf. Fietje nahm das Gewehr herunter und spuckte Blut auf diese Entschuldigung.

»Glaubst du etwa, mir macht das Spaß? Auf euch aufzupassen? Ich würde viel lieber in meiner Stube sitzen und Akkordeon spielen. Stattdessen haben sie mir diesen verfluchten Püüster in die Hände gedrückt. Ich sag mir, mach, Fietje. Tu deine Pflicht, Fietje. Is' ja Krieg, Fietje. Und was machst du, Jurek? Tust immer so schön, nimmst mir den Püüster ab, Fietje hier, Fietje da. Aber ich hab dich durchschaut! Das machst du nur, damit du und deine deutsche Dirne … damit ihr in Ruhe machen könnt, was ihr wollt. Machst ihr kleine Bastarde. Und kommst auch noch damit durch.«

Fietje hatte sich die Kehle rau geredet. Er schwankte. Kasimir brachte einen Hocker und half ihm, sich zu setzten. Wieder einmal fiel das Gewehr um und Jurek fing es auf. Er hatte es so oft für Fietje getragen und nie daran gedacht, es gegen ihn zu wenden. Zum ersten Mal stellte er sich vor, wie es wäre, ihn hier und jetzt zu erschießen. Es gäbe keine Zeugen, außer denen, die Fietje bewachte. Sie könnten fliehen, das wollten sie doch. Das hatte er gehört, wenn er an ihnen vorbeiging und den einen oder anderen Satz aufschnappte, das hatte er Frers verschwiegen, weil er kein Verräter sein wollte. Er könnte es seinen Leuten jetzt beweisen. Er könnte danach zu Luzie laufen. Er könnte mit ihr und den Kindern abhauen, sich irgendwo verstecken, bis der Krieg vorbei war, es konnte nun wirklich nicht mehr lange dauern. Sein Blick streifte den des Friseurs. In Kasimirs Augen stand eine große Angst. Jetzt, wo es so weit war, kniff er und ließ Jurek im Stich. Der kapitulierte und sank vor Fietje auf die Knie. Fietje riss ihm die Waffe aus den Händen, sagte aber nichts. So saßen sie sich gegenüber, der eine auf dem Hocker, der andere im Dreck. Der zähe Nebel kroch ihnen durch Ohren, Nase und Augen in die heißen Köpfe und kühlte ihre Gemüter. Wäre kein Krieg, die beiden hätten sich jetzt die Hand gegeben und gelacht.

Mensch, Kumpel, ich hab's nicht so gemeint.

Es hätte der Beginn einer Freundschaft sein können, nur war der Krieg eben noch und machte sie zu Feinden. Also blieb Jurek auf den Knien und Fietje erhob sich über ihn. Er wischte sich das Blut aus dem Gesicht.

»Ich hab dich im Blick, Freundchen.«

Daraufhin verschwand er in das Kabuff neben der Baracke, das er seine »Wachstube« nannte.

Als Fietje die Tür hinter sich geschlossen hatte, half Kasimir Jurek auf die Beine. Jurek schüttelte ihn ab.

»Warum hast du mich nicht schießen lassen?«

»Was bringt das schon.«

Jurek ließ ihn stehen. Er ging durch das Spalier der anderen bis zu seiner Pritsche und setzte sich. Müde war er und wusste doch, dass er nicht schlafen konnte. Es war alles verkehrt. Der Pakt, er selbst, Luzie, die Kinder. Er schlug sich die Hände vor das Gesicht. Fürs Erste tat es gut, sich im Schmerz zu suhlen wie ein Schwein im Dreck, doch schon einen Moment später nicht mehr. Er riss sich zusammen und streckte den Rücken durch. Nahm Haltung an. Als er die Hände sinken ließ, sah er sich umringt.

»Wir dachten, du bist ein Spion. Haben uns wohl getäuscht.«

Jurek lachte. Sie hatten Recht und auch wieder nicht. Wem sollte er das erklären? Es war besser, sie in dem Glauben zu lassen. Kasimir setzte sich neben ihn und wurde sogar vertraulich.

»Sie werden den Krieg verlieren.«

»Ja, das werden sie.«

»Was weißt du?«

Luzie hatte ihm beunruhigende Nachrichten aufgetischt und er gab sie jetzt weiter.

»Sie schaffen uns fort.«

»Unter die Erde?«

»Ja. So wird es wohl sein. Sie hinterlassen tote Erde.«

Kasimir sagte:

»Wir brauchen Waffen. Du musst uns welche besorgen, Jurek. Dir vertrauen sie.«

»Ich hätte euch heute Frers Karabiner besorgen können!«

»Das hätten sie doch sofort gemerkt! Sie dürfen nichts davon erfahren.«

»Wo soll ich denn bitte schön Waffen herkriegen?«

»Frag deine Luzie. Oder deinen Bauern. Der steht doch auf unserer Seite.«

Jurek nickte und rollte sich auf seiner Pritsche zusammen.

In dieser Nacht quälten ihn schlimme Träume. Luzie wurde erschossen. Seine Kinder wurden erschossen. Der Bauer und seine Frau wurden erschossen. Er wurde erschossen. Tot am Boden liegend schlug Luzies Mutter ihm einen Zahn aus.

»Das ist alles deine Schuld!«

Nachdem er das vierte Mal schweißgebadet aufgewacht war, hielt Jurek es nicht mehr aus. Er schlich sich vor die Tür. Draußen war es immer noch stockfinster, vom Himmel kein Stück zu sehen, nur aus Fietjes Wachstube sickerte Licht. Er ging hin und klopfte leise ans Fenster. Fietje öffnete nicht sofort, dann aber doch. Er stank wie eine Kneipe. Er hatte wohl seine Zahnlücke ausgiebig mit Schnaps desinfiziert. Immerhin schlug er beim Reden keine Blasen mehr.

»Was willst du!«

»Sag Frers, dass ich ihn sprechen muss.«

Geschenkte Worte

Der Brief kam, da waren die Osterglocken schon fast verblüht. Kein Wunder, dass der so lange gebraucht hatte. Die Bahn fuhr jetzt weite Umwege, denn zu viele Schienen ragten wie Finger in die Luft, nur wenige Strecken waren noch befahrbar. Der Postbus fuhr auch nicht mehr, weil es kein Benzin mehr gab. Das Leben war allgemein zum Behelf verkommen, aber der Vater verteilte die Briefe, die ihn noch erreichten, er hatte eine Pflicht zu erfüllen. Es lenkte ihn ab. Vom Sohn, von der Tochter, von dem Freund, der tot auf der Straße gelegen hatte. So eine Pflicht war gut gegen das Grübeln. Er konnte sich überdies freuen, dass er noch ein Fahrrad hatte. So kam er viel rum und auf andere Gedanken.

Luzie kam nicht rum und auch nicht auf andere Gedanken. Sie ging allen aus dem Weg, so wie man ihr aus dem Weg ging. Besser, man versteckte sich. Besser, man ließ sich nicht mit einem Polenliebchen sehen. Auch Jurek hatte sich schon seit Wochen nicht mehr blicken lassen. Irgendetwas war passiert. Luzie kam um vor Sorge. Ihr waren Gerüchte zu Ohren gekommen von einem Aufruhr in der Polenbaracke. Das musste in der Nacht passiert sein, in der Jurek sie zum letzten Mal besucht hatte. Wochen war das her. Einer sei dabei umgekommen, hieß es, aber es kursierten in diesen Tagen viele Gerüchte. Sie hatte Fietje gefragt, was mit Jurek sei, und der hatte ihr seine Zahnlücke gezeigt und gesagt, dass Jurek jetzt eine Ausbildung zum Melker mache. Das war eine vollkommen blödsinnige Geschichte und kein Wunder, denn seit Fietje ein Gewehr hatte, soff er wie ein Loch. Fremdarbeiter schickte man nicht in die Stadt, damit sie eine Ausbildung machten, und wozu sollte Jurek das Melken lernen? Das erledigten die Frauen auf dem Hof. Sie und ein paar andere Mägde. Außerdem lernte keiner mehr irgendwas, außer, wie man mit einer Waffe umging. Kinder, die gerade mal ein Gewehr halten konnten, wurden von der Schulbank geholt, um das Schießen zu lernen. Kinderarmeen, die von Greisen angeführt wurden, sollten jetzt das Reich retten. Die sollten die feindlichen Panzer an der Hunte zurückwerfen. Wer zum Teufel brauchte da Melker? Sie hatte Fietje gesagt, dass sie vielmehr glaube, Jurek sei verschleppt worden. Oder tot. Eine Antwort blieb er ihr schuldig.

Wenn nachts die Kinder schliefen und sie es auch versuchte, dann wucherten schlimme Bilder in ihrem Kopf. Jurek gefangen. Jurek gefoltert. Jurek tot. Wenn sie gegen Morgen doch schlief, hörte sie im Traum das Hämmern der Fäuste gegen ihre Tür und das Gebrüll der Stiefelträger.

»Aufmachen! Wird's bald!«

Überhaupt war dieses Reich nur eines für Schreihälse. Lange konnte es ja nicht mehr dauern, aber lange genug, dass sie und die Kinder darin umkamen.

Tagsüber ging es besser. Die Arbeit hielt die schlimmen Gedanken im Zaum. Auch wenn der Vater kam, um ihr Neuigkeiten zu erzählen, so wie heute, an diesem ersten April. Sie fütterte gerade die Hühner und Thea half ihr schon dabei. Die Kleine mochte Hühner. Die waren friedlich und pickten ihr aus der Hand. Thea war immer so still und ernst, aber fleißig, dabei war sie erst zweieinhalb. Wenn Luzie am Abend die Suppe vom Vortag mit Wasser und Salz verlängerte, dann passte Thea auf ihre Schwester auf, alles mit demselben Ernst. Das Kind war zu oft allein gewesen, vermutete Luzie. Nur was hätte sie denn tun sollen? Jetzt ließ sie auch Helene allein im Gitterbett zurück, mit einem Kanten Brot, obwohl sie sich damals geschworen hatte, so was nie wieder zu tun. Sie tröstete sich mit dem Gedanken, dass Helene anders war. Kräftiger. Mit ihrem lauten Geschrei würde sie jede Ratte in die Flucht schlagen. All das ging ihr durch den Kopf, als der Vater neben ihr vom Rad stieg.

»Moin, ji beiden.«

»Moin Vadder.«

Theas Gesicht hellte sich sofort auf. Sie mochte nicht nur die Hühner, sondern auch den Großvater und der mochte sie. Er strich ihr über den Blondschopf und sie schenkte ihm ein Wort.

»Opa.«

Er lachte und hob sie auf. Er setzte sie in seine Posttasche. Die war schon leer bis auf die Bücher, die er Kurt zustellen musste. Kurts Bücher schafften es seltsamerweise immer noch mit der Post bis auf den Hof. Thea passte gut daneben, und der Vater fuhr mit ihr eine Runde und noch eine und noch eine, bis Luzie meinte, jetzt sei es aber genug. Erst als Thea wieder neben Luzie stand, griff er in seine Jackentasche und zog den Brief heraus.

»Post vun Hinnerk. Geiht em good.«

Luzie nahm den Brief, zog die Blätter vorsichtig aus der Hülle. Das Papier wurde immer schlechter. Hinnerk hatte das Blatt aus einem alten Heft herausgerissen. Es fühlte sich ölig an.

Er hatte also doch wieder geschrieben, obwohl er und die Mutter sich nach seinem letzten Brief heftig in die Klafutten gekriegt hatten. Wieder ging es um Lotte, mit der er sich verlobt hatte. Er war im Dorf gewesen und hatte es den Eltern nicht gesagt. Die Verlobung hatte ohne sie stattgefunden.

Nach der Abreise war er wieder krank geworden. Sie hatten es von Augusts jüngerem Bruder erfahren, der in derselben Einheit kämpfte und wegen einer Verletzung kriegsuntauglich zurück ins Dorf gekommen war. Die Mutter war danach noch grantiger geworden. So sehr, dass es sogar dem Vater zu viel wurde.

»Wenn se sick nu nich gifft, denn weet ick ok nich wieter.«

Rußland, 15.2.45

Liebe Eltern!
Zunächst will ich mich ganz herzlichst bedanken für das liebe Päckchen mit Kuchen und Tabak, daß Ihr mir zum Lazarett geschickt habt, es hat mich dort allerdings nicht mehr erreicht, da ich schon wieder fort war von dort. Es wurde mir dann nachgeschickt und ich bekam es jetzt hier in der Truppe. Ich hatte wieder etwas mit den Nieren und da ich nicht ganz marschfähig war, kam ich ins Lazarett, wo ich dann 3 Wochen war, mir geht es jetzt wieder gut. Ich hoffe, liebe Eltern, daß es Euch auch recht gutgeht. In der letzten Zeit war es nicht viel mit Schreiben, da man sehr beschäftigt war. Ihr habt es ja auch sicher gelesen, daß hier im Osten was los war.

Ihr habt auch wohl immer viel zu tun, arbeitest Du auch noch viel in der Schneiderei und, liebe Mutter, Du gehst sicher noch immer fort zum Arbeiten. Was gibt es denn sonst Neues dort, habt Ihr viel Alarm. Wenn viel Alarm ist, dann, lieber Vater, musst Du auch wohl feste ran, wo Du das Auswärtskommando hast. Bis wie weit müsst Ihr denn bei Angriffen. Die Hauptsache ist ja, daß Ihr ein gutes Fahrzeug und eine gute Spritze habt, mit Mannschaften wird es auch wohl sehr knapp sein. Wie ich in der Zeitung las, in die Du, liebe Mutter, den Tabak gewickelt hattest, ist Dietrich Frers auch gestorben, so ein starker Kerl. Es wird Dich hart getroffen haben, lieber Vater, wo Ihr doch im letzten Krieg Kameraden wart und gute Freunde. Wie ist es denn sonst im Dorf, viel passiert da wohl auch nicht und Männer sind ja auch nicht ganz viel mehr da. Die sind wohl alle so langsam eingezogen. Ja, es wird wohl bald Zeit, daß der böse Krieg zu Ende geht. Ob nun wohl in diesem Jahre die Entscheidung fällt, man sollte es hoffen, denn einmal muß doch Frieden werden. Wer hätte das gedacht, daß der Krieg so lange dauern würde. Wie ist denn das Wetter bei Euch dort. Hier liegt viel Schnee und wir haben nachts immer noch so 10 bis 12 Grad Kälte, am Tage wird es wärmer. Hoffentlich ist bald Frühling. Aber dieser Winter war ja bis jetzt zum Vergleich mit dem letzten ganz milde. Im Mai werde ich übrigens Papa werden, Ihr wißt es ja, daß Lotte und ich uns verlobt haben. Ich hoffe, ich bekomme demnächst wieder Heimaturlaub, dann wird geheiratet. Sonst läuft es wohl auf eine Notheirat hinaus, denn ich will nicht, daß meine Kinder unehelich geboren werden. Ich weiß, ihr seid mit Lotte nicht recht einverstanden, vor allem Du, Mutter. Es wäre ja nun schön, wenn die Zwistigkeiten beseitigt werden, denn meiner Ansicht nach ist es ja schade, daß man sich wegen solcher Kleinigkeiten gegenseitig das Leben schwer macht, vor allem jetzt im Kriege, wo alle zusammenhalten müssen. Liebe Mutter, überlege Dir mal, ob es wirklich so schlimm ist, daß Du meiner Lotte aus dem Wege gehen mußt, ich glaube es nicht. Ich wäre bestimmt gerne im letzten Urlaub zu Euch gekommen, um auf die Verlobung anzustoßen, aber Ihr werdet es mir nicht verdenken können, daß, wer nicht bei mir kommt, auch nicht auf mein Kommen rechnen kann. Ich könnte noch mehr darüber schreiben, aber wozu alte Geschichten aufwärmen. Nun meine Lieben, will ich für heute schließen in der Hoffnung, mal wieder von Euch zu hören. Nochmals vielen Dank für das Päckchen.

Seid nun, liebe Eltern, herzlichst gegrüßt
von Eurem Sohn Hinnerk

Luzie ließ den Brief sinken.

»Tabak und Kuchen? Von Mudder?«

»Ach Deern.«

Das war keine Antwort, aber die brauchte Luzie auch nicht. Hinnerk war schon immer Mutters Liebling gewesen und das hatte sich trotz Lotte anscheinend nicht geändert. Der bekam Tabak und Kuchen, obwohl Lotte es sich nicht hatte verkneifen können, vom reinen Blut zu faseln, als die Mutter beim Kaufmann anstand für ein Viertelpfund Mehl. Der Kaufmann hatte Lotte bedient, sie aber nicht. Die Mutter hatte das dem Herrn Sohn aufgetischt, Luzie wusste es vom Vater. Aber der Herr Sohn hatte sich einen Dreck darum geschert. Der konnte genauso ein Sturkopp sein wie die Mutter, sie waren sich ja so ähnlich. Letzten Endes hatte sie klein beigegeben. Tabak und Kuchen also.

Es konnte, überlegte Luzie, auch eine List dahinterstecken. Dass die Mutter den Tabak in das Zeitungsblatt mit Frers Todesanzeige eingeschlagen hatte, sah ihr ähnlich. Das konnte kein Zufall sein. Auf so etwas gab sie Acht. Nein, sie hatte vielmehr gewollt, dass Hinnerk von Frers Tod erfuhr. Er sollte daraus seine Schlüsse ziehen. Er sollte wissen, dass nun keiner mehr seine schützende Hand über die Familie hielt. Wenn er schon dieses braune Weib heiratete, dann sollte er sie gefälligst dazu bringen, dass sie für die Familie ein gutes Wort einlegte bei den Oberen. Nur bezweifelte Luzie, dass Lotte die nötige Bauernschläue besaß.

Die Sache mit Frers machte Luzie schwer zu schaffen. Es hieß zwar, es sei ein Unfall gewesen, aber der Vater bezweifelte das. Er hatte seinen Freund am Morgen gefunden, als er zu seiner Postrunde aufgebrochen war. Zerquetscht hatte er auf der Straße gelegen. Mehrmals überrollt, wie man an den Wagenspuren erkennen konnte. In der Zeitung hatte gestanden, er sei betrunken auf der Straße eingeschlafen. Nur gab es weder Zeugen noch einen Fahrer. Allerdings war die Liste der infrage kommenden Täter kurz. Es gab nur wenige, die einen Wagen fuhren, und noch weniger hatten Benzin in diesen Tagen. Das traf eigentlich nur noch für Die-da-oben zu und einer von ihnen hatte am Morgen des Unfalls seinen Wagen gründlich gewaschen. Dafür gab es Zeugen, aber die sprachen nur hinter vorgehaltener Hand.

Luzie faltete den Brief zusammen und steckte ihn in den Umschlag zurück.

»Weißt du, was mit Jurek ist?«

Der Vater schüttelte den Kopf. Er legte ihr die Hand auf die Schulter und sah sie besorgt an.

»Pack ein paar Sachen zusammen, Luzie. Ich hab uns ein Versteck organisiert. Ist bald so weit, dann müssen wir abhaun. Und falls Jurek auftaucht, sag ihm, er soll um Gottes willen mitkommen.«

Luzie wollte etwas dazu sagen, aber der Vater ließ sie stehen.

»Kien Tied. Ick mutt wieter.«

Er schob sein Rad zum Haus, wo Kurt schon in der Tür stand und auf ihn wartete.

»Hest miene Böökers darbi?«

Luzie nahm Thea bei der Hand. Die Hühner waren gefüttert. Es war alles getan.

Im Waldhaus holte sie den Koffer vom Schrank. Obenauf lag eine dünne Staubschicht. Sie wischte sie ab und begann zu packen. Kleidung, Papiere, Windeln. Geld hatte sie keines, aber ein Glas Gurken und eingekochtes Apfelmus. Das hatte sie aufgespart für Jurek. Sie hatte ihn schon lange nicht mehr zu Gesicht bekommen.

Thea sah ihrer Mutter beim Packen zu. Als sie den Koffer schloss, sagte sie eines ihrer angespitzten Wörter.

»Papa?«

Luzie nickte. Sie konnte nicht einfach hier weggehen, ohne zu wissen, was mit Jurek passiert war. Sie hatte sich auf dem Weg zum Haus auch schon etwas überlegt. Das war nicht schön, aber ihr fiel nichts Besseres ein. Sie gab Thea einen Kanten Brot.

»Pass op Helene op. Ick mutt nochmal weg.«

Sie kämmte sich, band sich das rote Tuch um den Kopf, das mit den weißen Margeriten, und überließ die Kinder sich selbst.

Die Nacht war hell, der Mond hatte ein Gesicht. Sie ging schnell, vorbei am Hof, wo der Wachhund nicht anschlug, weil Luzie gut zu ihm war. Der Bauer hatte seit kurzem einen an der Kette liegen. Es trieb sich viel Gesindel herum. Abgerissene Gestalten, die kein Zuhause mehr hatten.

Sie ging weiter und erreichte schon bald die Baracke. In Fietjes Stube brannte Licht. Sie ging darauf zu und trat ein, ohne anzuklopfen. Fietje hatte geschlafen, er fuhr hoch und griff nach seinem Karabiner. Dann erkannte er Luzie.

»Wat maakst du denn hier!«

Er langte nach der Schnapsbuddel, die zu seinen Füßen stand, und nahm einen Schluck. Luzie streckte den Arm danach aus.

»Krieg ick ok wat?«

Fietje war so überrascht, dass er ihr die Flasche gab.

»Hest ok Glöös for dien Besöök?«

Fiete stand auf und schwankte zu einem Schränkchen, aus dem er zwei Wassergläser hervorkramte. Luzie schenkte ein, sie prosteten sich zu. Selbstgebrannter aus Kartoffeln, der wie Spiritus roch.

Fietje kniff beim Trinken die Augen zusammen, Luzie nippte nur. Sie musste einen klaren Kopf bewahren.

»Ick hebb mi dacht, ick besöök di mal, Fietje. Biste ja immer so alleine hier.«

Sie nahm das Kopftuch ab. Als sie auch noch den Mantel auszog, obwohl es in Fietjes Stube zog wie in einem Schacht, da klappten seine Lippen auseinander und man konnte die Zahnlücke sehen, die Jurek ihm geschlagen hatte. Ihm fehlten die Worte.

»Wenn du mir sagst, wo Jurek ist, dann trink ich noch einen mit dir, Fietje. Oder zwei …«

»Jurek? Der lernt Melker.«

Luzie zog ihren Mantel wieder an. Fietje fasste sie am Arm.

»Tööv. Ick glööv, ick weet, wo he is.«

Thea spricht

Nachdem Helene gegangen war, machte Thea den Mund auf und sprach. Das sah ihr gar nicht ähnlich, aber die Pastorin wollte das doch. Sie hatte es ausdrücklich gewünscht. Also redete Thea frei von der Leber weg, es floss nur so heraus.

»An die Kriegszeit kann ich mich kaum erinnern, ich war ja noch klein, aber an die Zeit danach. Wir haben im Haus bei den Großeltern gewohnt und … *er*, also unser Vater, der hat bei den Engländern gearbeitet. In der Kaserne in Delmenhorst. Ist unter der Woche nicht nach Hause gekommen. An den Wochenenden aber schon. Er hat manchmal mit uns gespielt, daran erinnere ich mich. Und dass ich einen polnischen Paten hatte. Wir wurden später auch getauft, als es nicht mehr gefährlich war. Der Patenonkel hatte einen seltsamen Namen. Kasimir. Der ist später zurück nach Polen. Ich hab ihn nie wieder gesehen.

Die Eltern haben geheiratet. Ich muss damals drei oder vier gewesen sein. Ich kann mich vage erinnern. Es gab Musik, und wir hatten danach einen anderen Namen. Wir hießen jetzt alle Mazur. Die anderen Kinder haben uns damit aufgezogen und die Erwachsenen haben uns weggescheucht wie streunende Hunde. Na ja, waren andere Zeiten.

Wenn Dorffeste waren, dann hat der Großvater uns mit zum Angeln genommen. Ich wollte so gerne auch mal auf ein Fest gehen, aber wir durften nicht hin. Heute weiß ich, dass er uns schützen wollte.

Ich erinnere mich auch, wie wir *ihn* eines Tages zum Bahnhof gebracht haben. Da war ich … sieben? Vater, Mutter, Helene und ich. Wir standen an den Gleisen und wussten nicht, dass wir zum letzten Mal eine Familie waren. Sie hatten sich gestritten und Mutter sprach kein Wort mit *ihm*.

Als er in den Zug gestiegen ist, hat er gesagt, er kommt wieder. Ist er aber nicht. Mutter ist ihm noch einmal hinterhergefahren. In der Kaserne hieß es, er ist nach Frankfurt gegangen, zu den Amerikanern. Danach hat sie nie wieder von ihm gesprochen und wir durften das auch nicht. Manchmal kam noch ein Paket mit Kleidern, die keiner von uns passten. Später hieß es, er hätte eine andere Frau. Die Kleider waren wohl von ihr, ich weiß es nicht. Helene hat viel später, da waren wir schon längst erwachsen, Kontakt zu ihm aufgenommen. Ich weiß nicht, wie sie ihn gefunden hat, sie war immer die Schlauere … Ich konnte das nicht.

Ob er sich jemals Gedanken gemacht hat, dass ich ihn gebraucht hätte?«

Bitterkeit. Schmerz. Enttäuschung. All das sprach aus Theas Worten. Sie war am einsamsten von ihnen allen. Sie stand auf und kochte Kaffee. Irgendjemand würde den schon trinken.

Leo und die Pastorin verabschiedeten sich, Silje ging in ihr altes Zimmer und Johanne in den Keller, denn ein Satz ging ihr nach Theas Geschichte nicht aus dem Kopf. *Er* hatte ihn gesagt, als sie bei ihm gewesen war, ganz beiläufig. Der Satz war ihr erst aufgefallen, als sie mit Silje zusammen Jureks gesammeltes Schweigen angehört hatten.

Aber du hast mich auch tüchtig geärgert.

Als Jurek das sagte, hatte er sie mit Luzie verwechselt. Johanne fragte sich nun, womit Luzie ihn so tüchtig geärgert haben könnte und ob sich hinter dieser Andeutung der Grund für seine Flucht verbarg. Ihr fiel nichts Besseres ein, als sich die goldene Blechdose vorzunehmen. Die hatte sie im Keller deponiert, in der Absicht, den Inhalt noch einmal in Ruhe durchzusehen. Vielleicht fand sie doch noch einen Hinweis, eine Spur oder wenigstens die Spur einer Spur, womit Luzie Jurek so tüchtig geärgert hatte. Sie wühlte sich noch einmal durch die alten Fotografien, die Papiere, die Todesannoncen, fand aber nichts als das mysteriöse Foto mit der Widmung auf der Rückseite. Der unbekannte August konnte allerdings kaum das Ärgernis gewesen sein, dessentwillen Jurek später verschwunden war, denn die Fotografie trug ein zu frühes Datum. Jurek war viel später in das Dorf gekommen. Die Blechdose blieb Johanne die Antwort schuldig, so wie Luzie sie ihr schuldig geblieben war.

Wunderwaffe

Luzie ging aufs Ganze. Sie stand nur noch im Unterrock vor Fietje und fragte ein weiteres Mal, wo Jurek abgeblieben war, aber Fietje hatte Gefallen an Luzies Vorstellung gefunden. So schnell ließ er sie nicht davonkommen.

»Wieter!«

»Mi is kold, Fietje.«

»Du hest ja noch wat an. Wenn ick di wat seggen schall, will ick mehr sehn.«

Luzie kam sich so schäbig vor wie noch nie in ihrem Leben. Sie hatte geglaubt, den einfältigen Fietje schneller rumzukriegen. Der war gewiefter, als sie gedacht hatte. Sie aber auch.

»Lass mich raten, wo Jurek ist. Gib mir einen Tipp. Nun mach schon! Wenn ich falschliege, zieh ich noch was aus. Versprochen.«

Fitje dachte nach. Er mochte das Spiel, denn ihm fiel spontan ein passendes Rätsel ein, das Luzie nie und nimmer löste.

»Dein Jurek is' da, wo er vorher war.«

»In Polen?«

Fietje klatschte vor Begeisterung in die Hände.

»Reingefallen! Treck wat ut!«

»Un denn seggst du mi, wo he is?«

»Ja.«

Also zog Luzie den wollenen Unterrock aus. Sie tat es,

weil sie nicht zurückkonnte und weil sie darunter noch den dünnen trug. Fietje war enttäuscht.

»Menno, Luzie! Verüützen kann ick mi sülms. Ick will diene Bost sehn! Runner mit de Kladaasch, anners segg ick gar nix!«

»Sag mir erst, wo Jurek ist.«

Fietje war jetzt so scharf auf Luzies Brüste und Beine, dass er damit herausrückte. Er fand, die Antwort war auch zu komisch.

»Der is' wieder hier. Un nu man tau. Runner mit'n Rock!«

Luzie stand da und konnte nicht glauben, was Fietje gesagt hatte. Sie wusste nicht, ob sie wütend oder froh sein sollte.

»Und wo isser gewesen?«

Fietje zeigte ihr seine Zahnlücke.

»Das hier, das war dein Kerl. Hatte sich nicht im Griff. Musste danach verschwinden, weet ok nich, wohen. Kannst ihn ja fragen, wie und warum, wenn wir beide hier fertig sind. Er is' inner Baracke.«

Luzie konnte es nicht fassen. Da stand sie halb nackt in Fietjes Wachstube und nebenan saß Jurek. Als Fietje sie anfasste, schlug sie seine Hand weg und floh nach draußen. Sie lief ohne Umwege zur Baracke, riss die Tür auf und stürzte hinein. Hier drinnen war es dunkel und es roch sauer nach feuchter Kleidung und kaltem Schweiß. Sie rief seinen Namen und erhielt eine Antwort.

»Luzie?«

Jemand rührte sich und kam aus der hintersten Ecke auf sie zu. Dann stand er vor ihr. Sie konnte sein Gesicht nicht sehen, erkannte aber seinen Geruch. Er wollte sie umarmen. Sie stieß ihn weg.

»Wo warst du? Lässt nix mehr von dir hören! Ich dachte, du bist tot!«

Jemand sagte etwas auf Polnisch.

»Nicht so laut. Ich sollte gar nicht hier sein.«

Sie ließ sich von ihm vor die Tür ziehen. Dass sie nur im dünnen Unterrock in der Kälte stand, hatte sie vergessen, und Jurek bemerkte es auch erst jetzt.

»Wo sind deine Kleider?«

»Weg!«

Fietje hatte die beiden wohl rauskommen sehen. Jetzt kam er mit ihren Sachen aus der Wachstube und drückte sie Luzie in die Hand.

»Zieh dich an. Holst dir noch den Tod. Obwohl, wir war'n ja eigentlich noch nicht fertig, aber ich will mal nicht so sein.«

Er machte eine obszöne Geste, dann kehrte er zurück in seine Wachstube.

Luzie hörte Jureks scharfen Atem.

»Sag mir, warum du das gemacht hast.«

Er sprach sehr leise. Luzie zog sich hastig an.

»Es ist ja nichts passiert. Ich wollte doch nur von Fietje wissen, was mit dir ist. Hast dich ja nicht mehr blicken lassen, und ich hab gehört, hier is' jemand zu Tode gekommen, da dachte ich … Ich dachte, er sagt mir, wo du bist, wenn ich ein bisschen nett zu ihm bin. Hat er ja auch. Ich schwör dir, es war nichts!«

Jurek starrte sie vollkommen fassungslos an. Luzie fragte:

»Wo warst du die ganze Zeit?«

Da fand Jurek endlich die Sprache wieder.

»Ich musste verschwinden. Gab Ärger.«

»Das ist alles? Ich dachte, du bist tot!«

»Frers hat mich in die Tabakfabrik gesteckt. Zigarren drehen. Er wollte dir doch Bescheid sagen!«

»Frers ist tot.«

»Aber ich hab doch noch mit ihm geredet!«

Worüber er genau mit ihm geredet hatte, das erzählte er Luzie freilich nicht. Frers hatte, wie die letzten Male, im Wagen neben dem Feldweg auf Jurek gewartet.

»Fietje sagt, du hast Informationen für mich? Ich bin gespannt.«

Jurek war unwohl zumute, und er kam nicht sofort zur Sache. So einen Verrat schüttelte man nicht einfach so aus dem Ärmel. Frers sollte ihm zuerst eine Rechtfertigung dafür liefern, dass er sich wie ein Schwein benahm.

»Es gibt Gerüchte, dass wir alle erschossen werden sollen, bevor die Alliierten einmarschieren. Anderswo haben sie schon damit angefangen. Stimmt das?«

Frers nickte.

»Das hab ich auch gehört. Die Lager werden allesamt geräumt.«

»Und was wird aus Luzie und den Kindern?«

»Bist du gekommen, um mich das zu fragen? Ich dachte, du hast Neuigkeiten.«

»Ich will zuerst die Wahrheit wissen. Was passiert mit uns? Das ist der Preis, den ich verlange.«

»Du hast gar nichts zu verlangen. Nur mal so zur Erinnerung: Du hast einen deutschen Wachmann geschlagen und eine deutsche Frau geschwängert. Eigentlich wäre es meine Pflicht, dich hier und jetzt zu erschießen.«

»Er hat meine Frau beleidigt!«

»Luzie ist nicht deine Frau.«

»Ist sie doch.«

Frers steckte sich eine neue Zigarette an. Er rauchte sie zur Hälfte und schwieg dazu, er schien sich Jureks Worte durch den Kopf gehen zu lassen.

»Ich mach das nur, weil Luzies Vater mein Freund ist. Aber ich bin auch Polizist. Ich bin einer von ihnen und auch wieder nicht.«

»Und ich bin ein Feind und auch wieder nicht.«

Frers sah Jurek von der Seite an. Er nahm einen tiefen Zug und nickte.

»Dann sind wir beide Verräter. Und jetzt rück raus.«

»Na schön. Meine Leute wollen, dass ich ihnen Waffen besorge. Sie wollen sich zur Wehr setzen. Ein paar haben sie schon selbst beiseitegeschafft.«

»Wer ist ihr Anführer?«

»Kasimir. Er ist mein Freund. Bitte. Lassen Sie ihn am Leben.«

Frers lachte unglücklich.

»Freundschaft ist eine verdammt gefährliche Sache in diesen Tagen.«

Der Gauleiter persönlich hatte sich kurz darauf bei Frers gemeldet. Er habe Kenntnis davon erhalten, dass sich im Dorf *Subjekte* herumtrieben. Aufrührer also. Defätisten und Zweifler. Würmer, die sich durch den Volkskörper fraßen. Er wollte, dass Exempel statuiert wurden, damit das Volk sah, was passierte, wenn man dem Führer in den Rücken fiel. Der musste doch nur noch seine Wunderwaffe in Stellung bringen, dann wurde alles wieder gut. Ja, der Gauleiter glaubte wirklich ganz fest daran, weil er sich sonst vor Angst in die Hose machen müsste. So ging es allen Gläubigen, besonders Denen-da-oben, die eigentlich wissen mussten, dass sie verspielt hatten. Gegen das Heulen und Zähneklappern unterschrieben sie Exekutionsbefehle. Das Volk musste bei der Stange gehalten werden. Die deutsche Jugend, gründlich gehirngewaschen, die konnte man dafür gut gebrauchen. Die Jungs vom Volkssturm bastelten Schilder. Darauf schrieben sie allerlei Sätze. *Wer sein Vaterland verrät, stirbt. Verräter werden erschossen. Wer nicht zum Führer steht, hängt.* Sie unterschrieben mit einem schwarzen Handabdruck, der Feind sollte sich fürchten, dabei rührten einen die kleinen Hände eher. Die Schilder lagen jetzt auf Frers Schreibtisch, die Jungs hatten sie ihm ausgehändigt, nun gab er sie an den Adjutanten weiter, den der Gauleiter geschickt hatte, weil er wissen wollte, wie weit Frers mit seinen Anstrengungen gediehen war, Volksschädlinge auszumachen. Der Adjutant sah sich die Schilder an und war nicht zufrieden. Frers solle Namen nennen. Passende Subjekte.

Das werde er. Er warte nur auf letzte Hinweise.

Dann werde der Adjutant Frers in den nächsten Tagen anrufen, um die Namen zu erfahren.

Frers hatte nicht die Absicht, jemanden aus dem Dorf ans Messer zu liefern, auch wenn er schon jemanden wüsste. Lotte Kuper hatte ihm zugetragen, dass der alte Blanke sich im Reichsarbeitsdienstlager aufgespielt hatte. Er wollte mehr Decken für die Ausgebombten, die bei ihm untergekrochen waren, und hatte kein Blatt vor den Mund genommen. Der Krieg sei doch längst verloren. Frers gab ihm insgeheim recht und hoffte auf ein Ablenkungsmanöver. Er spielte auf Zeit. Die Angst vor den Volksschädlingen war nicht die einzige, die Die-da-oben umtrieb. Mittlerweile lebten mehr Verschleppte in der Gegend als Hiesige. Halb Europa, vor allem der Osten, versammelte sich auf den Äckern der Geest. Noch verhielten sich die meisten ruhig, aber es gab erste Unruhen. Auch Jurek hatte die Nerven verloren und Puttfarken-Fietje einen Zahn ausgeschlagen. Das war einerseits gut, so hatte er den Polen, der für ihn spionierte, besser im Griff. Andererseits machte das die Sache komplizierter, weil er Luzie und die Kinder beschützen musste. Er hatte es versprochen. Wenn der Pole so weitermachte, wurde das ein Ding der Unmöglichkeit. Und jetzt saß ihm auch noch der Adjutant des Gauleiters im Nacken.

Immerhin hatte Jurek ihm einen Namen genannt. Einen polnischen Aufrührer. Das sollte fürs Erste genügen, um von den vermaledeiten Pappschildern abzulenken. Wenn der Adjutant anrief, würde er ihm von Kasimir erzählen. Irgendeiner musste am Ende dran glauben.

Der Adjutant meldete sich drei Tage später und sie verabredeten ein Treffen. Konspirativ. Da solle Frers ihm die gewünschten Namen nennen. Warum er das nicht am Telefon machen könne, hatte Frers gefragt und sich eine Rüge eingehandelt.

Was er sich denke! Das sei schließlich keine Kleinigkeit und er müsse doch am besten wissen, worum es hier eigentlich ging!

Der Adjutant hatte seltsam geklungen und Frers war nicht wohl bei der Sache, nur hatte er keine Wahl. Er machte sich zum vereinbarten Zeitpunkt auf den Weg.

Verdunklung

Es gab Fliegeralarm. Die Flugzeuge waren so schnell über ihnen, dass sie ihren Streit vergaßen. Sie rannten los und mit jedem Schritt wurde ihnen klarer, dass das Ende von ganz vielem gekommen war, vielleicht auch ihr eigenes und das ihrer Kinder.

Nicht weit von ihnen entfernt detonierte eine Bombe. Der Volkssturm antwortete mit Flakfeuer und sinnlosen Gewehrsalven. Sie rannten weiter, die Geschosse flogen ihnen um die Ohren. Die Waldkate tauchte nach einer endlosen Zeit zwischen den Bäumen auf. Sie hatte keinen Treffer abbekommen. Die Bomber flogen weiter, sie nahmen Kurs auf Bremen.

Jurek und Luzie drängten ins Haus und stürzten in die Küche. Thea blickte auf und sah sie mit ernsten Augen an. Sie saß auf dem Boden und wiegte in ihrem kleinen Schoß ihre Schwester, die sich blau geschrien hatte. Luzie hob Helene auf. Jurek nahm Thea auf den Arm. Die Sirene im Dorf gab Entwarnung. Es wäre nun endlich still gewesen, hätte Helene nicht so gebrüllt. Sie hatte sich wundgelegen in der vollen Windel.

Luzie versorgte den Säugling, schmierte ihm Schmalz auf den roten Hintern, sonst hatte sie nichts, holte dann zum zweiten Mal an diesem Tag den Koffer vom Schrank, packte dies und das zu den Sachen, die sie schon hineingelegt hatte, die Bettdecken stopfte sie in Kartoffelsäcke, zog den Kindern die Mäntel über, die der Vater ihnen aus alten, aber guten Decken genäht hatte, holte die Ziege aus dem Stall und löschte das Feuer. Jurek saß auf dem Stuhl, die Kinder auf dem Schoß, weil Luzie ihn dort hingesetzt hatte. Am Ende haute der wieder ab. Das hatte er aber nicht vor. Er sah zu, wie sie zornig das Nötigste zusammenkramte, und schwieg. Sie auch. Ein falsches Wort, und sie explodierten beide. Es war nämlich alles falsch. Was sie auch taten oder anfassten, es verkehrte sich ins Gegenteil. Daran war dieser verfluchte Krieg schuld. Sie hassten ihn beide. Sie hassten sich, weil sie es nicht schafften. Die Kinder spürten wohl ihre Not. Sogar Helene hatte aufgehört zu schreien. Sie schnuckerte noch, ein Nachbeben ihres malträtierten Zwerchfells. Thea streichelte ihre Schwester, Jurek streichelte sie beide. Luzie machte das nur noch wütender, denn mit dieser dummen Liebe hatte alles angefangen. Sie holte den Handwagen aus dem Stall und packte alles hinein. Viel war es ja nicht.

»Los jetzt!«

Das klang wie ein Schießbefehl. Jurek stand auf, stellte Thea auf den Boden und legte Helene in den Kinderwagen. Er schaute sich noch einmal um, sie auch. Dann sahen sie sich an, und versuchten, sich einzureden, dass es nur eine Ruine war, die sie zurückließen. Dabei wussten sie, dass es nicht stimmte. Wenn auch der Wind durch die Ritzen pfiff und die Ratten in ihren Löchern, brannte hier ein Ofen, auf dem man eine dünne Suppe kochen konnte, und stand hier ein Bett mit einer klumpigen Federdecke, unter der man sich lieben konnte. Sie hatten kein anderes Zuhause gehabt, außer dem Pferdestall vielleicht. Sie ließen die Tür offen und gingen los.

Der kleine Treck erreichte mitten in der Nacht das Dorf. Sie blieben im Schutz der Bäume stehen. Das Haus der Eltern lag am anderen Ende der einzigen Straße, die hindurchführte. Die Kinder schliefen, der Ziege hatten sie das Maul zusammengebunden. Alles war ruhig, in den Häusern brannte kein Licht wegen der Verdunklung. Wie es schien, war das Dorf von Einschlägen verschont geblieben. Nur in der Ferne brummte ein Motor und das Geräusch wurde schnell lauter. Bald sahen sie die Scheinwerfer eines Wagens. Er kam näher und raste mit halsbrecherischer Geschwindigkeit an ihnen vorbei. Sie blieben hinter den Bäumen stehen, bis das Motorengeräusch verebbte. Als sie es kaum noch hörten, wagten sie sich hervor.

Das Haus der Eltern stand am Ortsausgang. Thea war aufgewacht, blieb aber still, wie es ihre Art war, Helene hatte sich müde geschrien, sie schlief in ihrem Kinderwagen. So schlichen sie im Schutz der Nacht an den Häusern vorbei. Niemand hielt sie auf.

In der Nähstube brannte noch die Schneiderlampe. Luzie klopfte leise ans Fenster. Der Vater öffnete, wortlos schoben sie ihre Siebensachen ins Haus. Luzie führte die Ziege durch die Waschküche in den Stall, in dem üblicherweise das Hausschwein gemästet wurde. In diesem Frühjahr stand er noch leer.

Die Mutter wärmte Milch auf. Sie setzten sich an den Tisch. Der Vater sagte:

»Disse Nacht blievt ji hier, morgen gaht wi weg.«

Keiner fragte, wohin sie morgen gingen. Luzie wusste nur von der Mutter, dass der Vater in den letzten Wochen oft angeln gewesen war. Da fand man schon einen Ort, an dem man sich verstecken konnte.

Am nächsten Tag stand dann aber Blankes Frida in der Tür mit verweinten Augen.

»Se hebbt em güstern afhalt. He is nich trüchkaamen.«

Die Mutter fasste Frida am Arm und zog sie ins Haus. Es mussten ja nicht alle mitkriegen, was hier los war. Sie drückte sie auf einen Stuhl am Küchentisch. Frieda konnte sich nicht beruhigen, es war kein vernünftiges Wort aus ihr rauszukriegen. Da brühte die Mutter den letzten Bohnenkaffee von Hinnerk auf. Als der Duft durch die Küche zog, fing Frieda sich.

»Ich hab ihn gewarnt. Geh weg, sag ich. Versteck dich! Die hatten ihn doch schon lange auf dem Kieker. Aber er meinte ja, der Krieg is' eher zu Ende, als dass sie ihn holen kommen. Und was is'? Gestern stehen die vor der Tür. Drei Mann. Er soll mitkommen, die Panzersperre am Holz bewachen.«

Der Vater hatte sich schon die Jacke übergezogen.

»Ick gah em sööken. Ji blievt hier.«

Mit Bauer Blanke war es eine Sache. Er verweigerte den deutschen Gruß. Er hatte auch zu Führers Geburtstag im letzten Jahr nicht Schwarzweißrot geflaggt, sondern die ›Reichsbanane‹, also die Schwarzrotgoldene. Die der Sozialdemokraten. Der Vater hatte sie heimlich genäht. Den Stoff dazu hatten sie zu dritt peu à peu im Kaufladen des Ortsgruppenleiters höchstselbst eingekauft. Der Vater einen Meter roten, Blanke einen Meter gelben, schließlich die Mutter einen Meter schwarzen. Das war nicht weiter aufgefallen, und sie hatten sich heimlich und ausgiebig darüber amüsiert. Als die demokratische Flagge am zwanzigsten April aus Blankes Fenster hing, schwante dem Ortsgruppenleiter, woher der Stoff gekommen war, und er nahm die verdächtigen Farben sofort aus dem Sortiment.

Luzie hielt den Vater zurück, der war schon in der Tür. Ihr war etwas eingefallen. Sie erzählte ihm von dem Wagen, der in der Nacht durchs Dorf gerast war, vom Holz kommend, da wo die Panzersperre war und wo man gern mal jemanden verschwinden ließ.

Frieda wischte sich die Tränen aus dem Gesicht und sah sie an.

»Wenn sie euch man nicht auch noch holen.«

Der Vater ging. Es dauerte nicht lange, da war er schon wieder da und setzte sich. Er brauchte eine Weile, bis er reden konnte.

»Dreemal in'n Kopp schaaten.«

Frieda wollte das nicht wahrhaben.

»In' Kopp? Und denn konntest du ihn erkennen?«

»Ja. Und noch was. Auf seiner Brust liegt ein Pappschild. *Verräter werden erschossen.*«

Frida sah hilfesuchend zur Mutter und dann zu Luzie und Jurek, die aber beide stumm blieben, was sollten sie auch sagen. Schließlich stand sie auf.

»Ick mutt em na huus haln.«

Am Abend gingen sie dann endlich weg. Sie kamen gut aus dem Dorf heraus und wanderten Richtung Moor. Die Nacht war verhangen, der Vater hatte die Karbidlampe dabei und leuchtete ihnen den Weg. Sie waren schon eine gute Strecke vorangekommen, da rief sie jemand an.

»Halt! Stehen bleiben!«

Aus dem Gebüsch sprangen drei Gestalten. Der Vater hatte nicht einmal Zeit gehabt, die Lampe zu löschen, hielt es auch kaum für nötig, denn er kannte ja die Rufer, und zwar alle drei. An ihren Stimmen hatte er sie erkannt. Einer zielte mit dem Karabiner auf sie, der andere leuchtete ihnen mit einer Daimon in die Gesichter. Der Dritte blieb im Hintergrund. Der mit Taschenlampe entdeckte das P auf Jureks Jacke und konnte sein Glück kaum fassen.

»Ich hab einen! Hier! Ein entlaufener Polack!«

Der mit dem Gewehr zielte auf Jurek.

»Ich knall dich ab! Wir haben Befehl vom Gauleiter persönlich!«

Jurek hob die Arme, aber der Vater ging zu dem Jungen, riss ihm das Gewehr aus den Händen und stauchte die drei ordentlich zusammen.

»Habt ihr vergessen, wer euch die Konfirmationsanzüge genäht hat?«

»Was? Nein!«

»Ab nach Hause zu euren Müttern, ihr Schietbüdel! Versteckt euch. Der Krieg is' vorbei. Und wehe, ihr fasst nochmal so einen Püüster an. Der is' nämlich gefährlich, und ich hab keine Lust, euch auch noch ein Totenhemd zu nähen!«

Die Jungen überlegten nicht lange. Sie schienen erleichtert, dass sie endlich jemand von der Aufgabe, jemanden erschießen zu müssen, entband. Sie liefen nach Hause und ließen dem Schneider gerne den Karabiner zurück. Der wog ihn in seinen Händen.

»Nu hebbt wi een Gewehr.«

Das klang eher besorgt als froh, und er holte aus und schleuderte den Karabiner in den tiefen Graben, der voll Wasser war.

Sie schlugen sich weiter durch den Wald und am Moor

vorbei, bis keiner außer dem Vater mehr wusste, wo sie waren. Über dem Dorf leuchteten Raketen und die Sirene heulte. Es gab wieder Beschuss. Die Mutter fragte ihren Mann:

»Wills woller na huus? De Füürwehr rückt ut.«

»Ne. Dat is nu to laat. Se sind al dar.«

Mitten in einem Waldstück auf einer Anhöhe blieb der Vater stehen und suchte. Er ging hierhin und dorthin und stampfte mit dem Fuß auf, bis ein hohler Klang ihn innehalten ließ. Er bückte sich und wischte Laub beiseite. Jurek hielt die Lampe. Ein Lage Bretter kam unter dem Laub zum Vorschein. Es gab eine Luke, die öffnete der Vater. Darunter tat sich die Erde auf und sie krochen hinein.

Mazur'sches Schweigen

Zur Wolfsstunde klingelte Johannes Telefon. Es war der Tag von Luzies Beerdigung und die Stunde ihres Todes. Johannes Hand zitterte, als sie das Gespräch annahm, sie glaubte an Omen. Eine fremde Stimme fragte:

»Spreche ich mit Luzie Mazur?«

»Ich bin Johanne Mazur. Die Enkelin.«

»Klinikum Essen Mitte. Kowalsky. Ich muss Ihnen leider mitteilen, dass Ihr Großvater soeben verstorben ist.«

Es traf sie hart. Dabei hatte sie den Großvater kaum gekannt. Im ersten Moment wollte sie nicht glauben, was der Mann sagte. Es konnte ja auch ein Versehen sein. Den Namen Mazur gab es häufiger.

»Aber ich habe ihn erst vor wenigen Tagen besucht.«

»In dem Alter kann es schnell gehen. Er wurde gestern hier eingeliefert. Seine Pflegekraft hat uns gerufen.«

»Woran ist er gestorben?«

»Altersschwäche. Sein Herz ist einfach stehengeblieben.«

»Sein Herz?«

»Das kommt vor. Sie sollen sich übrigens mit der Dame vom Pflegedienst in Verbindung setzen. Sie hat eine Telefonnummer für Sie hinterlassen.«

Johanne weckte Thea und Silje. Sie sagte ihnen, dass Jurek gestorben war. Zu dritt setzten sie sich in die Küche und wussten nicht, wie sie um ihn trauern sollten. Thea stand wieder auf und kochte Kaffee. Johanne kramte eine Kerze hervor. Die Guten hatten sie alle für Luzie aufgebraucht, aber sie fand noch eine, die war von Weihnachten übrig geblieben. Eine mit Tannenbaummotiv. Sie stellte sie auf die Fensterbank.

»Hast du noch ein Foto von ihm?«, fragte Silje.

»Liegt oben.«

Johanne ging es holen und lehnte es an die Kerze. Es war eines von den Bildern, die sie bei ihrem Besuch von ihm gemacht hatte. Es zeigte, was ein Mazur'sches Schweigen mit einem Menschen anrichten konnte.

Thea brachte den Kaffee. Sie verteilte Tassen und schenkte ein. Die Frauen tranken und dachten dabei, jede für sich allein, an Luzie und Jurek, an ihr verworrenes Leben und wie es zu Ende gegangen war.

Silje blickte nachdenklich in die Runde.

»Ob sie sich jetzt irgendwo wiedersehen?«

Was für eine komische Vorstellung. Thea lachte.

»Na, das wäre was! Die würden sich in die Haare kriegen und streiten wie die Kesselflicker. Den Krach könnte man bis hierher hören.«

»Glaubst du?«, fragte Silje.

Johanne glaubte das nicht.

»Nach dem langen Schweigen hätten sie sich nichts zu sagen. Über so was muss man erst mal hinwegkommen.«

Thea wurde wieder ernst. Sie ging in ihr Schlafzimmer. Johanne fürchtete schon, sie habe etwas Falsches gesagt, aber die Mutter kam mit einem Foto von Luzie zurück. Das war kurz vor ihrem ersten Schlaganfall aufgenommen worden. Sie lachte verschmitzt in die Kamera. Thea lehnte es neben das von Jurek. Dann tranken sie wieder Kaffee und betrachteten die Fotos. Im Licht der sich windenden Flammen sah es aus, als regten sich die Menschen darauf.

Um sieben Uhr morgens fand Johanne, dass sie es mit einem Anruf bei der Pflegekraft versuchen konnte. Die fingen doch immer früh an mit ihrer Arbeit. Sie wusste es von der Frau, die üblicherweise zu Luzie gekommen war. Es ging auch sofort jemand ans Handy.

»Klein?«

»Johanne Mazur. Ich rufe an wegen Jurek Mazur. Ich bin die Enkelin.«

»Ach, der gute Jurek. Er hat von Ihnen erzählt. Er hat mir auch Ihre Nummer gegeben.«

Johanne erklärte, dass sie so früh anrufe, weil heute der Tag von Luzies Beerdigung sei, Jureks Frau, von der er schon lange getrennt lebe. Frau Klein wusste sofort Bescheid.

»Er hat mir, nachdem Sie abgereist waren, etwas aufgetragen. Ich soll Ihnen sagen, dass Ihr Besuch ihm viel bedeutet hat.«

»Er hat mich mit meiner Großmutter verwechselt.«

»Ich soll Ihnen jedenfalls sagen, dass er eingeäschert und nach Kalisz überführt wird. Er hatte schon lange alles geregelt.«

»Warum?«

»Er war sehr einsam. Zuletzt wollte er doch zurück. Er hat sich hier nie heimisch gefühlt.«

Johanne hatte das Gefühl, sich rechtfertigen zu müssen, weil sie nicht eher den Kontakt zu ihm aufgenommen hatte.

»Er war es, der die Familie verlassen hat.«

»Ich glaube, er hat es bereut.«

»Ich hatte den Eindruck, dass er sehr verwirrt war.«

»Er war dement, das stimmt, aber er hatte seine lichten Momente.«

Frau Klein machte eine Pause.

»Ich habe hier einen Umschlag, den soll ich Ihnen zuschicken. Da steht drin, wo er genau beerdigt wird, falls Sie sein Grab besuchen möchten. Das war's auch schon. Ich wünsche Ihnen alles Gute.«

Das Gespräch war beendet und ließ Johanne ratlos zurück.

Ein neues Zuhause

Während im Dorf so mancher Soldat, der bis jetzt verschont geblieben war, noch schnell den Heldentod fand, überlebten sie und konnten es kaum fassen. Als das große Aprilsterben vorbei war, als das Donnern der Flak und das Brummen der Flugzeuge aufhörte, da gebar die Erde den Vater und die Mutter, Luzie und Jurek und Thea und Helene aufs Neue. Sie stiegen aus der Grube und sahen sich um. Es war ein schöner Tag, schon warm, die Vögel bauten Nester.

Der Vater ging ins Dorf und zu seinem Haus. Das stand noch, hatte aber keine Fenster mehr, denn die Soldaten, die jetzt darin wohnten, brauchten keine. Sie hatten das Geschirr und noch einiges mehr in den Hof geworfen, um Platz zu schaffen, die Nähmaschine lag obendrauf. Der Vater ging hin und hob sie auf. Ein Soldat kam mit erhobenem Gewehr auf ihn zu.

»Was du machen!«

»Ich wohne hier. Ich bin Schneider. Das ist meine Nähmaschine.«

Der Vater hob die Arme, zum Zeichen, dass er unbewaffnet war, und fragte:

»Ist der Krieg vorbei?«

»Yes.«

»Wann kann ich zurück ins Haus? Ich habe Frauen und Kinder dabei. Und einen geflüchteten Polen.«

Der Soldat musterte den Vater.

»Bist du Nazi?«

»Nein. Hätte ich sonst den Polen gerettet?«

Da nickte der Soldat und zeigte zum Nachbarhaus, das zerbombt war.

»Ihr könnt da wohnen oder ihr bleibt, wo ihr seid.«

Da holte der Vater seine Leute aus dem Wald zurück. Er traf unterwegs noch mehr aus dem Dorf. Sie hatten sich alle irgendwo versteckt. Denen sagte er auch, dass der Krieg endlich ein Ende gefunden hatte. So zogen sie in einer stummen Prozession ins Dorf zurück.

Das kaputte Haus hatte kein Dach mehr. Der alte Dehmel hatte darin gewohnt. Nach seiner Deportation stand es leer, selbst die Ausgebombten wollten nicht darin wohnen, denn alle erinnerten sich noch gut an die halb gegessene Erbsensuppe. Schließlich wurden Flüchtlinge aus dem Osten dort einquartiert. Eine Frau mit einem leeren Kinderwagen, den sie vor sich herschob, und ein alter Mann. Vielleicht ihr Vater. Die waren jetzt weg. Die Frau hatte man aus der Hunte gezogen, der Alte blieb verschwunden.

In dem kaputten Haus gab es viele Zimmer und von jedem konnte man in den Himmel sehen. Der Schornstein ragte wie ein nackter Arm zwischen den Trümmern empor, nur der Küchenherd war unversehrt und gut zu gebrauchen, wenn es nicht gerade regnete.

Der Vater und Jurek holten die Bretter aus dem Wald und nagelten sie über eines der Zimmer. Sie fanden auch eine Zeltplane, die hängten sie über den Ofen. Sie gingen jeden Tag zu ihrem Haus, um das einzusammeln, was die Soldaten aus den Fenstern warfen. Die Frauen schickten sie lieber nicht dorthin. Weil Jurek das P auf der Jacke trug, ließen die Soldaten sie gewähren. So kam es, dass das gute Geschirr der Mutter, das mit den roten Blumen, gerettet wurde, weil sie es vor der Flucht vorsorglich in Zeitungspapier eingewickelt in der alten Kohlenkiste versteckt hatte. Die Kiste lag eines Tages auch unter dem Fenster. Nur eine einzige Tasse hatte einen Sprung bekommen, die hielt aber trotzdem noch dicht.

Außer der Nähmaschine holte der Vater auch sein Bügeleisen und die Töpfe. Den Frühling und den Sommer über sammelten sie fast ihren gesamten Hausstand zusammen. Das alles, das kaputte Haus eingeschlossen und der Frieden noch dazu, das machte sie froh. Es war ein Stück vom Himmel.

Der Sommer kam und es herrschte immer noch Unordnung im Dorf, wenn auch eine ganz andere als diejenige, die sie gerade hinter sich hatten. Eine bessere als die unter dem Führer. Jetzt war eine Unordnung, in der Luzie und Jurek durch das Dorf spazieren konnten, mit den Kindern, Hand in Hand, und keiner konnte ihnen noch etwas anhaben. Es war eine Unordnung, in der sie endlich heiraten konnten, denn sie hatten sich wieder lieb.

Die Zeremonie auf dem Standesamt geriet nüchtern. Der Beamte, der sie noch vor wenigen Monaten verraten hatte, klärte sie nun über ihre ehelichen Pflichten auf, allen voran Luzie, die mit Kopfschmerzen nicht zu kommen brauche, wenn der Ehemann nach ihr verlange. Luzie nickte und dachte sich ihren Teil. Was gingen den Standesbeamten ihre Kopfschmerzen an. Der wollte dann nur noch ein *Ja* und eine Unterschrift und befand die Sache für erledigt. Das war im Juli 1945. Da wurden sie von Rechts wegen

Mann und Frau. Der Standesbeamte hielt es nicht für nötig, das Paar darüber aufzuklären, dass die alten Gesetze noch galten, zumindest einige. Als Zwangsarbeiter war Jurek staatenlos, und insofern wurden Luzie und die Kinder es mit der Heirat auch. Als Luzie klar wurde, dass sie nicht mehr deutsch waren, scherte es sie nicht in diesem ersten Friedenssommer, der wie ein Walzer war und nach Weizen duftete. Was spielte es für eine Rolle, wer oder was sie waren. Sie hatten einen Krieg überlebt.

Nur der Priester verweigerte ihnen den Segen, denn sie hatten vor der Ehe gesündigt, aber das war nicht alles. Was noch schwerer wog: Luzie war evangelisch. Selbst eine Konvertierung wollte er nicht akzeptieren. Da überredete Luzie ihren Mann, es bei der Konkurrenz im Dorf zu versuchen. Der evangelische Pastor hätte die beiden schon getraut, denn er verstand etwas von der Sünde. Er war Soldat gewesen und hatte gegen das fünfte Gebot verstoßen. Nur hatte er ebenfalls eine Bedingung. Jurek sollte sich konfirmieren lassen. Das wiederum wollte Jurek nicht. Es musste doch etwas geben, das er aus seinem alten Leben behalten durfte, als Andenken sozusagen, und wenn es die Religion war. Da meinte der Pastor, dann werde es mit seinem Segen auch nichts werden und sie sollten bleiben, wo der Pfeffer wächst.

Der Priester ließ sich am Ende zumindest dazu herab, die armen Kinder zu taufen, denn er versprach sich von der heiligen Handlung einen Gotteslohn. Wenn es auch nur zwei Mädchen waren, sündig wie die biblische Eva, entriss er ihre Seelen doch der Hölle. Sie konnten ja nichts dafür, dass ihre Eltern sie vor der Ehe gezeugt hatten. So kam es, dass Thea und Helene zwar staatenlos, aber getauft und katholisch wurden, jedenfalls dachten sie das, doch der Priester vergaß, sie einzutragen. Kasimir stand Pate und war zuvor auch schon Trauzeuge gewesen. Jurek hing an ihm wie an einem großen Bruder. Die kleine Zeremonie fand am Tag der Hochzeit statt, als Ersatz für den kirchlichen Ehesegen. Vielleicht fiel ja ein bisschen davon auf sie ab.

Es gab auch eine kleine Feier im Garten des kaputten Hauses mit gebratenem Aal, den hatte der Vater gefangen, dazu Schwarzbrot und Selbstgebrannten. Puttfarken-Fietje, der gerade schon wieder aus dem Gefängnis entlassen worden war, spielte auf dem Akkordeon und Jurek tanzte so leichtfüßig mit seiner Luzie, dass der Mutter die Tränen in die Augen schossen, das war auch schon lange nicht mehr vorgekommen.

Als Luzie und Jurek am Abend unter ihre Decken krochen, da war alles Fremde, das sie entzweit hatte, vergessen. Sie erteilten sich selbst den Segen. Jurek rief die Jungfrau Maria an, Luzie irgendeinen Gott, es war ihr egal, woher der kam. Sie liebten sich, wie damals im Pferdestall und Gott und Maria oder wer auch immer segneten sie mit einem neuen Kind.

Eisblumen

Der leichte Sommer ging vorbei. Sie schmeckten noch das Salz auf der Haut vom Schweiß der heißen Tage, da war es schon Herbst und dann Winter. Sie waren in ihr Haus zurückgekehrt. In dem kaputten Haus wohnten wieder Geflohene aus dem Osten. Von denen kamen immer mehr, keiner wusste, wo man sie noch unterbringen sollte. Es gab Einquartierungen. In der Dachkammer wohnte jetzt Alma aus Siebenbürgen, zusammen mit ihrer Nichte Reinhild. Die Mutter war mit der kleinen Schwester irgendwo verloren gegangen. Es waren stille Menschen, sie kamen hin und wieder herunter und setzten sich in die Küche, um sich aufzuwärmen, denn so schön der Sommer gewesen war, so unbarmherzig zeigte sich der Winter. An den Wänden blühten schon im Oktober die Eisblumen und die Mutter verlängerte die Steckrübensuppe über Weihnachten hinaus. Der Schmied baute aus Flakmunition Wärmflaschen und gab sie her gegen einen Teller Suppe. Die Leute luden ihn gern ein. Wenn man schon hungerte, dann wenigstens mit warmen Füßen.

Die Mutter ging wieder waschen und bekam dafür die eine oder andere Handvoll Kartoffeln. Die, deren Wäsche sie reinwusch, waren schnell aus den Gefängnissen gekommen. Sie hatten ja nur Befehle ausgeführt. Der Vater trug weiter die Post aus und Luzie molk Kühe.

Ihre dritte Schwangerschaft setzte ihr zu, anders als bei

den Mädchen. Sie war müde und hatte dicke Beine, nur der Bauch, der wollte einfach nicht wachsen. So hatten sie alle zu tun. Jurek, der zu Hause blieb, hackte Holz, ging der Mutter zur Hand und hütete die Kinder. Letzteres tat er sogar gern, auch wenn die Männer im Dorf ihn nicht für voll nahmen. Wenn er Helene mit dem Kinderwagen durchs Dorf kutschierte, Thea an der Hand, dann hagelte es Hohn und Spott.

»Kiek, dar kummt de Smeerbüdel un Grootmogul ut Pommerland. Stolzeert an'n helllichten Dag dör dat Dörp. De Hannen maakt de sick nich schietig.«

Er verstand nur die Hälfte von dem, was sie ihm nachriefen, die Mutter aber verstand das alles gut und fand, dass es Zeit wurde, ihren Schwiegersohn in Lohn und Brot zu bringen. Sie hatte gehört, dass in der Mühle jemand zum Säckeschleppen gebraucht wurde. Also schleppte Jurek fortan Mehlsäcke und die Mutter passte auf die Kinder auf. Jurek schleppte sich bis zum Frühjahr durch. Dann wurde sein Sohn geboren, ein Luftkind, dem die Hebamme schon im Bauch prophezeit hatte, es werde wohl ein Zwerg. So war es dann auch. Der Winzling passte in eine hohle Hand und war blau wie der Julihimmel, unter dem sie geheiratet hatten. Die Hebamme schüttelte über dem Kind den Kopf.

»Dar wart nix vun.«

Jurek wollte aber, dass etwas aus seinem Sohn wurde. Er gab dem Priester in der Stadt Bescheid, er solle kommen für eine Nottaufe, und zwar solle sein Sohn Marian heißen, nach der heiligen Maria, die Jurek anflehte, sie möge auch dieses Kind wachsen und gedeihen lassen. Aber Maria erhörte ihn nicht. Sie nahm ihm den Sohn schon nach drei Tagen wieder weg. Das Friedenskind ging auf die Himmelfahrt, es konnte einfach nicht leben.

Luzie machte das ganz stumpf. Sie lag tagelang im Bett und starrte an die Decke, als habe sie jemand vor den Kopf geschlagen. Jurek rannte wütend in der Gegend herum und ging nicht mehr zur Arbeit, bis die Mutter ihn sich zur Brust nahm.

»Morgen gehst du wieder zur Mühle, dann kommst du auf andere Gedanken. Ist besser so, glaub mir. Und die Leute reden weniger.«

Also ging Jurek wieder Säcke schleppen, aber nicht, damit die Leute weniger redeten, sondern weil ihn Luzies Schweigen aus dem Haus trieb. Die war von der Geburt noch immer zu schwach zum Arbeiten und zum Reden sowieso. Er aber schleppte sich den verlorenen Sohn aus den Poren, und Luzie kam schließlich auch wieder auf die Beine, weil die Mutter sie antrieb. Die Flüchtigkeit des Luftkindes hatte sie jedoch für sich aufbewahrt. Wenn Jurek sie anfasste, war es, als wollte er den Wind festhalten.

Die Mutter nahm das alles ebenfalls mit, obwohl sie es sich nicht anmerken ließ. Sie hatte überdies ihre eigenen Sorgen. Die wehe Hüfte, den Vater, der immer stiller wurde, und Hinnerk. Der galt als vermisst. Seit dem letzten Brief hatte keiner mehr von ihm gehört und niemand wusste, was mit ihm passiert war. Der Vater ging jetzt oft zum Bahnhof, wenn die Kriegsheimkehrer eintrafen. Er schaute nach, ob Hinnerk dabei war, fragte auch den einen oder anderen nach seinem Sohn, aber niemand konnte ihm etwas sagen. Einer dann aber doch. Der saß eines Tages in der Küche.

Jurek war früher als sonst vom Säckeschleppen heimgekehrt, weil er sich verhoben hatte, und fand die Familie versammelt am Tisch und um einen Fremden, dem ein Bein fehlte. Er hatte seine Krücke an den Küchenschrank gelehnt. Mit alten Augen, die nicht zu seinem jungen Gesicht passten, musterte er Jurek. Es lag etwas Lauerndes in seinem Blick. Die Mutter hatte ihm Buttermilch mit Stippzwieback aufgetischt, sie fragte Jurek widerwillig, ob er auch was davon wolle. Jurek nickte und blieb am Tisch stehen, denn er konnte sich wegen des Rückens nicht hinsetzen.

Luzie war auch da, obwohl sie eigentlich um diese Zeit Rüben hackte. Sie hörte dem Einbeinigen zu, der von seiner Gefangenschaft erzählte. Etwas lag in der Luft, das Jurek nicht fassen konnte. Luzie wirkte seltsam verlegen, der Vater besorgt und die Mutter noch schroffer als sonst.

»Störe ich?«, fragte er.

Die Stille, die darauf folgte, geriet zu lang, das merkte auch Luzie, und sie stellte die beiden einander vor.

»Das ist August. Wir haben alle gedacht, er ist tot. Und das ist Jurek. Mein Mann.«

Wieder folgte eine verlegene Pause, bis der Vater sich Jureks erbarmte.

»Du erfährst es ja doch. August und Luzie waren mal verlobt. Das war vor deiner Zeit. Er ist gestern aus Russland zurückgekommen und weiß von Hinnerk. Deshalb ist er gekommen.«

August erzählte da weiter, wo er unterbrochen worden war, ohne weiter Notiz von Jurek zu nehmen.

»Hinnerk war schon krank, als er mit dem Treck ins Lager kam. Das war kurz vor Kriegsende. Er hatte was mit den Nieren. Ich hab ihn in der Krankenbaracke besucht. Es ging ihm immer schlechter. Es gab auch keine Medikamente. Er ist letztes Jahr kurz nach Ostern gestorben. Es tut mir leid.«

Wieder folgte eine Stille, die Jurek nicht mit einschloss, und zum ersten Mal kam er sich auch in dieser Küche wie ein Fremder vor.

Erntefest

Es war eine Ewigkeit her, dass Luzie zum Erntedankfest gegangen war. Aus alter Gewohnheit wäre sie auch dieses Mal mit Jurek und der Mutter zuhause geblieben, während der Vater mit den Kindern zum Angeln ging. Weg vom Dorf und den Leuten. Aber als August wieder mal in der Küche seine Buttermilch trank, was nun öfter vorkam, da hatte er gefragt, ob sie und Jurek denn auch kämen, es gäbe Tanz.

Er könne ja nicht mehr so recht, mit nur einem Bein, aber ein bisschen Abwechslung täte gut.

Er konnte nicht wissen, dass Luzie und Jurek es gewohnt waren, sich abseits zu halten, auch wenn keine Gefahr mehr bestand. Jemals wieder auf ein Fest zu gehen, albern zu sein und am Ende sogar zu tanzen, das, so glaubten Luzie und Jurek beide, stand ihnen nicht zu. Die Schande war nicht vergessen und ihr Rücken fühlte sich wund an von den Blicken, mit denen man sie verfolgte.

Die Erinnerung an Tanz rief Luzie jedoch eine Zeit ins Gedächtnis, die leicht gewesen war. In diese Zeit gehörte Jurek nicht hinein. In der Zeit vor Jurek hatten die Eltern zwischen den Alten gesessen und ihr und August beim Tanzen zugesehen. Sie waren weder zum Angeln gegangen noch hatte sie am Herd gesessen und Strümpfe gestrickt, für wen auch immer. Der Vater hatte seinen Priem geschnupft und die Mutter einen Likör getrunken. Sie hatten mit den Nachbarn geschwatzt, während Puttfarken-Fietje schon damals mit Inbrunst von Rosamunde sang, die ihr Herz schenken und ja sagen solle. Bei dem Lied fiel ihr das uneingelöste Versprechen ein, das August auf ein Bild ohne Gesicht geschrieben hatte. Sie hatte Jurek diesen Tanz geschenkt und das kam ihr jetzt verkehrt vor. Nicht, dass sie ihn nicht mehr liebte, nein, so war es nicht. Es fühlte sich vielmehr an, als habe das Luftkind ihre Leichtigkeit verbraucht und ihnen Gewichte angehängt.

August sah ihr nach, als sie aus der Küche ging. Sie kam wieder mit der goldenen Dose und stellte sie auf den Küchentisch. Die hatte sie vom Vater bekommen. In der Dose bewahrte sie das Foto auf, zusammen mit der Heiratsurkunde, den Geburtsbescheinigungen der Kinder und Hinnerks Briefen. Was sie suchte, lag ganz unten. Sie kramte es hervor und zeigte es ihm. Er erkannte das Foto wieder und klopfte auf seinen Beinstumpf.

»Tja, mien Deern. Wird nix mehr mit Tanzen.«

Er lachte zu laut und trank seine Buttermilch aus. Dann humpelte er hinaus.

Am Erntesonntag zog Luzie den Kindern saubere Kleider an und bügelte Jureks Anzughose. Für sich selbst holte sie das Kleid mit den blauen Blumen aus dem Schrank. Das hatte der Mutter gehört, bis der Vater es ihr zur Hochzeit geändert hatte. Es passte immer noch.

Jurek lieh sich ein Hemd vom Vater. Die Mutter sah missmutig zu. Sie war nicht einverstanden.

»Ji wart al sehn, wat ji darvun hebbt.«

Luzie ließ sich nicht beirren. Sie hatte ihren Entschluss gefasst. Zu viert gingen sie zur Kirche, vor der sich schon das halbe Dorf versammelt hatte. Sie warteten wie die Anderen auf den Ernteumzug, dessen Feldfahrt hier endete. Sie stellten sich aus alter Gewohnheit abseits. Die Leute steckten die Köpfe zusammen. Als die geschmückten Ackerwagen um die Kurve bogen, kümmerte sich jedoch keiner mehr um sie, und die Wagen waren so schön geschmückt, dass sie selbst auch vergaßen, warum sie nicht hier sein sollten. Die Kinder spielten miteinander, Thea spielte sogar mit den anderen Kindern, und Jurek legte den Arm um Luzie, das hatte er nicht getan, seit August das erste Mal in der Küche gesessen hatte. Inzwischen hatte Jurek sich eine neue Arbeit gesucht, weil sein Rücken den Mehlsäcken nicht standhielt. Er war zuständig für die Kantine der englischen Besatzer. Deren Kaserne stand in Delmenhorst und die Woche über wohnte er dort. Er blühte förmlich auf und war fast wieder der Alte. Mit der Mutter hatte es jedoch Streit gegeben.

Er sei sich wohl zu fein für eine ehrliche Arbeit!

Inzwischen hatte sie sich damit abgefunden.

Es dauerte eine Weile, bis sich die Erntewagen sortiert hatten. Dann hielt der Pastor eine Rede. Seine mächtige Stimme dröhnte über den Platz, er sprach von Demut und Schuld und dass man dankbar sein müsse für das, was Gott einem schenke. Dann folgte das feierliche Gedenken an die Gefallenen. Der Spielmannszug hatte *Alte Kameraden* dieses Mal geübt. So manchem trieb es die Tränen in die Augen, und die Hand zuckte wohl auch dem einem oder anderen in die Höhe bei diesem Lied. Anschließend sprach der Bürgermeister und zuletzt sang die Gemeinde *Großer Gott, wir loben dich*. Dann wurde der Segen erteilt und es ging auf Franzens Diele, wo der Korn schon auf den Tischen stand und Fietje sein Akkordeon atmen ließ.

Als es so weit war, zögerten Luzie und Jurek. Sie trauten sich nicht recht, mit den anderen mitzugehen, aber es juckte ihnen in den Füßen. Sie waren doch noch jung und das Leben war heute schön. Also schickten sie Thea mit Helene nach Hause, die große Schwester nahm die Kleine bei der Hand, sie war ja schon so vernünftig und kannte den Weg.

Luzie und Jurek fanden einen Platz in der hintersten Dielenecke, abseits vom Dorfvolk. Das war in Ordnung. Sie wollten nur zusehen. Nur ging es dann auch fröhlich zu, manche grüßten sogar. Die Leute lachten, es wurde getanzt. Dass Luzie und Jurek nicht hierhergehörten, das vergaßen sie alle für eine Weile.

Die beiden prosteten sich mit ein, zwei Schnäpsen zu, und es wurde ihnen so wohl wie in dem Sommer, in dem sie geheiratet hatten. Den kleinen Übermut konnten sie sich nicht verkneifen. Jurek stand auf und verbeugte sich vor seiner Luzie. Gemeinsam gingen sie zur Tanzfläche. Sie stellten sich an den äußersten Rand und versuchten zaghafte Schritte. Es dauerte nicht lange, da hatten sie den Rhythmus gefunden. Jureks Füße erinnerten sich an den leichten Schritt, den er von seinem Vater hatte, und er packte seine Luzie um die Hüfte und wirbelte sie über den Dielenboden, dass die anderen Paare ihnen Platz machen mussten. So tanzte man sich eine große Angst aus dem Leib und auch die Trauer, die auf eine solche Angst folgte. Es gab sonst keinen Trost für all das, was ihnen widerfahren war. Es würde auch nichts gut werden, aber vielleicht ein bisschen leichter. Sie tanzten sich auch das Dorf aus dem Leib und Fietje konnte nicht so viel spielen, wie sie tanzen wollten. Sie merkten gar nicht, dass es um sie herum leer wurde, Fietje die Lieder ausgingen und er von vorne beginnen musste. Sie hätten wohl so weitergemacht bis in alle Ewigkeit, wenn August nicht gekommen wäre. Das mit dem Versprechen, an das Luzie ihn erinnert hatte, das ließ ihn nicht mehr los. Vor allem, dass ihm ein Krieg dazwischengekommen war und dann auch noch ein anderer Mann. Er hatte getrunken und jetzt stellte er sich den beiden in den Weg und klatschte Luzie ab. Jurek, immer noch ganz berauscht, wollte sie nicht hergeben, aber Luzie war in ausgelassener Stimmung und fand nichts dabei. Sie wandte sich August zu, während Fietje *Maria aus Bahia* anstimmte. Er sang das wie die *Wacht am Rhein* und alle grölten mit und stampfen den Takt.

Luzie sah nicht, wie Jurek beiseitegedrängt wurde, denn sie fing August auf, der seine Krücke weggeworfen hatte und auf einem Bein hüpfte wie ein Storch im Salat. Luzie lachte, der Anblick war einfach zu komisch.

Dann war der Tanz vorbei und jemand drückte August die Krücke unter die Achsel. Er verbeugte sich vor Luzie. Die Leute klatschten Beifall. Luzie tanzte noch, als sie zum Katzentisch ging, an dem Jurek hätte sitzen sollen, aber der war fortgegangen.

Koffer packen

Jurek packte, seit er für die Engländer arbeitete, jeden Sonntagnachmittag seinen kleinen Pappkoffer. Luzie und die Kinder brachten ihn dann zum Bahnhof. Das ging nun schon einige Zeit so und sie hatten sich alle daran gewöhnt. An diesem Wochenende packte er schon in der Nacht, denn Luzie hatte sich für das Dorf entschieden. Während er das tat, dachte er darüber nach, wann es angefangen hatte aufzuhören. Als er zum Verräter wurde? Als Luzie sich vor Fietje ausgezogen hatte, angeblich, um zu erfahren, wo er war? In dem Sommer, als das Luftkind starb? Oder doch erst heute, als Luzie ihn für den Einbeinigen hatte stehenlassen?

Den Krieg hatte er überlebt, jetzt würgte das Dorf den Fremden aus. Wie hatte er auch hoffen können, irgendwann doch noch dazuzugehören? Ausgerechnet Luzie hatte ihn eines Besseren belehrt. Jetzt wusste er, dass er nimmermehr wurzelte. Nirgendwo. Das hatte er schon geahnt, als der Brief seiner Mutter ihn erreichte, in dem sie schrieb, er solle nur ja nicht zurückkommen. In Polen hielten sie ihn für einen Kollaborateur. Er werde in einem sibirischen Lager landen. Warum musste für so was eigentlich immer Sibirien herhalten?

Jurek überlegte, was er noch einpacken sollte. Das Foto von ihnen allen lag schon im Koffer. Er, Luzie und die Kinder. Sie hatten es kurz nach der Hochzeit machen lassen. Der Gedanke, dass er sie nicht wiedersehen würde, brachte ihn fast um, aber sein Entschluss stand fest. Es ging nicht mehr.

Er betrachtete seine schlafenden Kinder und dachte:

Ich bin ein Schwein.

Ja, das war er wohl. Er war aber nicht nur das. Er war auch ein Heimatloser. Einer, der nirgendwo hingehörte. Mit so einem Vater konnte man keinen Staat machen. Ohne ihn hätten seine Kinder vielleicht eine Chance in diesem Dorf. Luzie war wieder angekommen, ob es dem Dorf passte oder nicht. Sie kam darüber hinweg, er nahm die Schuld auf sich.

Er schloss den Koffer. Er würde so tun, als führe er morgen Nachmittag ganz normal mit dem Zug zur Arbeit. Es sollte keinen Abschied geben. Seit Kalisz ertrug er das nicht mehr.

Schöne Pforte

»Warum haben sie sich eigentlich nie scheiden lassen?«

Silje fragte das, als sie sich auf den Weg zur Kapelle machten. Es war der Tag von Luzies Beerdigung. Um elf Uhr sollte die Trauerfeier stattfinden mit anschließender Kaffeetafel im *Krug*.

»Vielleicht haben sie sich ja doch noch geliebt?«

»Ich dachte, er hat mit einer anderen Frau zusammengelebt.«

»Ja, das hat er wohl. Aber das schließt nicht aus, dass Luzie ihm noch etwas bedeutete.«

Thea sah Johanne an, als wollte sie sagen, dass das wieder so ein Liebesromanding war, das hinten und vorne nicht stimmte. Silje war auch noch nicht zufrieden mit der Antwort.

»Luzie hatte nie wieder einen Mann, oder?«

»Nein. Sie ist allein geblieben.«

Den Rest des Weges legten sie schweigend zurück.

Vor der Kapelle wollten sie Helene, Norbert und Leo treffen, um als Familie gemeinsam hineinzugehen, wie es Brauch war. Wer sich Luzie verbunden fühlte, würde ihnen folgen. So zurückgezogen, wie sie gelebt hatte, konnten das nicht viele sein. Für die Kaffeetafel hatten sie zwanzig Leute eingeplant, und das war schon großzügig berechnet. Doch als Thea, Johanne und Silje um die Ecke bogen und die Friedhofskapelle in Sicht kam, erkannten sie, dass sie sich getäuscht hatten. Wie es schien, war das halbe Dorf gekommen, um von Luzie Mazur Abschied zu nehmen. Es waren so viele, dass sie Helene, Norbert und Leo in der Menge nicht entdeckten.

Thea, die Einsame, blieb stehen. Sie traute sich nicht weiter.

»Was tun die alle hier? Glotzen?«

Silje nahm ihre Großmutter bei der Hand.

»Jeder kannte sie.«

»Aber warum sind die alle da?«

»Komm, Oma. Wir schaffen das.«

Sie zog ihre Großmutter mit sich. Sie wusste, dass Thea die Öffentlichkeit scheute und leicht in Panik geriet. Alle sahen zu ihnen herüber. Auch Johanne fühlte sich nackt. Silje, die Freie, hatte diese Scheu nicht. Sie nahm auch ihre Mutter bei der Hand und zu dritt bewältigten sie das Spalier schwarz gekleideter Menschen, von denen nicht wenige am Kondolenzbuch Schlange standen.

Hermann hatte seinen schwarzen Anzug und sein Trauergesicht angelegt. Er zeigte ihnen, dass es in Ordnung war, zu trauern, selbst vor allen Leuten.

»Hast du die alle eingeladen?«

Johanne fragte Hermann im Vorbeigehen, und es sollte wie ein Scherz klingen, war aber keiner. Seine Antwort meinte er ernst.

»Eure Mutter hat das verdient, oder nicht?«

Aus der Flügeltür, die weit offen stand, floss getragene Musik heraus. Johanne erinnerte sich, dass die Pastorin gefragt hatte, welche Lieder der Organist spielen solle. Er saß am E-Piano, das heute nach Orgel klang, und spielte einen Choral. Für die Trauerfeier hatte Johanne drei Lieder ausgesucht. *Tu mir auf die schöne Pforte, Bleib bei mir, Herr* und *Möge die Straße*. Von dem irischen Segenslied gefiel ihr besonders die dritte Strophe, in der es hieß: *Sei über vierzig Jahre im Himmel, bevor der Teufel merkt, du bist schon tot.*

Wenn sie das las, dann hatte sie Luzies schelmisches Lächeln vor Augen und ihre Stimme im Ohr, wenn sie sie besuchte.

Na, Johanne? Kaffee?

Das Lied war ein alter Reisesegen. Das passte zu Luzie und Jurek gleichermaßen, deren Reise nun zu Ende war.

Helene, Norbert und Leo saßen schon. Silje entdeckte sie in der ersten Reihe und machte die anderen darauf aufmerksam. Sie gingen durch den Mittelgang nach vorne und waren froh, dass die Bänke noch nicht besetzt waren.

Vor der Urne hielten sie inne. Wie sie da jetzt auf dem Podest stand, mit der Blumengirlande, mussten sie zugeben, dass Helene das gar nicht mal so schlecht ausgesucht hatte. Sommerblumen, bunt und fröhlich, das passte zu Luzie, und Johanne erinnerte sie an ein Foto, das sie in der goldenen Dose gefunden hatte. Luzie tanzend unter der Erntekrone, der Tänzer ein Einbeiniger. Noch so ein Rätsel, das die Großmutter mit ins Grab nahm.

Neben dem Podest hatte Heinrich eine Staffelei mit einem Foto von Luzie aufgestellt. Es zeigte sie als alte Frau in einer ihrer bunten Secondhand-Blusen. Sie trug Dutt und lächelte, den Kopf etwas schief gelegt, als wollte sie sagen:

»Was habt ihr denn? Es ist alles gut.«

Als Johanne, Thea und Silje sich in die zweite Reihe setzten, drehte Helene sich zu ihnen um.

»Schönes Foto, oder? Hab ich mal gemacht, da waren wir bei ihr zu Besuch. Es gab Apfelkuchen.«

Die Pastorin kam, der Organist spielte und Johanne und Silje hielten sich aneinander fest. Bei der Predigt nahm die Pastorin kein Blatt vor den Mund, ließ auch Jurek nicht aus und die Gefahr, in der sie gelebt hatten. Als sie später am Grab standen, kondolierte das Dorf, das nichts vergaß, auch nicht die eigene Schuld und schon gar nicht Luzie, ohne die es nicht gegangen wäre.

Wegen des Grabsteins hatte es dann doch noch Unstimmigkeiten gegeben. Helene wollte keinen, aus Kostengründen, sie war der Ansicht, man wisse ja, wo die Mutter begraben liege. Also hatten Johanne, Thea und Silje selbst einen aufstellen lassen, einen einfachen Feldstein mit Luzies Namen und Lebensdaten. Sie bepflanzten das Grab mit Vergissmeinnicht. Die waren so blau wie der Sommerhimmel, den Luzie geliebt hatte.

Überhaupt war der Sommer, der auf Luzies Beerdigung folgte, hell und luftig und der Herbst roch nach Kartoffeln. Das Jahr verging und im Winter kam Silje. Sie wollte Weihnachten zu Hause verbringen. Johanne holte sie vom Bahnhof ab, sie kam direkt aus Polen, eine Reise, die sie spontan gemacht hatte.

Als sie in der Küche saßen vor Kaffee und Kuchen, holte sie ihr Smartphone heraus.

»Ich war in Kalisz. Ich habe das Grab von Uropa besucht.«

Sie zeigte ihnen die Fotos, die sie gemacht hatte. Darauf war ein Friedhof zu sehen und ein Grab mit Blumen, die wohl von Silje stammten. Auf dem Grab stand ein schlichter Findling, ähnlich dem auf Luzies Grab. Darauf war sein Name eingraviert.

Jurek Mazur

Darunter stand ein Satz in deutscher Sprache.

Die Liebe ist langmütig.

Nachwort

In »Luzies Erbe« erzähle ich die Geschichte meiner Großeltern, die sich während des Zweiten Weltkrieges ineinander verliebten. Sie haben sich und ihre Kinder damit in Lebensgefahr gebracht, weil sie gegen die Rassengesetze verstießen. Die Frage, wie sie es schafften, den Krieg zu überleben, hat mich lange umgetrieben. Natürlich habe ich beide gefragt. Eine Antwort sind sie mir schuldig geblieben. Beide haben bis zuletzt geschwiegen und ihr Schweigen hat sich auf die Familie gelegt wie ein Schatten. Wenn man mit einem solchen Schweigen aufwächst, lernt man jedoch zu lauschen. Je älter meine Großmutter wurde, desto mehr beredte Nebensätze ließ sie fallen. Das passierte auch meinem Großvater während des nächtlichen Gesprächs, das wir beide kurz vor seinem Tod noch führen konnten. Im spärlichen Nachlass meiner Großmutter fand ich die Feldpostbriefe ihres Bruders. Ich habe sie original übernommen, nur wenige Zeilen wurden eingefügt, um sie der Geschichte anzupassen. Überdies gibt es sowohl den heiligen Koffer als auch die goldene Dose.

Trotz intensiven Lauschens und zusätzlicher Recherchen sind Lücken geblieben, die ich mit meiner Fantasie gefüllt habe. Auch die »Familie« im Roman ist fiktiv. Weder Thea noch Helene, Johanne, Silje oder Leo kommen so, wie sie beschrieben sind, im wahren Leben vor. Figuren wie Frers, Puttfarken-Fietje, Else und all die anderen Dorfleute habe ich aus den Erzählungen meiner Großeltern zusammengefügt. Einige dieser ambivalenten Figuren habe ich als Kind gekannt.

Die Geschichte meiner Großeltern hat mein Leben geprägt. Nun, da ich sie endlich aufgeschrieben habe, sehe ich das verschmitzte Lächeln meiner Großmutter. Ohne Hilfe hätte ich es jedoch nicht geschafft, deshalb möchte ich mich bei den Menschen bedanken, die mir zur Seite gestanden haben. An erster Stelle sind das mein Mann und meine Kinder, die mich während des Schreibprozesses in wechselnden Besetzungen aushalten mussten und dies mit Bravour getan haben. Meine Mutter hat mich überdies mit der einen oder anderen Tasse Kaffee bei Laune gehalten. Ganz besonderer Dank gilt Hans Helge Ott, dem wunderbaren Regisseur, Autor, Förderer und besten Koch ever. Ohne seine klugen Hinweise gerade zu Beginn des Projektes hätte ich es nicht hinbekommen. Danke auch an meine Agentin Rebekka Göpfert für das offene Ohr und dass sie meiner Luzie einfach so vertraut hat. Zuletzt möchte ich mich bei meiner Lektorin Katharina Dittes für ihr scharfes Auge und feines Gespür bedanken. Bestimmt habe ich den einen oder anderen vergessen, der mir mit Rat und Tat auf die Sprünge geholfen hat. Sie mögen sich hier alle eingeschlossen fühlen. Ohne euch säße ich immer noch mit Johanne im Keller.